尼僧院から来た花嫁

デボラ・シモンズ 作

上木さよ子 訳

ハーレクイン・ヒストリカル・スペシャル

東京・ロンドン・トロント・パリ・ニューヨーク・アムステルダム
ハンブルク・ストックホルム・ミラノ・シドニー・マドリッド・ワルシャワ
ブダペスト・リオデジャネイロ・ルクセンブルク・フリブール・ムンバイ

MAIDEN BRIDE

by Deborah Simmons

Published by Harlequin Japan, a Division of K.K. HarperCollins Japan, 2025

デボラ・シモンズ

日本では『狼を愛した姫君』でデビュー以来、絶大な人気を誇る作家。ディ・バラ家やド・レーシ家の面々を主人公に据えた中世の物語と、19 世紀初頭の華やかな英国摂政期の物語を描き分ける。冒険とユーモア、謎とロマンスに満ちた作品は 26 カ国で出版され、世界中の女性たちに愛され続けている。

主要登場人物

ジリアン・ヘクサム……………………尼僧見習い。ヘクサム男爵の姪。
ニコラス・ド・レーシ…………………ベルブライの領主。
ピアズ……………………………………ダンマローの領主。モンモランシー男爵。
エイズリー………………………………ニコラスの妹。ピアズの妻。
ダリウス…………………………………ニコラスの友人。シリア人。
イーディス………………………………ベルブライ城の召使い。
ウィリー…………………………………イーディスの夫。ニコラスの家臣。
マシュー・ブラウン……………………ベルブライ城の家令。
オズボーン………………………………ベルブライ城の召使い。
エーベル・フリーマントル……………ジリアンの昔の雇主。
ヘクサム男爵……………………………ジリアンの伯父。故人。
ライト院長………………………………尼僧院院長。

1

ニコラス・ド・レーシは大広間の壁に寄りかかり、エールの入った杯をむっつりと傾けていた。もっとも、酔っているわけではない。深酒は絶対にしない男だった。飲みすぎると、感覚が鈍るからだ。彼の感覚はふだんから刃物のごとく研ぎすまされている。それが証拠に、アーチ形の入り口あたりで物音がしたとたん、ニコラスはぱっと鋭い警戒の目を向けた。しかし、入ってきたのは、乳飲み子の娘を抱いた彼の妹のエイズリーだった。

ヘクサムはもはやここへ姿を現すことはないのだ。よけいなことは考えまいと、固く自制していたにもかかわらず、ふいに現れた黒い影のごとく、そんなことがニコラスの頭のなかをよぎる。彼はつかのまもの思いに身をゆだねた。憎き敵はもはやこの世にはない。この近くに城を構えるかの領主は、聖地エルサレムでニコラスを見殺しにしたあと、ここの領地を横取りせんと企《たくら》んだ。しかし、まさにこの大広間で、エイズリーの夫ピアズの手により、一撃のもとに倒されたのだった。おかげで、ニコラスは復讐《ふくしゅう》の機会を奪われてしまった。

ニコラスは正面近くにふたつ並べてある、どっしりとした椅子のほうへ目をやった。ヘクサムが死んだのは、エイズリーの椅子の横だったという。だが、床石に流れたヘクサムの血は、とうの昔に洗い流されてしまった。永遠に……。あの男の血が流れるところを、ニコラスはもはや目にすることはできない。この魂の底からわきあがる復讐心は、二度と満たされることがないのだ。

あれから一年、ニコラスはあちこちで傭兵に雇われたが、赤の他人を殺し、それで金をもらったところで、あまりたいした意味は感じられなかった。すでに彼には莫大《ばくだい》な財産があり、自分のものと呼べる豊かな領地もあるのだ。父が建てたベルブライ城は最新の造りの城で、貴族仲間の羨望《せんぼう》の的だ。だが、それすらもなんの喜びももたらしてはくれなかった。

そのようなわけでニコラスは、苦い失望の場所であるここへ舞い戻ってきたのだった。四六時中この身をさいなむむなしさから、一時でも解放されるのではないかと、はかない期待を抱いているのだ。

ニコラスはエールの入った杯をぎゅっと握り締めた。じつのところ、どこへ行っても心は満たされなかった。もはや、なにを見たところでなにも感じない。聖地エルサレムへ戦いに行ってからの五年のあいだに、妹はすっかり人が変わって、まるで見知らぬ他人のようになってしまった。おまけにその夫には恨みがある。なによりもこの手にしたいと思っていたヘクサムの命を、横から奪い取ってしまった男だからだ。

「ニコラス！　そんなところにいたの。気がつかなかったわ。きょうは夜までなにをしているの？」エイズリーが温かい笑みを浮かべながらも、こちらの顔色をうかがうような表情で訊《き》いてきた。近ごろ、妹はニコラスの前でいつもこのような顔になる。美しい金髪のエイズリーは、兄のことを理解しかねているのだ。むりもない。ニコラス自身、自分のことがよくわからないくらいなのだから。

「べつに」ニコラスは妹の問いを瞬《まばた》きひとつでかわしてから、長椅子に向かってあごをしゃくった。エイズリーは勧められるままに、赤ん坊を膝に乗せて腰をおろした。

「ごらんなさい、シビル。ニコラス伯父ちゃまよ」甘い声でささやく。「伯父ちゃま。ニコラス伯父ちゃま」意味もなくくり返しながら赤ん坊をあやすエイズリーの姿に、ニコラスはこれがわが妹かと目を疑った。

彼の知っているエイズリーは、小さいくせに大人びていて、近寄りがたい雰囲気を漂わせながら城のなかを切り盛りしていた。だれかにたっぷりと愛情をそそぐような娘ではなかったはずだ。それがどうだ。赤ん坊を乳母にまかせることなく、一日じゅう抱いたまま引っ張りまわし、ちょっとしたことですぐ大騒ぎをする。じつに不可解だった。

入り口のほうで物音がしたので、ニコラスがすばやく目をやると、ピアズが悠然とした足どりで大広間に入ってくるのが見えた。エイズリーの夫は体の大きな男である。その気になれば、まわりの者をひどく威圧することもできるのだが、そのようなことはめったにしなかった。それよりも、まわりの世界が楽しくてしかたがないらしい。一時的な失明状態を経験したせいだろう。

「ピアズ！」エイズリーがうれしそうな声をあげた。「ごらん、シビル。お父さまよ！」そう言いながら、偉大なる騎士に向かって赤ん坊の小さな手を振ってみせる。妹のやつ、お産のときに頭がおかしくなったのではないか？　ニコラスはいぶかった。この城へ来て、そんなふうに感じるのは、これで何度目だろう？「ちょっとお父さまにご挨拶《あいさつ》してくるから、おまえは伯父ちゃまとここで待っていてね」エイズリーが甘い声でささやいた。

ニコラスはいつのまにか赤ん坊を押しつけられてしまい、思わず背筋に震えが走った。赤ん坊は小さくてころんとしていて、髪の毛がなく、乳と石鹸《せっけん》が混じったようなへんなにおいがした。ときにはもっとひどいにおいを放つこともある。そう思ったとたん、ニコラスはぱっと立ちあがり、うさんくさそうな目で赤ん坊を見おろした。この服を汚そうものなら、首を締めあげてやる。片手に杯、もう片方の腕には赤ん坊を抱いたまま、ニコラスは途方に暮れて妹のほうを見たが、彼女はすでに夫のところに行ってしまっていた。

ニコラスが唖然《あぜん》として見ている前で、エイズリーは満面に笑みを浮かべ、背の高い夫に勢いよく抱きついた。この光景だけは、このさき何度見せられようと目が慣れることはあるまい。ふたりは熱烈な口づけを交わしている。ここが藺草《いぐさ》を敷きつめた大広間だということを忘れ、自分たちの寝室にでもいる気だ。こういうのは見ていて、じつに胸が悪くなる。

ばかな妻にせがまれて、ピアズはしかたなく相手をしてやっているのかと思いきや、よく見れば、かの騎士も負けじと自分から情熱的に妻をかき抱いているではないか。失明のおかげで、ピアズも少々頭をやられてしまったのかもしれぬ。

「ああん！」ニコラスの腕のなかで赤ん坊が急に大声をあげて泣きだした。抱いているのが母親ではないと気がついたらしい。そのものすごい泣き声に、ニコラスは胃がよじれるような気がした。早いところダンマローから退散したほうが身のためかもしれぬ。妙にしあわせそうなこの三人家族といると、自分ひとりが浮いているような気がしてくる。自分の人生が無意味で、あてのないものに思えてくるのだった。

「ほら！」ニコラスはつかつかと近づいていくと赤ん坊を母親の前へさし出した。

「はい、はい、シビル。そろそろお昼寝しましょうか？」エイズリーがやさしい声でささやく。その様子を見て、ニコラスはふたたび唖然とした。赤ん坊に通じるとでも思っているのか？　ニコラスはもはや妹のことが理解できなかった。いや、妹のみならず、だれにも、どんなことにも、どんな場所にも、もはや気持ちがついていかない……。胃袋の締めつけられるような感触に、ニコラスはなにか食べなくてはと思ったが、食欲はまるでわかなかった。それよりもいまは、弟となった金髪の大男のほうを見た。

「ニコラス！」ピアズが毎度のごとく、いまいましいほど温かい声をかけてくる。〝赤い騎士〟と呼ばれた男に訳知り顔をされるのは我慢がならなかった。まるでこの身のうちのむなしさを見すかすような、あの目つき！ベルブライにくらべたら自分の居城などみすぼらしいもいいところだというのに、よくもおれに助言しようなどという気になるものだ。

ダンマローは古い城で領民も豊かとはいえないが、それでいてここの連中は、ニコラスにはない宝をなにか持っているようだった。それがまた、ニコラスのしゃくにさわる。胃が痛くなってきて思わず顔をしかめたいほどだったが、ニコラスはひたと見すえてくるピアズの目の前で身じろぎひとつしなかった。

「やあ、ここにいたか」義弟とはいえ、ニコラスよりも年上の騎士が言う。「国王の使者が来た。話があるそうだ」ニコラスがピアズの肩ごしに目をやると、国王エドワードの紋章をでかでかと胸につけた男がそのむこうに立っていた。おれとしたことが、使者のいることに気づかなかったとは……。泣きわめく赤ん坊と熱烈な抱擁に気をとられたあげくが、このざまだ。ニコラスは怒りを自分自身に向けると、首座のテーブルに静かに杯を置き、はじめて会う使者に挨拶するべく前へ進み出た。

とうとう来たか。ヘクサムが隣接するベルブライの城に戦をしかけてきたときから、はや一年。この間、憎きあの男の領地はそのままになっていた。きっと国王はベルブライの跡取りであるニコラスに、こんどの事件の償いとしてヘクサムの領地を与えてくれるに違いないと、ピアズなど自信たっぷりに言いきっている。しかし、ニコラスは聖なる戦という名のもとに行われた愚行をとおして、国王や王子だのといったものには強い不信感を抱くようになっていた。たとえ国王がヘクサムの土地を王族領として没収したとしても、べつに驚くようなことではないだろう。

それならそれでかまわない。ヘクサムには子どもがなかったので、どちらにせよ、あの領地にやつの子孫が残ることは永久にないのだ。そう思えば、ささやかながら満足感が味わえる。ニコラスにとっては、それが唯一残された復讐だった。

「ベルブライの領主、ニコラス・ド・レーシどのですな？」国王の使者が尋ねた。

「そうだ」ニコラスがこたえる。

「国王よりの使いでまいりました」

ニコラスはうなずくと、首座の脇《わき》の長椅子を指し示した。使者が長椅子に落ちつくまでのあいだちらりと横を見ると、心配そうなエイズリーの顔がニコラスの目にとまった。どうやら、妹もその夫も一緒に話を聞きたいらしい。そんなふたりが、ニコラスには意外だった。たんなる好奇心だろうか？　きっと、このようなわびしい城では、わくわくするような出来事などめったに起こらないのだろう。

「軽食を運ばせましょうか？」エイズリーが期待するような口調で使者に尋ねた。それが見ていてあまりに露骨なので、ニコラスはまたしても驚いてしまった。以前のエイズリーなら感情をおもてに出すどころか、感情的になることもなかったのだが……。

やはり、お産のせいだな。妹はお産のせいで人が変わってしまった。それも、悪いほうに……。

「ああ、それはありがとうございます」使者がこたえる。「ですが、ほんの短い伝言です。さきにお聞きいただけますかな？」彼はニコラスに訊くと、ダンマローの領主と奥方のほうを見た。とたんにニコラスは、とかく他人のことに首を突っ込みたがるこのふたりにいらだちを覚えた。もう何年も前から自分の胸の内は黙して語らず、おのれだけを頼りにする生き方が身についていた。そうしなければ、生き残ることができなかったからだ。

ニコラスは野次馬に早いところむこうへ行ってもらおうと、目配せでピアズを促そうとしたが、反対に〝赤い騎士〟の青い目でにらみ返されてしまった。ピアズは妻のことをことさら大事にしており、どうやら、エイズリーにたいしてニコラスは借りがあると考えているらしい。ニコラスの不在中、彼女が女手ひとつでベルブライを守ったからだ。しかし、ニコラスのほうは妹に借りがあるなどとは思ってもおらず、そのことを持ち出されるのさえおもしろくなかった。彼はかすかに体をこわばらせた。ピアズは友だちづき合いをしたがっているようだが、ニコラスはそのうちいつか、この男とは殴り合いをするような気がしてならないのだった。

しかし、今回はむこうに譲ることにした。ふたりに聞かれてもかまわないではないか。さほど重大な話ではないのだ。「これはわたしの妹。その夫モンモランシー男爵とは、紹介がすんでいよう」ニコラスは鼻先でひややかにあしらうように続けた。「このふたりの前では、なにを言ってもよいぞ」

使者はふたたびエイズリーのほうをちらちらと見た。優美な淡い金髪の貴婦人と背の高い浅黒いニコラスを見くらべているような目つきだが、それでもよけいなことは口にしなかった。それよりも、早く夕食にありつきたいのだろう。

「このたび使いでまいったのは、ベルブライに隣接する亡きヘクサム男爵の領地の処分についてお伝えするためです」使者が言うと、ピアズとエイズリーがあきらかに心配そうな表情でうなずいた。このふたりはいつも、こうも開けっぴろげなのか？　ニコラスは内心へきえきした。ヘクサムの土地がどうなろうと関係ないではないか。あの悪党が死ぬところを、その目で見ることができたのだろう？

遂げられぬ復讐のことを思ったとたん、ニコラスはいつものように胃のあたりが締めつけられるのを感じたが、そのことは考えないようにして、使者のことばに耳を傾けた。使者は華美なことばに彩られた遠回しな勅令を読みあげていた。主家とはできるだけ婚姻関係を結び、強い絆《きずな》と忠誠心をたしかなものにするのが望ましいというような内容のものであった。ニコラスは聞いていてじれったくなった。わかった、わかった。早くさきへ進んでくれ！

「〝ヘクサム男爵には、その血を引く姪《めい》がひとりいることが判明した。そのほうはジリアン・ヘクサムなるその娘を妻に迎え、それにより、ふたつの領地をひとつとなして治めるがよかろう〟」

　使者はそのまままさきへ読み進んだが、ニコラスはひとつのことに気を奪われ、それ以上はまるで耳に入らなかった。ヘクサムの血を引く者がまだ残っている！　そう思ったとたん、長いこと眠っていた体じゅうの血が突然わきあがり、恨めしい思いで心に抱いていた憎しみもふたたびよみがえった。うつろだった魂があらたな目的を得て、満たされたのだ。

「姪？　ヘクサムに姪がいたの？」ニコラスは復讐欲にすっかり目がくらんでいたが、エイズリーの妙にひきつった声を聞いてはっとわれに返った。「そんな話、聞いたことがないわ」

「ずっと以前に死んだヘクサムの弟に、忘れ形見があったのですな」使者がこたえると、とたんに沈黙が広がった。はりつめてぴりぴりとした空気に、使者は落ちつきなく身じろぎし、愕然《がくぜん》としている三人の顔を不安そうにちらちらと見た。

　しかし、ニコラスは使者のことなどまるで頭になかった。あきらめざるを得なかった復讐に、ふたたび心がとらわれてしまったからだ。沈黙を破ったのは、動揺したエイズリーのか細い声だった。「ニコラス」彼女はささやいた。「ああ、ニコラス、お願い……」

ニコラスは驚いて妹のほうを見た。彼女は夫の横であいかわらず娘を抱いていたが、美しく整った顔には似合わぬ、ひきつったような表情を浮かべていた。

「兄さんがなにを考えているかわかっているわ。でも、それだけはやめて！」エイズリーは懇願した。

「おれがなにを考えているかわかるというのか？」

妹のもの言いに、ニコラスは侮蔑《ぶべつ》もあらわに言い返し、これ以上言えるものなら言ってみろと挑むようににらみつけた。だが、どうやら彼は妹の芯《しん》の強さを忘れていたらしい。エイズリーにまっこうからにらみ返されたニコラスは、妹の哀願が不快になり、ぷいと目をそらした。しかし、軽く一蹴《いっしゅう》されたくらいで引きさがるような妹ではなかった。

「その娘がだれの血を引いていようと、それは彼女のせいではないのよ。それどころか血縁関係だというだけで、きっとヘクサムからひどい目にあわされたはずだわ。ヘクサムはまわりの者すべてを滅ぼしてしまうような男だったじゃないの。奥方がどうなったか覚えているでしょう？　一生、塔のなかに閉じ込められていたのよ！」

もはやエイズリーはあらぬことを口走っているような状態だった。ニコラスは怒りでかっかと燃えあがっていたが、それでもそのことには気がついた。まるでエイズリーらしくない。ニコラスはひややかに観察しながら、自分は絶対に人前ではこのように感情的にはなるまいと心に誓った。

「かわいそうに、その娘もきっとどこかに幽閉されていたのよ。さもなければ、わたしと会っているはずでしょう？」エイズリーはしだいにせっぱつまり、こんどはぱっと振り向いて国王の使者を見た。腕のなかで赤ん坊がぐずり始める。「ヘクサムの城に住んでいたなんて、絶対にありえませんわ。それならわたしたちの耳に入っていたはずですもの。その娘はいままでずっと、どこにいたのです？」

「長いこと尼僧院に入っていたのですよ。たしか、子どものころから……」使者がこたえた。

「尼僧院？」エイズリーは思わず息をのんだ。「まあ、いやだ、その娘は尼僧なの？」

エイズリーは両脇で固くこぶしを握りながら唇をかみしめ、主寝室のなかを行ったり来たりした。

「ねえ、あなたも見たでしょう？ ニコラスの顔を見たでしょう？ 兄はきっとその娘を責めさいなむわ！」エイズリーはわめいた。

「ばかな」ピアズが落ちつき払って言う。「ニコラスは非情な男だが、冷酷ではない」

「兄のことがわかるの？」エイズリーは振り向いて夫を見た。「わたしにはわからないというのに……。子どものころから近寄りがたくて、さめた人だった。それが聖地から戻ってきたときには、もうすっかり冷たくてかたくなな人になってしまっていた。目つきなんか、まるで……」エイズリーは思わず身震いし、それ以上言えなかった。

「戦へ行くと男は変わるものだよ」ピアズがやさしく声をかけたが、エイズリーの耳には入っていなかった。彼女はそれよりも、近ごろの兄のことを考えていた。全身の血を憎しみに染め、復讐だけが唯一の喜びとなってしまった兄。そして、兄のいわれなき復讐に苦しめられることになる、哀れな娘……。

「国王陛下はいったいどういうつもりなのかしら。復讐にとらわれたニコラスが、猟犬のごとくヘクサムを追い立てて狂気へと駆り立てたことは、陛下だってご存じのはずよ」

「いや、陛下にはお考えがおありなのだ」ピアズがもの思わしげに言った。「おまえだってわかっていよう。ニコラスがなんであれ自分から興味を示した

「のは、ヘクサムが死んでからこれがはじめてではないか」

「ええ、たしかに兄はようやく反応を見せてくれたわ。でも、ああ、見るも恐ろしい……」エイズリーは自分と同じように銀灰色をした兄の目が、敵意をみなぎらせたさまを思い出し、思わず体を震わせた。

「陛下もばかではない。娘の身をむざむざと危険にさらすようなことはするまい。それに、国王が取り決めた縁組でうまくいっているものもひとつあるではないか」

エイズリーはぱっと足を止めて、愛する夫のほうを見た。兄の心配など一瞬どこへやら、苦労の末にしあわせをつかんだ自分たちのことに思いをはせる。

「あら、それとこれとでは話が違うわ」彼女は言い返した。「わたしは配下の騎士のなかから夫を選べという陛下じきじきの命令で、あなたを選んだのよ。この結婚は、わたしの賢い選択のたまものだわ」

「最初はそうは思っていなかったくせに」ピアズがいつものそっけない口調で言い、思わず妻をにやりとさせる。

「ああ、ピアズ」エイズリーは声を震わせてささやいた。「わたしは心も強く、世慣れていたわ。でも、その娘は純真で、こともあろうに尼僧なのよ！　兄は神に仕える娘を虐待しようというのよ！」

「ニコラスが虐待などするものか。それに、いくら尼僧院にいたといっても、まだ本物の尼僧ではないだろう。誓いをたてたら、結婚などできないのだからな」ピアズが反論する。

「でも、尼僧院で大きくなったのよ。世俗の厳しい生活から守られてきた、心やさしく傷つきやすい娘に違いないわ。荒々しい男などと、たぶん接したことがないのでしょうね。ああ、ピアズ、そんな娘がニコラスと一緒になったら、どうなってしまうかしら？」

「もっと兄を信じることだ」ピアズがこたえた。

「信じる……」エイズリーはそのことばをくり返した。「そうだわ、お祈りしましょう。その娘にはきっと信仰が必要になる。神様のご慈悲をいただかなくては」

ニコラスはうしろを振り返ることなく、ダンマローの城をあとにした。うしろ髪を引かれるようなものは、ここにはなにもなかった。しかし、ようやく彼の行く手にひとつの目標が現れた。ニコラスは怖いもの知らずではあるが、いつもそれなりの数の供を連れているので、あらたな旅も充分な備えでのぞむことができた。彼はめざす尼僧院の場所を確かめると、ただちに花嫁を迎える旅路についたのだった。

相手がどのような顔でもかまわなかった。しわだらけの老女であろうが、若い美女であろうが、ヘクサムの血を引く者にかわりはない。ニコラスは憎悪に駆り立てられるまま、あらたに得た復讐の相手のもとへと馬を飛ばした。じつのところ、彼は必要以上に旅を急いでいた。長年にわたって身にしみついた忍耐や自制心をもってしても、もはややる心を抑えることはできなかった。

「いったいどこへ行くのだ?」横から耳に快い低い声が聞こえ、ニコラスはぱっと声の主のほうに振り向いた。男は長い外衣《チュニック》を風になびかせていた。ニコラスの供のなかには一般的な騎士の鎖帷子《くさりかたびら》を嫌って、このようなチュニックをまとうのが何人かいる。

「ダリウス」考えごとをしていたので、気の合う相棒が近づいてきたのをうっかり聞きもらしたらしい。ニコラスは不注意な自分に腹がたったが、それでも不意をつかれたことに驚きはしなかった。なにしろダリウスは、どこからともなく現れるのが得意なのだ。なかには、音もなく動きまわる彼を〝影の男〟

と恐れる者もいるが、ニコラスはそれほど愚かではなかった。東方の異国の街を徘徊《はいかい》しているとき、ダリウスのおかげで、何度命拾いをしたことだろう？

ダリウスは自称シリア人だが、どの民族の血を引いているのか、ニコラスには見当がつかなかった。シリアというのはさまざまな人種が集まった国で、ギリシア人、アルメニア人、キリスト教徒のマロン派、ヤコブ派、ネストリウス派、コプト人、イタリア人、ユダヤ人、イスラム人、フランク人、そして少数のドイツ人やスカンジナビア人からなっていた。

ダリウスというのはエジプト人の名前だ。上背があって色黒なこの男が、絶大な力を誇ったファラオの直系の子孫だとしても、ニコラスは容易に得心が行くような気がした。その顔はどこか高貴で、自信が備わったところなど、貧民窟《くつ》生まれにはないものだ。肌は深い黄金色だが、それでもいくぶん色が薄く、いろいろの国の血が混じっていそうだ。ひょっとして、イスラムのどこかの王様の落とし子ではないか？　ニコラスはときおりそんなふうに考えた。あるいは、十字軍のどさくさにまぎれて地元の娘を犯した、一介の騎士の子どもかもしれぬ。

もっとも、ニコラスはそのような疑問を口に出したことはなく、ダリウスも自分から身の上話をすることはなかった。数年前にせっぱつまった状況で知り合って以来、ふたりのあいだには不文律があった――過去は問わぬこと。しかし、ニコラスがイングランドへ戻るとき、ダリウスも一緒についてくることになり、彼には必要なことだけを話した。ニコラスにとってダリウスは、友人と呼べるような存在だったのだ。しかし、それ以上の結びつきはできなかった。ふたりはいかなる誓いも交わさず、その日かぎりのつき合いに終始し、相手のことにはいっさい干渉をしないようにしてきた。

「これから尼僧院へ行くのだ」ニコラスはこたえた。

ダリウスがいぶかしげな顔をしたので説明してやる。

「女だけが住む聖なる場所だ」

しかし、そのようなことは初耳らしく、彼はしきりに首をひねっている。「女だけで暮らしているのか？」

「ああ。神に仕える誓いをたてているのだ」

「そこへ行ってなにをする？　そのような場所へ男が入れるのか？」

「わが敵の血縁の女を捜しに行くのだ。ダリウス、じつはヘクサムの血を引く者が生きていたのだ。おれはとうとう復讐ができるぞ」

「血縁の女というのは、聖なる者なのか？」ダリウスが訊いた。

「いや。聖なる女たちと一緒に暮らしているだけだ」

それを聞いて、ダリウスは少しばかりほっとしたらしい。ニコラスの知るかぎり、このシリア人はなんの信仰も持っていないようだが、キリスト教であれイスラム教であれ、聖なる場所というものには非常に敬意を払っている。「なるほど」ダリウスは静かに言った。「それで、その女をどうするのだ？」

ニコラスもまだそれを考えている最中で、すぐにはこたえが出てこなかった。ほんの数時間前まで無意味でわびしいだけだった彼の将来が、いまや無限の可能性をはらんでいるのだ。ニコラスはわきあがる血を抑えつけようとしたが、これまで彼の人生の要《かなめ》だった忍耐が急にきかなくなってきた。なにしろヘクサムの死で復讐の機会を失って以来、長くむなしい月日を過ごしてきたのだ。なにかよい考えが、いますぐにも浮かばぬものか。ついにその時がきたのだ。

「おれがヘクサムにされたのと同じ苦しみを味わわせてやる」ようやくニコラスはこたえた。

「では、血を流している女を砂漠のまんなかに置き去りにするのか？」ダリウスが訊いた。

ニコラスはシリア人の皮肉を無視した。焼けるような日ざしと凍るような夜気にさらされた日々。そして、少しずつ体が癒《い》えるまでのあの長い一年。あの苦しみは、思い出すのもいやだった。

「いや」ニコラスは言った。「だが、その女がなによりも大事にしているものを探し出して、それを奪い取ってやる。おれもヘクサムにそうされかかったのだ。その女がもっとも恐れ、もっとも嫌っているものを探し出し、目の前に突きつけてやる。苦しめて、苦しめて、そして笑ってやる。おれは絶対に復讐するぞ」

ふたりのあいだに沈黙が広がり、ニコラスはダリウスの険しい視線をひしひしと感じた。その黒い瞳は非難のまなざしこそ浮かべていないものの、ダリウスが女というものを心の底から大事に思っていることを語っていた。ニコラスの計画には大いに反対だろうが、口を出すことは絶対にあるまい。

長いことふたりは口をつぐんだままだった。やがて、ダリウスが目を伏せた。「では、これからその女を殺しに行くのか？」異国人らしい目鼻立ちの顔をぐるりと布で包んでいるので、彼の表情はあまりよくわからない。

「いや」ニコラスは口もとにかすかな笑いを浮かべてこたえた。「これから行って、結婚するのだ」

2

　ニコラスは胸をどきどきさせている自分にそれとなく気づいていたが、いつものように冷静さを取り戻そうとはしなかった。きょうだけは特別だ。おのれを駆り立て、供の者たちを駆り立てて、十日で尼僧院に到着したのだ。こうして花嫁が呼ばれてくるのを待つあいだ、わきあがってくる小さな満足感をゆっくり味わうつもりだった。

　うしろに控えているダリウスに、ニコラスはちらりと目をやった。このシリア人はいつものごとく謎《なぞ》めいた表情を浮かべているが、それでも内心苦々しく思っているらしいのは、ニコラスにもわかった。ダリウスはいかなる騎士よりも高潔な騎士道精神を守っているので、女がからんでくる企てごとは快く思っていないのだ。

　ヘクサムの血を引く最後の女の名はジリアン。ニコラスはヘクサムを小さくした女の顔を想像してみた。ヘクサムと同じまっ黒な髪に、怠惰な生活に慣れた青白い肌。おまけに、尼僧院育ちだ。ニコラスは思わず軽蔑《けいべつ》を覚えた。弱々しくて、自分ではなにもできないたぐいの人間だ。目の前にいる尼僧院長がよい例だ。小さくて腰の曲がった院長は、年をとっていて動作も遅いが、ニコラスに指図されるとただちに立ちあがった。こういった女なら、意のままに操るのはたやすかろう。いまから楽しみだ。

「娘が来たら、ただちに婚姻の式をする」ニコラスははやる気持ちを押し隠し、無表情に言った。

「それはむりでございます！」院長はしわだらけの顔に狼狽《ろうばい》の表情を浮かべて異を唱えた。「いまはグッド司祭さまがご病気の姉上のお見舞いに行かれてここにはおられませんから、近くのリットンの町から司祭を呼んでこなくてはなりません。ここから馬でまる一日かかるところです」

ニコラスは尼僧院長の前をはばかって、ののしりことばをかみ殺した。それから、ダリウスと並んで横に控えている大男のほうを見た。「レンフレッド、司祭を連れてこい」ことば少なに命令する。

「承知」

「あすじゅうに戻れよ」

「承知」レンフレッドはぞっとするような笑みで応《こた》えると、アーチ形の入り口をくぐり、すばやく部屋を出ていった。それと入れ違いに三人の女が入ってきた。

「ああ、ジリアン」院長が言い、ニコラスは胸がおどりあがった。彼女が来た！　だが、どの女だ？

三人とも黒い僧衣をまとって白いベールをかぶり、うやうやしくうつむいているので、顔が見えない。ひとつ違うのは、まんなかの女が飛び抜けて背が高いことくらいだ。シスターたちは一列になって入ってくると、古い長椅子に腰をおろした。まんなかの女をじろじろ見ていたら、急に彼女が好奇心たっぷりな目を鋭く向けてきたので、ニコラスは思わずどきりとなった。

「ジリアン、よい知らせです」院長が言うと、ふたたび背の高い娘が顔をあげて、きらめく目を院長のほうに向けた。

それを見てニコラスは思った。まさか、この恥知らずな娘がおれの花嫁ではあるまい。きっと、慎み深く沈黙しているほかのふたりとは違い、作法がなっていないだけなのだ。

「国王がそなたに夫を遣わしてくださいましたよ」老いた院長がことばを続けた。年のせいか声が震えている。あるいは動揺のせいだろうか？　ニコラスはふたたび不作法なシスターのほうを見た。彼女はまっすぐ院長の顔を見すえている。わずかに見える表情から判断するかぎり、院長のことばを素直に受け入れている様子はなく、それどころか強い反抗の意思を抱いているようだ。まったく、このような尼僧ははじめてだ。

「信じられません。どうして国王がわたしの将来の心配などするのです？」彼女が言い、ニコラスはほっとした。背が高くて反抗的なこの娘がやはりジリアン・ヘクサムなのか？

「ほんとうのことですよ」老女がやさしく言う。「国王の使者が来たのです。そなたの伯父が亡くなったので、ド・レーシどのと結婚して領地を統合せよとのことでした」

とたんに娘がぱっとこちらを向き、ニコラスをすばやく眺めまわす。品のない娘だ。ニコラスはそう感じる一方で、妙にうきうきもした。そうだ、ジリアン、おまえの主人を知り、泣くがよい。ニコラスは娘に向かって一瞬、勝ち誇った顔をしてみせた。

しかし、ジリアンはひるまず、彼の目をまっすぐにらみ返してくる。ニコラスはそのとき、彼女が思ったよりも若いことに気がついた。子どもでないのはたしかだが、年増でもない。おそらく十八前後だろう。顔立ちは不細工でもなければ、平凡でもない。なめらかな卵形をした顔は肌がすきとおり、鼻は小さく、生意気そうにつんと上を向いており、口も形よく整っている。そして、あの目……ヘクサムのような黒い目ではなく、深い緑色の瞳。そこにいま、冷たい炎が燃えあがっている。ジリアンは突然ニコラスから目をそらすと、軽蔑もあらわにぷいとむこうを向いた。

「院長さまはこのことをご存じでいたのに、教えてくださらなかったのですね」彼女はふたたび院長のほうを見た。その声には激しい感情がにじんでいる。きっと絶望のあらわれなのだろうが、ニコラスの耳にはどこか激しい怒りを抑えつけているようにも聞こえた。これが尼僧院育ちの娘だというのか？

「まあ、まあ、ジリアン……」院長がこたえた。そのとき、両側にいたシスターが目配せし合い、ニコラスの目を引いた。まるで、これからジリアンが癇《かん》癪《しゃく》を起こすのを警戒するかのような……。

シスターたちの予想ははずれてはいなかった。

「ごまかさないでください！」ジリアンがぱっと立ちあがる。「使者があったのに、黙っていらしたのですね。わたしが逃げ出したら、そこのめかしこんだ啄木鳥《きつつき》男から礼金をもらえなくなると心配だったのですか？」

めかしこんだ啄木鳥男？　ふいに飛び出した侮辱のことばにかっとなったニコラスは、やっとの思いで自分を抑えた。さもなければ、まだ妻にもなっていない女をこの場で殴り倒しているところだ。じっとしていられたのは、強い意志の力があればこそだ。

ニコラスは全身の血をたぎらせ、女につかみかかりたくて両手をむずむずさせながらも無表情を保ち、身じろぎひとつしなかった。この仕返しは、あとできっと……。いまのひとことのために、そしてほかのありとあらゆることのために、あとできっと苦しめてやる。

ふたりのシスターはジリアンのことばづかいにぞっとして息をのみ、院長はなだめるような笑みを浮かべて前に出た。「ジリアン、わたしがお金でつられたりしないことはわかっているでしょう？　よく考えてごらんなさい。わたしがなによりもそなたの身を案じていることがわかるはずですよ。ここの暮らしはそなたには合わなかった。でもいま、新しい道が開けようとしているのですよ。この機会をつかむのです。神もきっと祝福してくださいます」

「このことをわたしに隠したりなさらず、ちゃんと話してくださっていれば、わたしだってまたとない話だと思ったでしょうね。話してくださらなかったのは、わたしが逃げ出すと思ったからなのでしょう？」

逃げ出す？　この女、いったいなにを言っているのだ？　国王の意思にそむけると、本気で思っているのか？「もうよい！」尼僧院のなかで平気で声を荒らげる娘にあきれながら、ニコラスがぴしゃりと言った。「話を聞かされるのがいつであろうと、関係ないことだ。わたしたちは結婚する。そなたに選択の余地はないのだ」

そのことばに、ジリアンがぱっとこちらを向いた。両脇《りょうわき》のシスターたちがそれぞれ低い声でなだめながら手を伸ばしてきたが、ジリアンはその手を振り払うとすたすた歩いて、ニコラスの目の前に来た。

「いついかなるときでも、選択の余地はあるものです」ジリアンが言い放つ。彼女の緑の目に光る敵意に、ニコラスは唖然《あぜん》となってことばが出なかった。

いったいなぜおれがこの娘に憎まれるのだ？　彼女の伯父に虐げられ、そしていま彼女の毒舌に虐げられているのは、おれのほうではないか！　ジリアンはきびすを返すと、許嫁《いいなずけ》や院長の許しも得ずにさっさと部屋を出ていった。

ニコラスは自分でも気づかぬうちに前に飛び出した。だが戸口まで来たところで、ダリウスに腕をつかまれた。「いまはそっとしておいてやれ」静かなダリウスの声が彼の理性に訴えた。

ニコラスは自制心を失ったことに驚きながら、部屋のなかへ戻った。あまりに激しく血がたぎっていて、気を静めるにもそれなりの努力がいった。そのようなわけで、迷い豚を追いかける牧夫のようにジリアン・ヘクサムのあとを追わず、ここにとどまったことは、ニコラスにとって小さな勝利であった。

「どうぞ、あの子をお許しください」院長が懇願した。「ジリアンは気性が激しくて、少々頑固なところもありますが、そのうちきっと折れるでしょう。納得するのに、少し時間がかかるだけなのです」

ニコラスは怒りの激しさに自分でも驚きながら深呼吸をくり返し、自慢の自制心を取り戻してから口を開いた。「わたしが来ることを、どうして彼女に話さなかった？　話していれば、このような騒ぎは避けられたはずだ」

院長はニコラスの鋭い視線をまともに受けることができず、横を向いてしまった。そうなるとニコラスも思わずいぶかった。やはり、ジリアンの言うとおりだったのか？　おれと結婚するよりは、逃げるほうがよいというのか？　だが、なぜ？　ヘクサムとのことでおれが恨みを抱いていることは、まだ知らないはずだ。院長の話によれば、ヘクサムは姪《めい》を尼僧院にほうり込むと、あとはまったくの知らん顔で、文のひとつもよこさなかったというではないか。

熱くなっているニコラスの頭のなかに、不愉快な考えが浮かんできた。彼は院長の表情の変化を見逃すまいと彼女をひたと見すえながら言った。「近くにだれか男がいるのか？　それとも、ここから離れたくないような特別な理由があるのか？」

ニコラスのあからさまなもの言いに、シスターたちは息をのんだ。「いえ、いえ、そのようなことはけっして……。ジリアンを引きとめるようなものは、ここにはなにもございません。ただ意地を張っているだけなのです」院長がこたえる。ニコラスはそのことばに不思議と安堵《あんど》を覚えたが、それはほかの男に妻を寝取られる趣味はないからだと思うことにした。

「とにかく強情なのです」片方のシスターが小声で言った。

「人に指図されるのが嫌いなのです」もうひとりも非難がましく顔をしかめて言う。

「つらい目にあってきていますから」はじめのシス

ターがつけ加えた。

「尼僧院のなかで？」ニコラスは不信もあらわに訊《き》き返した。

「父親が死んだあと、母親とふたりで貧しい暮らしを強いられたのです。やがて母親も死に、ジリアンは流浪の生活を送りました。その後ようやく伯父が持参金を出してくれたので、尼僧院に入れたのです」院長が説明した。

流浪の生活だと？「どういう意味だ？　彼女はどこに住んでいたのだ？」

「自由市民の家に身を寄せたのです。とはいっても、召使いのようなものでした」

やれやれ！　おれの妻はどん底の生活をしてきた娘なのか。しかし不思議なことに、ジリアンが苦労をしてきたと聞いても、ニコラスの気分は晴れなかった。苦労をしてきたとはいえ、この手で味わわせた苦労ではなく、運命によってもたらされたものだからなのだろう。ひねくれた考え方かもしれぬが、ジリアン・ヘクサムを苦しめるのは、自分以外の何者にも許したくなかった。

どのくらい時間があるかしら？　ジリアンは寝所に駆け戻りながら、必死になって考えた。もうすぐ夕祷《ゆうとう》の時間だ。わたしがいないことは、お祈りのときにわかってしまう。ああ、どうしてわたしがこのような目にあうの？　どうして、いまなの？　ようやくあきらめもついて、尼僧院で生きていく気になったのに……。いままで規則ばかりで息苦しかった尼僧院での生活が、なにやら急に満たされたものに思えてきた。

結局は自業自得。自分の運命に退屈してのうのうと過ごすうちに、ジリアンはうっかり忘れていたのだ。彼女をここに閉じ込めている塀は、同時に外の世界を押しとどめているのだということを……。ここの生活にはなじむことができず、神の僕《しもべ》となるには忍耐や献身の気持ちも欠けていたが、少なくとも食べるものと着るものには困らなかった。そして、なによりも、ここは安全だった。

尼僧院の外の生活が危険に満ちていることをいまさら思い出しても、もう遅い。一歩外に出れば、貧困と飢餓と堕落と、そのほか考えるのも恐ろしい事柄が待っているのだ。そのほとんどを、ジリアンは身をもって知っていた。彼女はこれからのことをあれこれ考えながら、すばやく自分の夜具をひとまとめにした。何年もここで仕えたのだから、このくらいはもらっていってもかまわないだろう。

怖くなると、ジリアンはいつも息ができなくなるのだが、いまもすでにそれが始まっていた。この息苦しさは、何年ぶりだろう？　とたんに昔の恐怖がよみがえってきた。胃袋にしみついた飢餓感。骨の髄まで凍るような寒さ。たまにしか洗えない体が放つ垢《あか》のにおい。そして、終わることのない挫折《ざせつ》感。

ジリアンは手を止め、大きく息を吸い込んだ。いまはもうあのような暮らしをしなくてもいいはずだわ！　大人になって賢くなったし、いろいろな技術も身についた。ちゃんとした家庭の召使いにだってなれるはず。いいえ、だめ！　ジリアンは身震いした。召使いだけはいやよ。たしかに、ほとんどの職業が同業組合《ギルド》の規則に縛られているけれど、大きな都市へ行けば、なにか安全な仕事があるはずだわ。

わずかばかりの身のまわりのものをまとめて麻ひもで結ぶと、ジリアンはそっと部屋を抜け出した。食料も必要なのはわかっているけれど、とても台所へ行く勇気はなかった。こんどのことはすでにシスターたちの耳にも入っているようなので、彼女が逃げ出すのを警戒しているかもしれない。残念ながら、ジリアンの短気は有名だ。彼女はそのことをいまになってつくづく恨めしく思った。

出入り口はもう見張られているかもしれない。そこでジリアンは窓のほうへ忍び寄った。下までだいぶあるけれど、しかたがないわ。ジリアンは草におおわれた地面を眺めて覚悟した。迷っている暇はない。あの男が来る前に、逃げ出さなくちゃ！

もう昔のことだが、ジリアンも自分の家庭を築く夢を見たことがある。浪費家だった父とは大違いの、お金を大事にするような夫。商人でもいいし、騎士でもいい。ジリアンは辛らつに鼻で笑った。それでもあのころでさえ、ド・レーシほどの相手を高望みするようなことはしなかった。ド・レーシ家といえば、国じゅうに聞こえた大金持ちじゃないの！

ジリアンはいまだに信じられなかった。身のひとつも立てられなかった次男坊の娘である自分が、ベルブライの領主と結婚することになったなんて……。結婚についての考え方はだいぶ前に変わってしまっているけれど、もし彼が親切で穏やかで忍耐強い人だったら、わたしもその気になっていたかもしれない。彼が残忍な態度でわたしを脅すような人でなければ……。

ジリアンは彼が親切で穏やかで忍耐強い人でないことを思い出し、ふたたび身震いをした。端整な顔立ちをしているのにひどく冷酷無情なあの顔や、憎しみにあふれたあの不思議な瞳をひと目見ただけで、ニコラス・ド・レーシにたいする考え方は固まってしまっていた。どうして、わたしのことをさげすんでいるのかしら？　もしかすると、この結婚を望んでいないのかもしれない。あるいは、伯父に恨みがあるのかもしれない。まあ、どちらでもいいわ。

荷物を地面にほうり投げると、ジリアンは片足を窓にかけて飛び降りた。

地面に背中をしたたかに打ちつけ、一瞬息が止まった。ジリアンはあおむけに倒れたまま、あえぎながら息をした。幸い草の生えている地面は柔らかだった。それでもジリアンは念のため、おそるおそる指や爪先を動かし、ひどい怪我《けが》をしていないのを確かめた。それにしても、あられもない格好だ。投げ出した足は開いたままで、僧衣は膝の上までめくれあがり、ベールも横にずれている。でも、かまうものか。秩序と規律の日々はもうおしまいなのだから。ジリアンはそう思って、小さくにやりとした。

そのときだ。彼の姿が目に入ったのは……。

ニコラスはジリアンの顔からすぐ上のところに立っていた。だから、彼女には上下逆さまに見えた。ちょっと手を伸ばせば、高価な生地を使った長いチュニックの裾《すそ》からのぞいているブーツにさわれそうだわ……。そんなことを考えたとたん、ジリアンはぎょっとして目を上にやった。ニコラスは両の手でこぶしを作り、すらりとした腰にあてている。さらに広い肩から上へと視線をやると、軽蔑もあらわな険しい顔が目に入った。銀灰色の瞳はさながら二本の短剣の切っ先のようだ。

「自殺したいなら、もっと高い窓から飛び降りるのだったな」ニコラスが言った。「ベルブライのおまえの部屋には、すべての窓に鉄格子をはめるとしよう」低いなめらかな声でそう言われると、脅しがいっそう恐ろしいものに聞こえた。

だが、ニコラスはジリアンを部屋に閉じ込めたりはしなかった。その必要がないからだ。たとえジリアン・ヘクサムであろうと、配下の見張りから逃げることはかなわない。いいきみだ。客人のためのせまい宿坊に敷いた藁《わら》布団の上で、ニコラスは腕枕《まくら》をしてあおむけにころがっていた。あしたにはジリアンが自分のものになるかと思うと、じつにいい気分だった。

それにしても、なんと変わった娘なのだろう!　いくら結婚するのがいやだからといって、着替えだけ持って尼僧院を逃げ出すなど、ニコラスには理解できなかった。それも、窓から飛び降りるとは！　首の骨を折るところだったではないか。そうなったらおれはどうなる？　ヘクサムに続いてジリアンからも、復讐《ふくしゅう》の機会を取りあげられるところだったではないか！

もう二度と危険なことはせぬよう、手段を講じるとしよう。あの娘に突飛なことをさせぬためには、甘い顔を見せないのがいちばんだ。心のなかでそのようなことを決めたのは、あられもない格好で地面の上にころがっていた彼女の姿を思い出したからだった。ベールのなかからこぼれ落ちた髪は炎のように赤かった。ほどいたら、どんな感じがするだろう？　ニコラスはまだ彼女の容姿をちゃんとは見ていなかった。形のよいふくらはぎだけは、ちらりと見せてもらったが……。草の上で脚を開いた格好は、まるで売女《ばいた》のようだった。

ニコラスはゆっくり息を吸い込むと両手を脇におろして、くだらない考えを頭のなかから締め出した。髪が何色であろうと、彼女がどのような格好をしようと、なんの関係がある？　おれにとって、あの娘は復讐の道具にすぎぬのだ。

そう。ジリアン・ヘクサムはもうすぐ妻になる。だが、彼女の体など欲しいとは思わない。ニコラスはこれまでに、大勢の男が女の罠《わな》にはまっておのれの欲望のとりこになるのを見てきたが、彼自身は情熱に溺《おぼ》れてわれを忘れることなど一度もなかった。彼はいかなる意味であろうと、ヘクサムの姪に操られるつもりはなかった。

「ド・レーシどの？」

ふいに声が聞こえてもの思いが破られた。自分の不注意に毒づきたい気分だ。ニコラスはそっと腰の短剣に手をかけた。

扉も幕もついていない低い入り口に目をやると、

暗がりのなかで身をかがめた人影がぼんやりと見える。ニコラスはすばやく起きあがり、低い体勢で膝をついた。

「いけません！　どうぞ、そのままで。わたくしです。ライト院長です」老女は妙にかすれた低い声で言いながら入り口からあとずさり、冷たくて分厚い石壁の陰に隠れた。「内密にお話ししたいことがございます」

この夜更けに？　これではまるで、独身の誓いを破って男の肌を求めに来たようにも見えるが、院長はもはやそのようなことをする年ではない。「話とは？」ニコラスは声をひそめて訊いた。

「ジリアンのことでございます。どうぞ、あの子に乱暴をなさらないでください」

とたんにニコラスはいらだった。「彼女はわたしの妻になるのだ。もはやそなたが心配することではない」彼ははねつけるようにこたえた。

「たしかにそうですが、あの子に……むり強いするのは許しません」

なんだと？　院長はこのおれに床入りの忠告をしようというのか？「ジリアンに手を触れるなというのか？」ニコラスはあきれて訊き返した。

「あの子に好意を感じるようになるまでは……」

「院長、言っていることがよくわからないのだが」ニコラスは皮肉なもの言いを和らげようともしなかった。「結婚したら契りを結べというのが、教会の教えではないのか？」

「ただ、強姦《ごうかん》は罪だと申しあげているのです」院長が少しむきになって言う。

「夫婦のあいだに強姦などあるものか！」ニコラスは声を荒らげた。服をはだけて尼僧院の小部屋で横になりながら、シスターを相手に性生活の話をするのもなにやら愉快に感じていたが、それが急にいらだちに変わった。

「それでも、神の目はごまかせません。それなりの裁きが下りますぞ！」老女はすっかり声をつまらせている。ニコラスは癇癪を起こすまいと我慢した。

「院長、そなたはなぜ、わたしが花嫁を強姦すると思うのだ？」できるだけ穏やかな口調を心がける。

「ジリアンを見るときのあなたさまの目は、憎しみの目だからです！」そのことばはあたりにはっきりと響いた。身に覚えがあるので、ニコラスはなにも言い返せなかった。やがて院長が去っていったらしく、衣の裾を引きずる音がした。ニコラスは院長の振舞いに唖然として、入り口のほうをぼうっと見つめていた。尼僧というのは、ここの女たちのように、みんなどこか頭がおかしいのだろうか？


　ニコラスは勝利感に酔っていた。こんな気分になったのは、ヘクサムの軍を破ってやつを追いかけたとき以来のことだ。臆病《おくびょう》者のヘクサムは逃げ回るばかりで、とうとう一対一の勝負はできなかった。しかし、こうしてあの男の姪とともに司祭の前に立ち、いまや夫婦になろうとしている。もうすぐこの娘はおれのものになるのだ。

　黒い僧衣姿のジリアンに、ニコラスはいらだちを覚えた。ほかに着るものはないのか？　いや、金を持っていないのだから、おそらく服もないのだろう。そこまで考えて、ニコラスはつむじまがりな自分に首をひねった。彼女がなにを着ようとかまわないではないか。上等な衣が好みならぼろを着せ、地味な服を着たがるなら、華麗な衣をまとわせよう。ニコラスは皮肉な思いを楽しみながら、口もとをほころばせた。

　花嫁は最初に思ったほど背が高くはなかった。間近に立つと、頭のてっぺんがニコラスのあごのあたりまでしか届かない。その彼女の頭を見つめながら、ニコラスはベールに包まれた髪のことを考えていた。

それから彼女の顔をゆっくりと眺める。上品に弧を描く眉と、まつげの濃い目もと、なめらかな頬。そして、深い薔薇《ばら》色をした唇――やさしい曲線を描いているというのに、促されてもしっかり閉じたままだ。そのときニコラスははっと気がついた。なんとジリアンは誓いのことばをためらっているのだ。ニコラスは彼女ににじり寄り、無言の脅しをかけた。

そうすれば、ジリアンが怯《おび》えると思ったのだが、彼女は挑むような目で見返してきた。まるで、脅せるものなら脅してみろといいたげだ。ふたりの視線が絡み合った。ニコラスはありったけの脅しを込めてジリアンをにらみつけたが、彼女はひるみもしない。いや、それどころか、できることなら彼の顔につばを吐きかけているところだろう。だが、そうすることはかなわない。どれほど激しい自尊心を持っていようと、いずれはおれに負けるのだ。ニコラスはそう思ってにやりとした。するとジリアンは勝ち誇った彼の顔から目をそむけ、つっけんどんな口調で誓いのことばを述べて、司祭をびっくりさせた。

しかし、じつをいうと、ニコラスは彼女の勇気に面くらっていた。異国の地で暮らすうちに、なによりも勇気を大事にするようになっていたからだ。ヘクサムの血を引く娘が、かくも揺るぎない心の持ち主であったとは……。いつのまにかジリアンを見つめていたニコラスは、はっと気づいて目をそらすと自分に言い聞かせた。いまのは勇気ある振舞いではない。たんなる愚行だ。

式がすむや、ニコラスはあからさまに花嫁に背を向けた。「ただちに出発する」彼は驚いている院長に告げた。「さあ、妻よ、別れをすませるのだ」急な旅立ちでジリアンをがっかりさせてやろうと、にべもなく命令する。しかし、彼女はこわばった表情でうなずいただけだった。それどころか驚いたことに、ひとことの別れのことばもなくシスターたちの前をすたすたと歩いていくではないか。やれやれ、なんと変わった娘だ！　ニコラスが唖然として見つめるなかを、ジリアンは胸を張って顔をあげ、戸口のほうへ歩いていった。ニコラスはそれから院長のほうに振り向き、あざけるような口調で言った。

「心配は無用だ。妻には手を触れぬ」

　ところが、老いた院長はほっとした顔も見せない。それどころか、しわだらけの顔に仰天したような表情を浮かべ、震える手をこちらにさしのべてくるのだった。「ド・レーシさま、たしかにジリアンはこのうえない美女とは申せませんが、神は〝産めよ、増やせよ〟と言っておいでです」

　ニコラスは院長をにらみつけた。「ゆうべと話が違うではないか」彼は冷笑を浮かべて言い返した。

　しかし、院長のほうは当惑の表情をくずさない。そのとき、剣のごとく鋭い疑いが胸を刺し、ニコラスは反射的に戸口のほうに振り返った。


　ジリアンは外に出て、乗用馬の横で背中を向けて立っていた。疑いの余地はなかった。ゆうべ彼のところへ来たのはジリアンだったのだ。

　あの娘、恥というものを知らぬのか？　ニコラスは怒りに全身を燃えあがらせていたが、怒りを抑えているうちに少しずつ考え方が変わっていった。しまいには口もとにかすかな笑いを浮かべた。ジリアンは想像とはまったく違う娘だったが、かえってそれでよかったのかもしれぬ。

　雌狐《めぎつね》め、せいぜい策をめぐらすがよい。ニコラスは無言の挑戦を投げつけた。

　さあ、戦いの始まりだ！

3

黄昏《たそがれ》どきまで容赦なく一行の脚を急がせたニコラスは、〝小さな〟尼僧がころがるようにして鞍《くら》からおり、歩くのもやっとというような状態なのを見て、いいきみだと思った。彼も家来もこういう急ぎ旅には慣れているが、尼僧院にいたジリアンには乗馬の経験などほとんどないのだろう。

ジリアンはひどく沈んだ様子で夕食をとっていた。疲労のせいに違いないと、ニコラスは思った。これがほかの女なら、服従のあらわれに見えるところだが、ジリアンの場合そういうことはありえない。木陰からおれが見ていると知ったら、疲労などというわずかな弱みも見せないのではないだろうか。

変わった娘だが、戦うのに不足のない相手だ。知り合ってまだわずかだというのに、ろくでなしの伯父よりも勇気があるところを、すでに見せつけてくれたではないか！　ニコラスは目を細くして考え込んだ。ただ、尼僧院で真夜中に彼の寝所に忍んできたことだけは、ヘクサムの狡猾《こうかつ》さを思わせる。あのような愚行におよんだ目的も、いまだに不明だ。しかし、このことを考えるたびに、ジリアンのなかには背信と欺瞞《ぎまん》の血が流れているということを、ニコラスは思い出すのだった。妻であろうとなかろうと、彼女には背中を見せないことだ。

もの思いにひたっているうちに、ふたたび敵意がふくれあがってきた。ニコラスはジリアンを苦しめてやるのが待ちきれず、前に進み出た。彼女はすでにかなりの量をたいらげていた。さすがのニコラスも首をかしげた。あんなに食って、いったい体のどこに入るのだろう？　ジリアンはそこらの女よりも背は高いが、太っているわけではない。それなのに、こっちが夕食を終えてだいぶたつというのに、彼女はいまだに食べている。おれと口をきくのがいやで、時間稼ぎをしているのかもしれぬ。ニコラスは思わずにやりとした。そして憶測にせかされるまま、焚《た》き火の横に座っているジリアンのそばへ行くと、威圧的な態度で立ちはだかった。

「満腹したか?」彼は妻に訊《き》いた。

とたんにジリアンがぎくっとして肩をいからせ、反抗的に口をとがらせる。その負けん気の強さに、ニコラスはわずかながら感心した。しかし、いつまでも彼女がこちらを向かないので、賞賛の気持ちはたちまちいらだちへと変わった。

「いいえ!」まるで魚商人の女房のようにつっけんどんな返事をする。ジリアンはそのまま夫のことなど無視して、もうひと切れパンを口に入れた。

妻の無礼にニコラスはかっとなった。「おまえが望もうと望むまいと、おれは夫なのだ。その夫の命令だ。食事を終わりにしろ」ぴしゃりとそう言って、木皿に手を伸ばした。

ジリアンは緑の目をさげすみにぎらつかせて上を向いた。「わたしを飢え死にさせるおつもり、お館《やかた》さま?」夫を呼ぶその口調は、まるで呪《のろ》いのことばを吐き出すかのようだ。

「ばかな! それだけ食っておいて飢え死になんかするものか」ニコラスはそうやり返してから、ふと口をつぐんだ。ジリアンの言ったことを考えなおしていたのだ。「それも手だな。言うことを聞かねば、飢え死にさせてやるか」

すると、当然激しく言い返してくるだろうと思っていたジリアンが、持っていた木皿をおとなしく手放してうつむいてしまった。こんどはおれを無視するつもりか? そうはさせるものか。ニコラスは彼女のあごをつかむと、ぐいと持ちあげてこちらを向かせた。とたんに、いまや彼もすっかり見慣れた敵意あふれる目がにらみ返してくる。しかし、緑の瞳の奥にはもっとべつの色がひそんでいた。

恐怖だ。においたつような恐怖。ジリアンは鼻をひくつかせ、胸を大きく上下させながら、荒い息をくり返していた。あいかわらずの強がりを見せてはいるが、ニコラスはこの雌狐《めぎつね》が震えあがっているのをはじめてまのあたりにした。だが、いまごろどうして？　ニコラスは一瞬首をひねったが、そのあとではっと気がついた。

床入りだ。院長や怒れるニコラスに平然と立ち向かい、尼僧院の窓からも平気で飛び降りたこのむこうみずが、結婚の床を怖がっている。夜中に忍び込んできて、強姦《ごうかん》はしないでくれと懇願したのは、ニコラスをだまして笑い物にしようと思ったからではなく、彼の情欲の的になるのを恐れたからだったのだ。

ニコラスは一瞬、侮辱されたような気がした。彼はこれまでに女の機嫌をとったことがなかった。ド・レーシ家のこの美男顔をもってすれば、黙っていても女がうるさいほど寄ってくるからだ。それに、愛の技巧にたけているわけではないが、抱いた女たちのあいだからはまだ一度も文句は出ていない。

なのにどうだ。指先にはこうして、ジリアンの激しい脈が伝わってくる。それも、期待に興奮しているからではない。だからといって、なぜおれが気を悪くするのだ？　ジリアンを苦しめるのに成功したではないか。誇り高く反抗的な妻が、こうして死ぬほどの恐怖を味わっている。方法のいかんなどかまわぬはずだ。

ところが、なぜか気持ちがすっきりしない。

ニコラスは妻のあごを放した。ジリアンはうつむくまいと必死だが、さきほどまでの強がりはすっかり鳴りをひそめていた。ぎゅっと握った彼女の両手に、こぶしが白く浮きあがっている。だが、それを目にしても、ニコラスの気は晴れなかった。動揺したジリアンを見ていると、なぜかこちらまで落ちつかなくなるのだ。ニコラスは反射的に彼女の両手首を取って、自分のほうへ引き寄せた。

とたんにジリアンがびくっとした。だが、ニコラスは手を放さず、親指のつけ根のふっくらともりあがったところを、親指でそっと撫《な》でた。すると、まるで固いつぼみがほころぶように、ジリアンの手がゆっくりと開いていった。てのひらには爪のくい込んだあとがついている。深く残った爪のあとを見て、ニコラスは驚いた。よく血が出なかったものだ。彼は傷ついた肌を親指でゆっくりさすりながら、ふと思った。この前、こうして人に手を触れたのはいつのことだろう？

女の手を握るのは、これがはじめてのような気がする。人の手を握るというのは、妙に胸に迫ってくる行為だった。ジリアンの手は柔らかくもないし、指先がすらりと細いわけでもない。仕事をしてきた手らしい力強さが感じられる。ニコラスはその形と手ざわりにすっかり心を奪われ、じっと見つめながらなおも撫で続けた。やがて、息をのむような声がした。顔をあげると、ジリアンが愕然《がくぜん》とした表情でこちらを見ている。ニコラスは驚いてぱっと手を放した。

「もう、寝床へ行け」彼は鋭く言うなり、きびすを返して悠然とその場を立ち去ったが、木陰に入るまでジリアンの視線を背中に感じた。やがて、ばたばたと足音がした。ジリアンがよろけながら天幕のなかに駆け込んだのだろう。

いまいましい！　ニコラスは妻のほうを見まいと意地を張りながら木陰のなかにとどまり、彼女が休むのを待った。いったい、おれはなにを考えていたのだ？　ジリアンをいじめるつもりが、なんだかかわからぬが、急にべつの行為になってしまった。彼女は敵ではないか！　せいぜい、それを忘れぬことだ。ニコラスは長いこと抱いてきた憎しみを思い返そうとしたが、ふいに胃が痛みだし、野営地を照らす焚き火よりも熱い炎に焼かれるような気がした。

思わず体を折ってうずくまりたくなるような痛みだが、ニコラスはこらえたまま身じろぎもしなかった。もう少ししたらおさまるだろう。食事のあとはいつもらくになるのだから。それまでは我慢するしかない。

「犯してしまえばよいではないか」

ニコラスはダリウスに声をかけられたことよりも、そのことばにどきりとし、鋭い目で相棒のほうを振り向いた。ダリウスは木の幹に寄りかかって座っていた。暗がりにとけ込んだその様子は、まるで闇《やみ》そのものだ。

「あの娘は、あきらかにそれを恐れている。ゆうべの茶番がなによりの証拠だ」ダリウスが無表情に言った。

「聞いていたのか？」

「あの娘はなかなかにぎやかだからな」ダリウスがこたえる。「おれはけさ、おまえが話しかけたときの院長の顔も見た。聖なる老女はなにも知らなかったのだろう？」

ニコラスはうなずいた。「あの娘、院長のふりをしたのだ」痛む胃をなだめようとニコラスは地面にしゃがんだが、むだだった。

「では、なぜむりやり抱いてしまわない？　あの娘が最も恐れるものを探り出し、それで苦しめてやると言っていたではないか。なにをぐずぐずしている？　このあたりは人けがない。悲鳴をあげられても、聞きとがめる者はいないぞ。ついでに、家臣たちにも見せてやるか？」

ニコラスはいらだたしげに眉をひそめた。残酷なダリウスのことばが本気ではないのをよくわかっているからだ。花嫁に復讐《ふくしゅう》しようというニコラスの企《たくら》みを、このシリアの男は快く思っていない。だから、こっちの耳が痛くなるようなことをわざと言っているのだ。「あの娘を抱く気はない」ニコラスはこたえた。

「なぜだ？　おれの国の女たちのような美女とはいかぬが――」

ニコラスは彼のことばをさえぎった。ジリアンの燃えるような緑の瞳や、彼に触れられて息づいていた細い手の感触が、まざまざとよみがえってくる。

「容姿は悪くない」ニコラスはぼそっと言った。

「では、なぜだ？　フランク人の男はなにがなんでも跡継ぎを作りたがるのではないのか？」

「子どもは欲しくない。とくに、ヘクサムの汚れた血を引くような子どもはな！」ニコラスは語気も荒く言った。「それに、おれはこの身をあの雌狐の自由にさせるつもりはない。子種のひと粒たりとも、やるものか！」

ニコラスは自分の気持ちを説明するのがいやでダリウスをにらみつけ、それ以上なにも言わせなかった。ダリウスは女の経験が豊富だ。自由に女を愛しては、さばさばと別れていく。心に触れてくる女がひとりもいなかったので、女がいろいろな手管を使ってこようと、とくに用心するようなふうもなかった。しかし、一見知性的で分別もありそうな男たちが女との快楽に屈するのを、ニコラスはその目で見てきていた。人間は知性よりも、肉体に支配されやすいものなのだ。だが、自分だけはそうなるまい。

ニコラスは心に固く誓った。

「いまかいまかと恐怖のうちに待たせておくほうが、苦痛もずっと大きくなるというものだ」ニコラスは言いながら、胸のなかで自分に言い聞かせた。彼女が怯《おび》えるのを見るのは楽しいではないか、と……。

ジリアンは息を吐いて吸うという動作を意識しながら、できるだけゆっくりと呼吸しようとした。そうでもしなければ、息を吸い込めず、ぜいぜいいってしまいそうだった。臆病者《おくびょうもの》！　寝床に横になったまま、恐怖に凍りついているなんて！　ほかの女の人たちは、平気でやっていることなのよ！

寝床のなかでどういうことをするのか、もちろんジリアンは知っていた。昔の雇主だったエーベル・フリーマントルが、一度ならずジリアンの体に手を触れながら、生々しく描写して聞かせてくれたからだ。

ニコラス・ド・レーシが下着をおろして前をはだけたら、どんなふうだろう？　そんな想像をしたとたんに体のなかは熱く肌は冷たくなり、ジリアンは思わず身震いした。彼女は恐ろしくも美しいニコラスの姿を消し去ろうとぎゅっと目を閉じた。

もちろん、ニコラスの魅力にはジリアンも気がついていた。女ならだれだって、気づかずにはいられまい。やることは冷酷で無慈悲だけれど、その顔だちに荒々しいところはないのだから……。黒かと見まがうような暗褐色をした、豊かに流れる髪。いつもさらりと肩にかかっていて、つんつんとはねた彼女の髪とは大違いだ。

眉毛は銀灰色の瞳の目の上で上品な弧を描き、なめらかな頬にはうっすらと新しいひげが生えてきている。山の線がはっきりとしたあの唇がにやりとほころんだときなど、ジリアンは心ならずも胸がどきどきしてしまったものだ。鼻は鷲鼻《わしばな》ではないが、鼻筋が通っていて、美しい顔を男らしく見せている。もちろん、彼を女と見間違える者などいるはずもないけれど……。

ニコラス・ド・レーシはそのしぐさから上背のある力強い体の線まで、あるいは低く響くなめらかな声から黒いまつげのかすかな動きまで、どこを取っても男らしさにあふれた正真正銘の男だった。

たしかに、詩のなかに出てくるような優雅な英雄像にあてはまる人ではない。それにしても、もう少しやさしさのかけらがあってもいいのではないだろうか？　さっき手首をつかまれたときに、ジリアンは一瞬縛りあげられるのかと震えあがったものだ。ところがニコラスは彼女の手を取ると、親指でてのひらを撫でてくれた。あれには、妙に胸がどきどきしてしまった。

しかし、彼のやさしさは現れたときと同様不意に消えてしまい、あとに残ったのはいつもの冷たい怒りだった。ニコラス・ド・レーシはほかの女の人にはやさしくしても、わたしには冷たくてとげとげしい憎しみしか向けてくれないのだろう。

それでもジリアンは横になってじっと待つしかなかった。夜の闇のなかで、恐怖が恐怖を呼んでふくれあがっていく。一日じゅう馬を飛ばしてきただけに、疲れきった体が休息を求めていたが、目はさえ、呼吸は浅く震えていた。それからしばらくして、耳鳴りのするジリアンの耳に物音が聞こえてきた。

「奥方どの、安心なさい。ご亭主どのはもうやすまれた。今夜ここへ来ることはあるまい」

ジリアンはぱっと頭を起こした。だれかが近づく足音などしなかったはずなのに！　いまのは気のせい？　それとも、ほんとうにだれかの声がしたの？　きっとあの異国人だわ。ほかにだれが慰めの知らせを持ってきてくれよう？　変わった人だ。でも、男の人は、みんな変わっている。ジリアンはそう思いながら、やっと肩の力を抜くことができた。

でも、だれよりも恐ろしく、だれよりも美しいのは、わが夫……。

ニコラスが見ている。ジリアンは銀灰色の瞳が放つ鋭い視線を感じて、いらだちに頬が赤くなった。ただでさえ彼女は毎日、体じゅうの筋肉が音をあげるまで乗馬を強いられている。そのような悲惨な状況のところへもってきて、ひどく威圧的な彼の視線にまで耐えなくてはならないのだ。朝から晩までニコラスの視線をひしひしと感じていては、考えるべきこともろくに考えられなかった。

それでもはじめのうちは、全身が痛くて疲れているにもかかわらず自分の置かれた状況を冷静に判断して、将来どうすればよいかを決めようとした。だが、成果はあがらなかった。もともと計画するのが苦手なたちなのだ。どれほどよくできた企みごとですら、覆されるときは、いともあっさりと覆されてしまうではないか。

では、どうすればいいのかしら？　一瞬、逃げ出そうという気持ちがよみがえったが、いま逃げるのは得策ではない。ニコラスの家来に取り囲まれての旅の最中であるうえに、ここがどこなのかもわからないようなありさまなのだから。逃げるのなら、目的地に着いてからのほうがいいだろう。

でも、逃げるのはあまり気が進まなかった。どういうわけか、ニコラスから挑戦を受けたような気がしてならないのだ。ここで背を向けるのは臆病者のすることだ。これまでジリアンはいつでも正面から困難に立ち向かってきた。逃げるのは彼女のやり方ではなかった。

ジリアンは子どものときから、どのような状況にあっても精いっぱい生きてきた。おめでたい楽観主義者でもなければ夢想家でもなかったが、絶望だけはすまいと努力してきた。他人のしでかした愚行のために生きる気力を失ってしまった、母の二の舞だけはごめんだった。

この一行がどこへ行くのかわからないけれど、さきのことを決めるのは着いてからにしよう。ジリアンはため息をついた。いろいろなことが彼しだいだった。あの人はわたしのことを、どのくらい憎んでいるのかしら？　わたしはどのくらいのひどい扱いを受けることになるのだろう？　もしかすると、彼ににらみつけられるのは、こうしてそばにいるからで、ひとたび領地に戻って大勢の家臣や召使いに囲まれたら、わたしのことなど忘れてしまうかもしれない。ジリアンはそのような希望を抱きつつ、一緒に焚き火を囲んでいるニコラスのほうをちらりと見た。

日のあるうちは、ジリアンも夫をそれほど恐ろしいとは思わなかった。端整な顔をしていることをのぞけば、ニコラスも〝意地悪なご主人さま〟のひとりにすぎない。一行の脚を必要以上に駆り立てて旅を急がせ、ジリアンにたいしては四六時中、敵意を鎧《よろい》のごとくまとっている男……。長い道中、ジリアンはいわれのない恨みを向けられるのが腹だたしく、夫にたいして怒りしか感じなかった。

ところが、日のあるうちはひとりの男にすぎなかったニコラス・ド・レーシが、夜になったとたん彼女の夫となる。夜の闇のなかでこの身に触れてくるのかと思うと、ジリアンにとっては恐怖の存在だ。敵意に満ちた顔はいっそうの悪意を帯び、その罪深き美しさに、彼女は嫌悪を感じながらも惹《ひ》かれてしまう。

ジリアンは思わず身震いし、焚き火のなかから取り出したばかりの肉を落としそうになった。慌ててそれを口のなかに押し込む。とたんに、こんどはその熱さに飛びあがった。ジリアンは急いで杯をつかむと、ひりひりするのどに水を流し込んだ。

「まるで豚のようだな」

数メートル離れたところから、夫が声をかけてきた。たしかに行儀が悪いのは自分でもわかっていたが、ジリアンは目をつりあげてニコラスのほうを見た。もっとも涙目では、にらみつけようにもうまくにらみつけられない。

ニコラスは不快げに鼻を鳴らしてから、急に凍りついたようになった。「ほとんどふたり分食っているな」ひとりごとのようにぼそりと言う。それから彼はいっそう冷たく恐ろしい表情になると、鋭い目つきでジリアンの全身を眺めまわした。「身ごもっているのか？」

ジリアンは思わずのどがつまりそうになった。この男、ほんとに頭がおかしいんだわ！「ええ、尼僧院はそういうところなのよ！」彼女は憎まれ口で応酬した。

とたんにニコラスが体をこわばらせる。ジリアンは彼の怒りに身構えたが、平手は振りおろされなかった。「神に仕える女のなかには、夜になると男の旅人を求めて廊下をうろつく者がいるようだな。たしか、おまえもそのようなことをやっていたな？」ニコラスがひどく得意げな声で言う。

ジリアンは唖然《あぜん》として、思わず口を開けてしまった。院長さまのふりをしたのがばれていたんだわ。この人、思ったよりも頭がいいらしい。

「どうしてわたしを憎んでいるの？」ジリアンは思いきって訊いてみた。注意して見ていると、ニコラスのまつげがぴくりと動いた。彼女の問いに驚いたらしい。しかし、ニコラスはただちに軽蔑《けいべつ》の表情を取り戻した。

「おまえの血だ。その汚れた血のせいだ」

どうせそのようなことだろうと、ジリアンも予想してはいたが、はっきり言われるとかちんときた。

「伯父はどういう人だったの？　死んだあと、伯父の跡継ぎまで苦しめるなんて、よほどのことだわ」

「おまえの伯父は卑怯《ひきょう》な臆病者で、盗人《ぬすっと》で、油断のならぬ残忍な悪党だった」

事実を述べるごとく淡々とした口調で教えられ、

ジリアンは息が止まりそうになった。ぞっとして目を見張る彼女の前で、ニコラスの銀灰色の瞳が想像を絶するほどの憎しみに燃えあがる。そのあまりの激しさに、ジリアンはどっと心が沈んだ。

これでは頼んでもむだだろう。しかし、ジリアンは哀願してみることにした。「でも、わたしには関係ないわ」理を説くように言ってみる。「わたしは伯父を知らない。一度も会ったことがないのよ」

「おまえが尼僧院に入るための持参金を出したではないか」

「ええ」ジリアンの口調が苦々しげになる。「わたしを厄介払いするためにね。わたしのことが邪魔だったの。わたしはだれにとっても邪魔者なのよ」言ってしまってから、ジリアンは口をすべらせたことに気がついた。いまのことばを取り戻したい。目の前に座っている夫は、容姿こそ天使と見まがうばかりだが、ほんとうはわたしを憎む悪魔のような男なのだ。この人の前で自分をさらけ出してはだめ。さもないと、少しでも機会あらば、それを武器にわたしを攻撃してくるに違いない。

「おまえの父、ヘクサムの弟はどうだったのだ?」

ニコラスが訊いた。

「どうって?」

「おまえは父を愛していたのか?」

ニコラスが不快そうに目を細くした。ほんとうのことを言えばいいのか、嘘《うそ》をついたほうがいいのか、ジリアンは迷った。なにしろ、他人のことばや考え方を自分に都合よくねじ曲げることにかけては、ニコラスのほうが彼女よりもずっとたけているようなので……。

「いいえ」結局ジリアンは正直にこたえた。「父は怠け癖のついた道楽者だったわ。妻や子どものことなどこれっぽっちも考えていなくて、手に入れたお金はぜんぶ使ってしまった。そういうわけだから、父や伯父はわたしにとっては他人のようなものよ。そんな人たちのせいで、なぜわたしが罰を受けなければならないの?」

一瞬ニコラスはばつの悪そうな顔をしたが、やがてその目が見まがいようもない悪意にぎらつきだした。「ヘクサムの跡取りだからだ。残ったのが、おまえだけだからだ」

ジリアンははっと気がついた。ニコラス・ド・レーシは復讐のためだけに生きてきたのだ。それがわかってジリアンは絶望に包まれた。「わたしをどうするつもり?」彼女は戦慄《せんりつ》を覚え、胸をどきどきさせながら訊いた。ニコラスはわたしをどのようにもできるのだ。遠くへ追い払おうと、地下牢《ろう》に閉じ込めようと、飢え死にさせようと、折檻《せっかん》しようと、彼に文句を言う者はひとりもいない。妻は夫の所有物なのだから。

「まあ、慌てて知ることはない。さきは長いのだからな」ニコラスはぞっとするような笑みを浮かべた。

脅しの響きを含んだ彼の声に、ジリアンは全身の血が凍りついた。もはや食欲は失《う》せ、彼女は木皿を下に置いた。このような結婚でもせいぜい頑張ってみようなんて、どうして考えたのかしら? これでは絶対にむりよ!

「疲れたわ」ジリアンは夫と顔をつき合わせている重苦しい雰囲気から、いますぐ逃げ出したかった。「失礼していいかしら?」ひねくれた夫のことだから、だめだと言うのかと思いきや、ニコラスはぶっきらぼうにうなずいた。その目は勝ち誇ったようにきらめいている。ジリアンはそれを見て、ニコラスがうなずいたわけを知った。彼女は怒りの声をあげて立ちあがると、夫の笑い声に送られながら、猛然と自分の天幕へ向かった。

ニコラスにいいように脅されて、ジリアンの自尊心は傷ついていた。いますぐ引き返してやり合いたたいところだが、もうすぐ彼が来ることのほうが恐ろしくて、それもできない。今夜こそ手荒なことをされるのかと思うと、ジリアンはだんだん息ができなくなっていった。あれほど深い憎しみを抱いているのだ。どんな乱暴をされるかわかったものではない。力ずくで犯された女がどうなるか、自分の目で見て知っている。でも、そのときをじっと待つしかないのだ。

その晩ジリアンが眠りについたのは、夫が来ないことを請け合ってくれる、シリア人の低いささやき声が聞こえてからだった。しかし、安眠はついに訪れず、ジリアンはニコラス・ド・レーシの夢にさいなまれた。彼の顔は赤い炎に照らし出され、まるで地獄の悪魔のようだった。

4

ベルブライに戻ったニコラスを待っていたのは、いつものごとくこちらの顔色をうかがう遠慮がちな人々の出迎えだったが、こんどはそれが彼にはおもしろくなかった。ふだんは自分の城や領民が人にどう思われようと気にもとめないのだが、今回はどうしたことか、妻に城を自慢したいような気がした。もちろん、おのれの富と力をわからせたいからだ。最新式の城や実り多く栄えている領地を見れば、一目瞭然《りょうぜん》ではないか。ニコラスは胸のなかでそう言い訳した。

いままでそのようなことは気にもしなかったのだが、そこのところはすっかり忘れていた。家臣や召使いたちの態度が急によそよそしく用心深くなったことも、これまではべつになんとも思わなかった。この城の者たちはおれよりもピアズのほうを慕っている。ま、あの男は感情的で大袈裟《おおげさ》な男だからな。ニコラスは腹のなかで軽蔑《けいべつ》した。

ばかどもが！　ここには領民の声に耳を貸す公平な城主がいるのだ。文句ないではないか。おしゃべり気分で領民に語りかけたり、用もないのに小作人を訪ねたり、口実を見つけては祝いの宴を開くなどというのは、ニコラスの性には合わなかった。妹は結婚して以来、そういうことばかりしているようだが……。ニコラスは城の手入れを怠らず、領民をよく守り、有能な家令の手によって城の日常生活万端を順調に取り仕切ってきた。

それだけで充分ではないか。しかし、ニコラスが大広間に入っていくと、あたりには沈黙の波が広がった。この奇妙な静寂は、ピアズがいるとき——いや、父の時代にすらなかったものだ。

だが、ニコラスは顔色ひとつ変えず、ダリウスを従えて、藺草《いぐさ》を敷きつめた大広間の奥へ悠然とした足どりで入っていった。彼はあとからついてくる花嫁がどんな顔をしているかは見まいとした。ジリアンがこの城を見てどう思おうと、彼には関係のないことだ。「風呂を使う」出迎えた家臣や召使いには目もくれず、ニコラスは言った。

「おれもだ」ダリウスが言う。「入浴の世話は奥方がしてくれるのか？　おまえにせかされて、ひどい急ぎ旅だったからな。疲れたこの体の埃《ほこり》は、奥方に洗い流してもらいたいものだ」

ダリウスのことばに、ニコラスが思わず足を止めて振り向くと、シリア人が黒い瞳に不可解なまなざしをたたえてこちらを見ていた。

「城の奥方が客の入浴を手伝うのは、この国の習慣なのだろう？」ダリウスが訊《き》いてきた。

「うちの尼僧どのはべつだ。そういうことには慣れていないからな」ニコラスはにべもなくはねつけた。
「オズボーン！」大声で彼が呼ぶと、召使いのひとりがころがるように飛んできた。「奥方の世話をしろ」〝奥方〟ということばをいやそうに発音しながら、ジリアンのほうにあごをしゃくってみせる。オズボーンは目をまるくしてうなずいた。「おれの部屋へ連れていき、熱い湯を運んでやれ」それからこんどはジリアンのほうを向いた。「風呂を使え。手早くすませよ。そのあとでおれも入るからな。背中を流すのは、おまえの役目だ」美しい顔に愕然《がくぜん》とした表情が浮かぶのを見て、ニコラスはいくらか胸がすっとした。とはいえ、ジリアンはあいかわらずみっともない僧衣で全身を包んでいたので、はっきりと顔が見えたわけではない。妻の尼僧姿はもううんざりだった。「それと、尼僧の衣はもう着るな。オズボーン、エイズリーの古い衣装箱をいくつか、部屋へ運んでおけ。奥方にはちゃんとした格好をしてもらわねばな」

オズボーンがジリアンをせき立てて大広間から出ていくと、ニコラスは少なからずほっとした。彼女にはほかの男の入浴の世話など、絶対にさせるものか！

妻の入浴がすんだころを見計らい、ニコラスはあごをしゃくって家臣をさがらせると螺旋《らせん》階段のほうへゆっくりと向かった。そのくせ、人目の届かないところまで来ると、一段とばしで階段を一気に駆けあがった。いままでは主寝室に魅力を感じたことなど一度もなかったニコラスだが、今回は扉に飛びつくなり、ノックもせずに勢いよく押し開けた。

そのけたたましい物音に、ジリアンがぱっと振り返る。ニコラスの予想どおり、入浴を終えたところらしい。げんに彼が見ている前で、ジリアンは濡《ぬ》れ三つ編みを肩から前にたらして、最後のところを編みあげた。ほっそりとして、てきぱきと器用に動くジリアンの指。彼女の髪ときたら濡れているときですら、まっ赤な夕日の色に燃え、太くて長い三つ編みとなって胸のふくらみの下までたれさがっている。

ジリアンはエイズリーのローブを着ていた。瞳と同じ深い緑色の一枚だが、色をのぞけば、まったくふさわしくない。小柄で細身な妹にあつらえたものなので、妻には短すぎるしきつすぎるのだ。これまでは不格好な尼僧姿だったのでわからなかったが、ジリアンはエイズリーよりも体の線が豊かだった。いや、豊満な体と言うべきか。ニコラスはローブの身ごろを見つめながら、そう思った。大きな胸がすっかり押しつぶされてしまっている。

ニコラスはぱっと目をそむけた。「もっと体に合う服をつくれ」かすれた声で妻に命令する。こんな
刺激的な格好で階下《した》におりるなどもってのほかだ。ニコラスはそう思ったとたん、妻にぼろをまとわせるつもりだったことなど、すっかり忘れてしまった。

まだ湯気のたっている風呂を見て、彼は乱暴にブーツを脱いだ。

「鎖帷子《くさりかたびら》を脱ぐから手伝え。早くしないと湯が冷める」

きつい口調で命令すると、ジリアンが意外にしっかりとした手つきで、鎖帷子の上着を脱がせてくれた。ニコラスはズボンと下着を脱ぎ捨て、浴槽のなかに入った。ところが振り返ってみると、妻の姿が見えない。

「どうした?」ニコラスは声を荒らげた。どうやらジリアンは場違いな慎み深さを発揮して、こちらに背を向けてしまったようだ。「ここへ来て、背中を流せ!」

ジリアンは一瞬目をつりあげたが、頭を振って

つ編みを背中にやると、麻の布きれと石鹸《せっけん》をつかんだ。勝利に気をよくしたニコラスは前かがみになったが、いい気分だったのもつかのま、ジリアンが背中の皮がむけそうなばか力でごしごしとこすりだした。いったい、どういうつもりだ！

ニコラスはすばやくジリアンの手首をつかまえた。

「もっと、そっとやれ。さもないと……」

ジリアンはまるで優位を競うかのように、長いこと彼とにらみ合っていたが、やがて不本意な服従のしるしに仏頂面で目を伏せた。それから乱暴に夫の手を振りほどき、ふたたび背中をこすり始める。こんどはニコラスも痛いとは思わなかった。それどころか、じつにいい気持ちだった。

聖地で看病を受けていたときはべつとして、このように体を洗ってもらうのは、ほんとうにひさしぶりのことだった。女など邪魔なだけと思っていたからだ。ましてや、くすくす笑いながら入浴を手伝ってくれる召使いに手を出したことは一度もない。だが、きょうは違った。ジリアンは経験豊かな女のように色目も使わなければ、生娘のように照れ笑いも浮かべない。そういうしぐさにはまるで縁のない娘だからな。ニコラスは思わずにやりとしながら、浴槽にゆったり寄りかかってくつろいだ。不思議なことに、いまは胃の痛みも消えていた。

ニコラスはのんびりと横に目をやり、妻の顔を思う存分に眺めた。黒っぽくて濃いまつげ。怒っているからなのか、あるいは体を動かしているからなのか、赤く上気した頬。顔に張りついたまま乾いてしまった、生えぎわの淡い色の髪。ジリアンがこれほど美しい顔をしていたとは……。ニコラスがもの思いにひたっていると、突然、片方の腕をぐいと引っ張られた。ジリアンがつかんだ腕を伸ばして石鹸をぬりたくっている。こっちに痛い思いをさせてやろうというつもりなのだろうが、それくらいで痛がると思ったら大間違いだ。

ジリアンは反対側へまわると、もう一方の腕を洗った。そのときほのかな彼女の香りが、ニコラスの鼻をふとかすめた。まるで野の花のようにすがすがしく、かぐわしいにおいだ。湯気のなかに漂うその香りに、ニコラスは全身の感覚をくすぐられ、くつろいだ気分など吹き飛んでしまった。とたんに、その場の空気が一変した。ジリアンが身を乗り出してくると、ニコラスはもはや勝利感にひたっているどころではなくなった。彼女の背中にたれさがっている太い三つ編みを、この手でつかんでみたい。そんな衝動がわきあがってきて彼はうろたえた。

ニコラスは彼女の髪から視線を引きはがすと、少し下のほうに目をやった。失敗だった。ジリアンはちょうど彼の胸を洗っているところだった。胸毛のなかに力強い指先をもぐり込ませ、布を広げてこすっている。やがてその手が腹のほうへおりていき、ゆっくり、やさしく、彼の肌をさすりだした。ニコラスははっと息を吸い込んだ。

こんなふうにさわられるのは、いったい何年ぶりだろう？　ニコラスは昔から、人に触れられるのが好きではなかった。女を抱くときですら、的確な愛《あい》撫《ぶ》ですばやくすませるたちだ。なのに、いつもなら感じるはずの不快感がいっこうにやってこない。それどころか、ニコラスは全身が熱くなり、興奮が広がっていくような気がした。

膝を立てているニコラスの太股《ふともも》に、ジリアンの手首が触れた。とたんに彼の体が思わぬ反応を見せ、心休まる入浴の時間がまったくべつのものになってしまった。全身の血が熱く、激しくわきたち、体が硬く張りつめていく。

「出ていけ！」ニコラスは怒鳴った。ジリアンにさわられただけで体が反応してしまったことを知られたくなかった。彼は湯をこぼしながら浴槽のなかでぱっと体を起こすと、下半身を隠した。

「えっ？」ジリアンが顔をあげる。ニコラスはその顔を見たとたん、ますます体が熱くなった。さっきまでのものすごいしかめ面は跡形もなく、いまやジリアンは霞《かすみ》がかかったような表情を浮かべている。肌は薔薇《ばら》色に染まり、唇はうっすらと開き、緑色の瞳は青みを増してすっかりとろけている。さらに下へ目をやると、彼女の胸が大きく上下しているのが見えた。きつい身ごろが濡れて肌に張りつき、乳首があらわに浮きあがっている。その姿はまるで、熟れた豊満な体をもてあます乳搾りの娘のようだった。

「出ていけ！」ニコラスがふたたび声を張りあげると、ぼうっとしたジリアンもこんどはちゃんと聞こえたらしく、石鹸をほうり出して部屋から逃げ出した。大きな音をたてて扉が閉まった。そこでようやくニコラスはつめていた息を吐き出した。そして、心の手綱をしっかり引き締めると、やがて体も落ちついてきた。

しかし、自制心を取り戻した瞬間、こんどは妻があのあられもない格好で城のなかを走りまわっていることに気がついた。それも、裸足《はだし》でだ。悶々《もんもん》としている家臣にでも出会ったりしたら、男を誘っている大胆な娘に間違われてしまうかもしれぬ。ニコラス自身はジリアンを抱くつもりはないが、ほかの男が彼女に手を触れるなど、絶対に許せなかった。そのようなところを想像しただけで、彼の血はわきあがった。

ニコラスは激しく毒づきながら浴槽から出ると、びしょ濡れのまま腰に麻の布を巻きつけ、部屋の外へ飛び出した。いつもの警戒心はどこへやら、彼はすべりやすい床石に注意も払わず、妻のあとを追いかけた。自分がどのような格好をしているかなど、まるで頭になかった。ニコラスは腰にまいた短い布を片手で押さえつつ廊下を突っ走っていった。

いまや頭のなかにあるのはただひとつ。だれかの目に触れる前に、ジリアンを見つけねば！　小悪魔のようなあの顔と豊満な体に、ほかの男が思わず気をそそられる前に……。そういう自分はどうだ？　いや、あれはいつもと違う入浴時の雰囲気と極度の疲労のせいだ。ニコラスは自分にそう言い訳した。

妻に惹《ひ》かれたのかもしれぬなどという、屈辱的な可能性は考えたくもなかった。

ジリアンは扉が開いている最初の部屋に飛び込んだ。当然のことながら主寝室よりは狭い部屋だ。それでも、ニコラスの城がどこもかしこもそうであるように、この部屋もまたしつらえはじつに贅沢《ぜいたく》だった。しかし、このときばかりはさすがのジリアンも、調度品やつづれ織りの壁掛けなどには目もくれなかった。彼女はまっすぐ窓ぎわに駆け寄ると、鮮やかな色のクッションがいくつものっている美しい腰掛けの上に突っ伏し、わっと泣きだした。

尼僧院ではひとりになれる場所がなく、もう何年も泣いたことがなかった。それがこうして自由の身となり、ジリアンは身を震わせておいおい泣きながら胸にたまった苦悩をほとばしらせた。ほかに人がいなければ、いつまでもそのまま泣いていたことだろう。だが息苦しくなってしゃくりあげたとき、物音がした。そろそろと顔をあげたジリアンはぎょっとした。なんと、小柄でまるまるとした中年の女性がすぐ横に立って、ジリアンにやさしく慰めの声をかけてくれているではないか。

「さあ、さあ」女は手を伸ばしてきて、ジリアンの肩をやさしく撫《な》でた。「そんなに泣かないで……。このイーディスに話してごらん。きっとすっきりしますよ」

だれだか知らないけれど、そのやさしそうな茶色い目を見ているうちに、ジリアンは恥ずかしい気持ちが和らいだ。母が死んで以来、だれかに慰めてもらうのははじめてだった。ふと気がつくと、ジリアンはイーディスの太った胸に顔をうずめ、涙声で悲しい思いのたけを吐き出していた。「わたし、大きくて、不格好で、不細工で、あの人に嫌われているの!」

「いいえ、いいえ……そんなこと、あるもんですか」イーディスが言う。「たしかに上背はあるけど、だからって太ってるわけじゃなし、不格好でもないじゃないの。さあ、ちょっとまっすぐ立ってみて」

ジリアンは大きくしゃくりあげながら立ちあがると、イーディスの鋭い視線を浴びながら、彼女の言うとおりあっちを向いたりこっちを向いたりした。

「あたしのエイズリーさまとは顔の色合いが違うけど、だから不細工ってことにはならないんですからね。ああ、その目! まるでエメラルドのようじゃないの。それに、まつげの濃いこと! 髪の毛も炎のようにまっ赤だし、男を熱くするにはこれで充分。あたしが請け合いますよ」

ジリアンは思わず赤面した。このような歯に衣着《きぬ》せぬもの言いもお世辞もはじめてだった。

「その体つきを見たら、どんな騎士だってうっとりするにきまってます。ほかのご婦人がただって、さぞうらやましがるでしょうね」

ジリアンはびっくりして自分の体を見おろした。だれかに褒めてもらうのははじめてのことだ。イーディスの慰めのことばにはたぶんにお世辞が入っているような気もするけれど、それでもジリアンは急にいままでとは違った目で自分を見られるようになった。もはや、体が大きすぎるとは思わないし、顔の色合いが派手すぎるとも思わない。ほかの人とは違うだけだ。いや、特別なのかもしれない。

「で、美人のあんたをつかまえて不細工だと思わせたのは、いったいどこのおばかさんなんです?」イーディスは非難がましく舌打ちをした。

そのとき、ジリアンが返事をする間もなく、部屋の扉が蝶番《ちょうつがい》から引きちぎれんばかりの勢いで開いた。戸口にニコラスが立ちはだかっていた。

彼は全身びしょ濡れで、しめった麻布を一枚腰に巻きつけただけの格好で、堂々たる体躯《たいく》をさらけ出している。美しくも恐ろしく、圧倒するような雰囲気を漂わせたその体に、ジリアンは息をのみ、思わず目を見張った。

ニコラスの体には強い力がみなぎっていた。とはいえ、ごつごつとした筋肉がもりあがっているわけではない。腕や肩が、なめらかな筋肉におおわれているのだ。そして、あの胸！　ジリアンはこんな胸をいままで見たことがなかった。でも、指先で触れた感触ははっきりと覚えている。なめらかで、硬くて、黒く縮れた胸毛でおおわれていて、この手で触れるうちに、なんだか胸がどきどきしてしまった。

そして、そこから下はなんとか目を向けまいと我慢をした。それがいま、薄布一枚におおわれただけで、あらわに浮きあがっている。ジリアンはまっ赤になって目をそむけた。

圧倒されそうなほどの静寂をまっさきに破ったのは、イーディスだった。彼女は戸口で目をつりあげている男からジリアンをかばうように、一歩前に出た。「ニコラスさま！　城のなかをそんな格好で駆けまわったりして、いったいどういうおつもりです！」

ニコラスはイーディスには目もくれず、ぎらぎらした目でジリアンをにらみつけた。「妻よ、自分の部屋へ戻れ！」低く抑えたその口調には脅しの響きが感じられたが、かっとなったジリアンはまるで気がついていなかった。

「さっきは出ていけって、わたしを怒鳴りつけたじゃないの！」

「おれに向かってそういう口をきくな！」

「ニコラスさま、いったいどうしたっていうんです！」イーディスはジリアンの前から頑としてどかず、主人をたしなめた。

「出すぎたまねをするな、イーディス」ニコラスが言い返す。

「いいのよ」ジリアンがそう声をかけて、イーディスのうしろから出てきた。「これは彼とわたしの喧嘩《けん》《か》なの。いつものことだわ」

「生まれてこのかた、こんな光景は見たことがありませんよ」叱《しか》られたことなど気にもとめず、イーディスはことばをついだ。目の前で主人が激怒しているというのに、まるで怖くないらしい。それが証拠に彼女は腰に手をあててふんぞり返ると、まっこうから主人をにらみ返した。「部屋へ引っ込むのはニコラスさまのほうでしょうが！　さっさと行かないと、風邪をひきますよ。奥方さまにはあたしがついてます」

「ここはエイズリーの部屋だ」ニコラスがにべもなく言った。

「そのエイズリーさまにはもうご自分の家があるんですから、奥方さまがこの部屋にいても、べつに文句は言いますまい」

ニコラスはふたりとも殺してやりたいというような顔をしたが、それ以上なかへは入ってこなかった。

「よかろう。だが、イーディス、なにがあろうとおまえの責任だぞ。とりあえずいまは、おまえに預けよう」さらに、侮蔑を含んだまなざしでジリアンを見ながらつけ加える。「それから、なにかもっとちゃんとしたものを着せてやれ！」

あいかわらず片手で腰布をつかんでいるニコラスが行ってしまうと、イーディスはふんと鼻を鳴らして扉を閉めた。

「あの人が怖くないの？」ジリアンは尋ねた。ニコラスはイーディスから見たらそびえるような大男で、彼の敵意ときたら体よりも大きいときている。

「ニコラスさまのこと？」イーディスはぷいと首を振り、恐ろしい主《あるじ》を軽くあしらった。「怖くなんかありませんよ。ちいちゃな赤ん坊のときから知ってますからね。それにあたしだって、ダンマローの城で鍛えられてきたんです。少々のことじゃびくつきませんよ」

「ダンマロー？」

「さあ、さあ、まず火のそばへかけて」イーディスはジリアンをなだめながら、美しく彫りあげた肘掛けつきの長椅子に座らせた。それから、暖かな日であるにもかかわらず柔らかな毛皮をそっと肩にかけ、なにも履いていない足もともべつの一枚でくるんでやる。こうして、ジリアンはぽかぽかとすっかり心地よい気分にさせられた。尼僧院では厳しい日課に追われ、結婚してからは緊張の連続だっただけに、イーディスにあれこれ世話を焼かれると、張りつめた気持ちがあっというまにほぐれていくのだった。

ジリアンはなめらかに削った背もたれに寄りかかり、静かに目を閉じた。

「さてと、これでよし！　どこから始めましょうかね。まず、あたしはイーディス。ほんの娘っ子のときからベルブライにいるんですよ。はじめは奥方さまにお仕えしましてね。お亡くなりになったあとは、末娘のエイズリーさまのお世話をしたんです」

ジリアンは驚いて目を開けた。「エイズリーってニコラスの妹なの？　わたしはまたてっきり……」

自信がないだけに、彼女はいっそうつんと顔をあげた。「一城の主というのはよく妾《めかけ》を囲うと聞いたわ」

「ニコラスさまもそうだと？」イーディスはふんと鼻を鳴らした。「たしかに、全身に男の精力がみなぎってる人ですけどね、それをどこで費やしているかまでは、あたしも知らないんですよ。もしかしたら、それが体のなかに逆流しちゃってるから、あんなに怒ってばかりいるのかもしれませんよ」

ずけずけと言うイーディスに、ジリアンはあいかわらず驚きながらも、思わずにやりとした。では、ベルブライにはニコラスの囲い者はひとりもいないのね。そう思ったとたん、ジリアンは小さな満足感を覚えたが、すぐに自分に言い訳した。敵はひとりでも少ないほうがいいからよ。

でも、ニコラスには妹がいた。どのような容貌《ようぼう》をしているのだろう？　ジリアンには想像がつかなかった。兄ゆずりで冷たい無慈悲な人？「やはり、レディー・エイズリーの部屋にいるのはよくないのではないかしら」ジリアンは不安を口にした。

「なにをおっしゃいます。エイズリーさまはもう成人してここにはいないんですから。自分のお城があるんです。ベルブライのような立派なお城じゃありませんけどね。エイズリーさまはあっちのほうがお好きなんですよ」まるでそんなエイズリーの気が知れないと言いたげな口ぶりだ。

しかし、ジリアンはニコラスの妹がここに住みたがらないと聞いて、内心さもありなんと思っていた。いまやわが夫であるあの卑劣な男と、だれが一緒に暮らしたがるだろう？「レディー・エイズリーもわたしと同じで、あの人が怖いのかもしれないわ」

イーディスが鼻で笑った。「エイズリーさまは怖いもの知らずなんですよ」なにやら複雑な思いをうかがわせる口調だ。「〝赤い騎士〟と結婚したくらいなんですからね。あんな兄のひとりくらい、なんてことはありませんよ」そう言って、イーディスは大きなため息をついた。「ニコラスさまも悪い人じゃないんですけどね。まだもっと若かったころ、エドワード王と一緒に聖地の戦に行ったんです。あのときはまだエドワード王子でしたけど。で、むこうでなにかあったんでしょうね。詳しくは知りませんけど……。隣の腹黒い領主が、ニコラスが戦死したと伝えてきたんですよ。まったく、あんな男は地獄に堕《お》ちてしまえばいいんだ。かわいそうに、前のお館《やかた》さまはすっかり嘆いてしまって……。顔にこそ出しませんでしたけどね」

イーディスはジリアンの顔をひたと見すえた。

「いいですか、ジリアンさま、ド・レーシ家の人たちはもともと心が冷たいんです。もちろん、あたしのかわいいエイズリーさまはべつですけどね。とにかくみんな愛情を示すのが苦手で、いつも自分を抑えてしまうんですよ。あたしの知ってるどこかのだれかさんと違って、ド・レーシの男たちは癇癪《かんしゃく》を起こして怒鳴るなんてことはしませんけど、反対に自分からだれかに触れたり、やさしい気持ちになることもないんです」

イーディスは沈んだ面もちで首を横に振った。

「でも、心のなかでは、ふつうの人と同じようにちゃんと痛みを感じているんですよ。病や戦で息子をひとり残らず失ったお館さまは、ご自分まで病にかかって死んでしまいました。それで、エイズリーさまが領地を治めることになったんです。モンモランシー男爵のところへ嫁ぐまで、それはみごとな領主ぶりでした」

どうも、イーディスは男爵の名前を口にするのが苦手らしい。ジリアンはその理由を問いたげに眉をあげてみせた。

「誤解しないでくださいね。あの男爵も、知ってみるといい人だったんですよ。でも、あたしの家はやっぱりベルブライですからね。エイズリーさまのややが生まれたあと、あたしは新しい亭主を連れてここへ戻ってきたんです」イーディスはにんまりと笑って、ジリアンにぱちぱちと目配せしてみせた。

「まあ、まあ、話がさきに飛んじまったわ。とにかく、この城に敵が攻めてきましてね。ダンマローのお館さまが勇敢に戦ってたところへ、ニコラスさまがひょっこり戻ってきなすったんですよ。まったく、いいところへ帰ってきてくだすった。おかげでベルブライは、ヘクサム男爵っていう隣の腹黒い領主の手に落ちずにすんだんです。正統なド・レーシ家の跡取りが領主の座について、みんな、そりゃあ喜びましたよ。あとは早く結婚して跡継ぎを作ってほしい。そう願ったのは、あたしだけじゃありません。でも、ニコラスさまはすっかり人が変わってしまわれた。前よりもずっと怖い人になってしまっていて……。とくにヘクサムとの一件があったあとは……まるで抜け殻です」

やがてイーディスはうれしそうににやっと笑った。

「さっきニコラスさまがあなたを妻と呼んだときは、あたしもたまげましたよ。でもね、こうしてお話ししてると、ジリアンさまがいればニコラスさまももとどおりになるに違いないって思うんです。げんに、もう違ってきてるじゃないですか」イーディスがさっそく指摘する。「ニコラス・ド・レーシがご婦人を追いかける、それも、素っ裸に近い姿で走りまわるなんて……そんな姿をこの目で見ることになろうとは思ってもみませんでしたね！」

イーディスはさきほどの出来事をおもしろがっているらしく、くっくっと笑っていたが、ジリアンは笑う気にはなれなかった。憎しみにぎらぎらとしていた夫の目が脳裏に焼きついていたからだ。それに、イーディスがいろいろ話してくれたのはありがたいけれど、ジリアンは彼女に期待されているとわかってすっかりしょげていた。ベルブライの人たちは、奥方の影響でニコラスがまるくなると思っているのだ。

お笑いだわ！　そんな望みを抱くなんて、月をねだっているようなものよ。

ジリアンが顔をあげると、イーディスが好奇心いっぱいに茶色い瞳を輝かせてこちらを見ていた。

「ねえ、教えてくださいな。どうやってニコラスさまの気をひいたんです？」イーディスは満面の笑みで訊いてきた。

「わたしはなにもしていないの。わたしの生まれがものをいったのよ」ジリアンは長いこと黙り込んでから、ようやくこたえた。「じつはわたし、ヘクサムの姪《めい》なの」

ニコラスは夕食のあいだじゅう愛想が悪かった。すぐ横で小作地の報告をしていた家令のマシュー・ブラウンは、お館さまがあまりに無愛想なのであんぐりと口を開けてあきれ返っていた。なにか食べても胃のなかに熱い石を抱えているようで、ニコラスはすぐに自分の皿を押しやった。いま食べないと、あとで後悔するのは目に見えているのだが……。もっとも、胃痛は何年も前からの持病だ。あとで痛くなるとわかっていても平気だった。それよりいまは、上の部屋でひとりで食事をしている妻のことが気になっていた。

復讐《ふくしゅう》の相手は目の届くところに置いておきたいと思うのが人情だ。ニコラスは胸のなかでそう言い訳した。部屋の外に兵をひとり見張りにつけてあるが、妻の見張りに関するかぎり、ニコラスはだれも信用していなかった。ましてやイーディスなど！　年老いたあの愚かな召使いはなにもわかっていないのだ。いや、だれにも想像つくまい。あの小さな尼僧がじつは、わずかな挑発を受けただけで窓から飛び降りるような雌狐《めぎつね》だとは……。

一度彼女に逃げられそうになったことを思い出したニコラスは、妻の様子を確かめたい衝動に駆られ思わず椅子から腰を浮かせたが、家令にびっくりした顔をされてあきらめた。ニコラスは家令にうなずきながらもぞもぞと座りなおし、目の前の杯をじっと見つめた。ベルブライの食事の時間は、昔からこうもだらだらと長かっただろうか？　もっとさっさと料理を運ばせ、さっさと食べさせることはできないものか？

「こんどはちゃんとしたものに着替えてきたようだな。よかった、よかった」突然耳もとで低い声が響き、ニコラスはぎょっとすると同時に、自分の犯した不注意に腹がたった。こちらに身を乗り出しているダリウスに、彼はじろりと鋭い視線を向けた。

「いったいなんのことだ？」

ダリウスは謎《なぞ》めいた表情を浮かべて黒い眉をあげてみせた。そういう顔をすると、ますます異国人らしく見える。「腰に布きれ一枚巻いただけの格好で、城のなかを走りまわっていたそうではないか」

なりふりかまわずに妻を追いかけたことを言われたニコラスは、何年ぶりかで顔が赤くなるのを覚えた。彼は食べかすの骨を一本拾い、なにげなく指先でくるくると回しながらひややかにこたえた。「いつまでもあの格好では、少し寒いからな」

ダリウスがにやりと笑う。「おれもはじめは、イスラムの地方総督の衣装のことかと思ったのだが、よく聞くと、もっと小さなものしかまとっていなかったというではないか」

「いいかげんにしろ！」ニコラスは言ってすぐに後悔した。ダリウスはわざとおれを怒らせようとしているのだ。ニコラスは鋭い目で相棒の顔を見た。その表情からはなにもわからないが、どうもおもしろがっているような気がする。じつに不愉快だ。

ニコラスの手のなかで骨がまっぷたつに折れた。

「なにかおかしいか、ダリウス？」ニコラスは訊いた。シリア人の男は黒い顔にも黒い瞳にもなんの表情も浮かべず、首を横に振った。その顔をじっと見ていたニコラスははっと気がついた。おれはこのいらいらを解消したいがために、喧嘩をふっかけようとしているのか。ニコラスは目をそらすと、自分の自制心のなさに腹をたてた。

「見張りの手配をしてくる」そう言うダリウスにニコラスはうなずいてみせた。訳知り顔でこちらを見るあの男がいなくなって、やれやれだ。そろそろ夜も更けてきた。妻のところへ行って休む時間だ。

ジリアン。今宵は彼女をどうしよう？　あれこれ考えるうちに、ニコラスは胸がどきどきしてきた。入浴中にあのようなことがあったあとでは、ジリアンと一緒に寝るのも気が進まない。

いっそ端女《はしため》のように寝台のそばの床に寝かせるか？　しかし、ジリアンの肌はきめがこまかくなめらかだ。ごつごつした寝床では肌に傷がつくかもしれぬ。では、エイズリーの部屋でやすませるか？

なかなか思いきれない自分に気がついたニコラスは、深呼吸をして頭をすっきりさせようとした。いつもは一瞬にして的確な決断を下すことができるのに。このような優柔不断な自分がいやだった。ニコラスはいらいらと顔をしかめながら、結局、妻から目を離さないことに決めた。ジリアンは頭がよくて度胸もある。やはり見張っているのがいちばんだ。さもないと、起きてみたらもはや復讐できない事態になっていた、などということにもなりかねない。

おれの復讐。あれこれ方法を考えているうちに、ニコラスの血がわきたった。ジリアンがなにをもっとも恐れているかはすでにわかっている。その恐怖心を利用すれば、彼女を苦しめるのはいとも簡単だ。あの雌狐にはふかふかの藁《わら》布団をあてがい、床に寝かせるとしよう。それならあざもできまい。だが、遠くへはやらない。おれの足もとで眠るのだ。

ニコラスの口もとに、この夜はじめて笑みが浮かんだ。

5

ジリアンはイーディスがあれこれ世話してくれるのを少々窮屈に感じながら、椅子の背もたれに寄りかかった。尼僧院で身についた習慣というのは、そう簡単に抜けるものではなく、なにもかも人まかせにするのは、慣れるのに時間がかかりそうだった。かといってなにか手伝おうとすれば、イーディスが気を悪くしたような顔をする。結局ジリアンは奥方さまらしく座っていることにした。でも、このような手厚い扱いがいつまで続くのかしら？

ニコラスがこのことを知ったら、いい顔をしないような気がするけれど。

「まあ、ほんとうによく食べたこと」イーディスが言った。彼女は残り物を下げながら、まじまじとジリアンの顔を見た。「ひょっとして、もうおなかにややがいるとか？」

ジリアンは青くなって思わず声をとがらせた。「冗談じゃないわ！」しかし、ベルブライで得た唯一の味方を怒鳴りつけてしまったのをすぐに後悔し、深呼吸をひとつするとなんとかうまく説明しようとした。「じつは以前、食べ物が充分にない時期があって……それ以来、食べられるときに食べておくという癖がついてしまったの」

「まあ、それはかわいそうに」イーディスが言うと、ジリアンは顔をそむけた。誇り高い彼女は、召使いの顔に浮かんでいる哀れみの表情など見たくなかったのだ。しかし、イーディスはすぐに話題を変えてくれた。「ま、とにかく、ジリアンさまは体も丈夫そうだから、きっとすぐにややを授かりますよ。なんていったって、今夜はあっちの寝室に来るようにという、ニコラスさまの仰せですからね」そう言って、イーディスは大袈裟《おおげさ》な目配せをした。

ジリアンはぞっとした。おいしい食事とイーディスの打ちとけたおしゃべりで、すっかりくつろいでいたところなのに、いまのひとことでのんびりした気分など吹き飛んでしまった。ジリアンは背もたれから体を起こすと、ゆっくりと静かに呼吸をくり返しながら恐怖に目を見開いて、自分をニコラスから守ってくれている扉のほうを見た。

「ジリアンさまはニコラスさまから恨まれてると言いなさるが、やっぱりそんなことはないと思いますよ。だってそうでなきゃ、ニコラスさまだって床をともにしようなんて言わないでしょう?」とめどもなくイーディスが続ける。ジリアンは召使いのおしゃべりが急にわずらわしくなった。話がとんでもない方向へいく前に黙らせなくては……。

「床をともにするのは、わたしをいじめたいからよ」

「ジリアンさま!」イーディスは仰天して息をのんだ。「そりゃあ、ニコラスさまは穏やかな方じゃありませんよ。でも、だからといって、乱暴されたわけじゃないんでしょう?」

「それはまだよ。その……床入りの機会が、まだなかったから」ジリアンはあからさまに告げた。

「なんだ!」イーディスは胸に手をあて、心底ほっとしたような顔をした。「ジリアンさまは怖いからそんなことを言いなさるんですよ。案じることはありません。ニコラスさまは東方の国にいたんです。男はむこうへ行くと、愛の妙技を身につけてくるというじゃないですか。ニコラスさまは床のなかでのことをちゃんと心得ていますよ」

ジリアンは思わずまっ赤になってうつむいてしまった。男女のあいだの睦《むつ》みごとを、こうもあからさまに話し合うことになろうとは考えもしなかった。

「大丈夫ですよ」イーディスが言う。「方法だっていろいろありますからね。もしニコラスさまがへただったら、なんというか、その、ジリアンさまが主導権を握っちゃえばいいんです」召使いは話しながらけらけらと笑った。

「なんですって?」

「いえね、世の中には、やさしいことばや甘い笑顔が通じない男もいるってことですよ。でも、床のなかで女がつくせば、たいていの男はふらっとくるものです」

ジリアンは唖然《あぜん》とし、思わずぽかんと口を開けて召使いの顔を見た。

「まあ、そういう方法もあるってことですよ。気が変わったらいらっしゃい。このイーディスが教えてあげます。さてと、そろそろ行きましょうかね。あたしの言ったこと、忘れちゃだめですよ」イーディスは最後にそうひとことつけ加えた。

ジリアンはおとなしく立ちあがってうなずいたが、召使いがむこうを向いたすきに、食事用のナイフをこっそりと衣のなかに隠した。たいした武器にはならないが、危険が迫ったらこれを使おう。法によればこの体はもはや夫のものだけれど、神のみ前において、夫の乱暴を黙って受けるつもりはなかった。

ジリアンは暗い気持ちで召使いの案内に従い、夫が待つ主寝室へ向かった。預言者ダニエルが獅子《しし》の穴にほうり込まれたときも、このような気持ちだったに違いない。しかし、ジリアンはくじけず、つんと顔をあげて寝室に入った。ニコラスがそっけなくイーディスをさがらせ、寝室の扉が不吉な音をたてて閉まる。だが、それでもジリアンは夫のほうを見なかった。

寝室のなかは広くて暖かくて豪華で、わが家でもあるこの夢のようなベルブライ城の典型的な部屋だった。

壁際には分厚い幕をめぐらした大きな寝台があった。反対側には掃除の行き届いた暖炉がしつらえてあり、貴重品を入れる櫃《ひつ》や、ふかふかのクッションを並べた肘掛けつきの長椅子が置いてある。地の厚いクッションのおもて布には、異国の模様が織り込まれていた。おそらく東方のものなのだろう。ジリアンはこれまで、このような部屋があることなど夢に見たこともなかった。もしかしたら、ここは楽園にも似た場所なのかもしれない。

あとは、彼さえいなければ……。

尼僧院からの道中、ニコラスは一度もジリアンの天幕に来なかった。じっさいこれまでにふたりきりになったのはたった一度だけ。この部屋でニコラスの体を洗ったときだ。そして濡《ぬ》れてなめらかな肌に手をはわせ、力強い彼の筋肉の感触を知ったのだった。ジリアンはよみがえる甘美な記憶に思わず身震いし、しかたなく夫のほうを見た。

とたんに、心を熱くする思いは消え去った。目の前に立つニコラスは尊大で、冷酷そうで、これが彼女の手に触れられてくつろいでいた男だなんて信じられなかった。この男にたいして、憎悪ではないほかの感情を抱いた自分が信じられなかった。

「今夜はここで寝るんだ」ニコラスが言い、ジリアンははっと息をのんだ。彼はまるで無数の恐怖を用意しているといわんばかりににやりとした。ジリアンは心ならずもぱっと目を落として、彼の下腹部を見た。ニコラスはくるりとむこうを向くと、ベッドの足もとに敷いてある分厚い藁《わら》布団を指さした。

「そこがおまえの寝床だ」まるで怒りをあらたにしたような口調で言った。

ふつう床に寝るのは召使いや従者のはずだ。だが、ジリアンは文句を言わなかった。寝台は大人が六人も寝られるくらいの広さだが、ニコラスと一緒に寝ないですむのなら、そのほうがかえってありがたかった。硬い床石の上で寝るほうがましだわ。彼の体を……彼の素肌を、この身に感じるくらいなら……。

ジリアンは思わず身震いした。

彼女の気持ちがくじけたのを感じとったのか、ニコラスが得意げに言った。「いままではいろいろ大目に見てきたが、旅は終わったのだ。これからはおまえの伯父の裏切りに、お返しをさせてもらうとしよう」

ニコラスはまるで鼠《ねずみ》を追いつめた猫のごとく、ゆっくりとジリアンのまわりをまわった。しかし、ジリアンはそのような脅しに屈することなく、つんと顔をあげていた。

「復讐《ふくしゅう》についてはずっと前から考えていたのだ」いつものようにこの話題になると彼の瞳が輝きだした。「もちろん、ヘクサムの弟に息子がいれば、それがいちばんだったのだがな。そうすれば、そいつをすぐさま殺すことができる。だが、おまえは女で、国王の命によりおれの妻となった。復讐の方法を考えなおさねばならんな」

そう言いながら、ニコラスは鋭い目でジリアンの体を眺めまわした。その陰険なほのめかしに、ジリアンはなんとか平静を失うまいとした。

「男に苦痛を味わわせる方法はいくらでもある。だが、女は……？」

不気味にとぎれたことばのあとに沈黙が続いた。ジリアンは息が苦しくなってきた。そんな彼女の恐怖を楽しむかのように、ニコラスがにやりと笑った。

「自分の寝床へ行くんだ。そしておれがその気になるまで、せいぜい待つことだ」

ジリアンは動くことができなかった。息を吸い込むのに忙しくて、それどころではなかったのだ。ジリアンがあえぐような息をくり返すあいだ、しかめ面をしていたニコラスも、彼女のただならぬ様子に気づいて顔色を変えた。

「なんなのだ？」彼はジリアンのそばへ行くと、肩をつかんで軽く揺さぶった。しかし、ジリアンは夫がそばに来たことでますます動転してしまい、恐怖に目を見開いたまま彼の顔を見つめ返すばかりだった。やがて厳しくも美しいその顔が目の前で揺れだした。めまいに襲われたのだ。

気がつくとジリアンは力強い腕に抱きあげられ、柔らかな毛皮をかけた大きな寝台に寝かされていた。

「まったく、こんな服ではろくに息もできないはずだ」ニコラスは乱暴に言い放つとジリアンをうつ伏せにさせ、背中のひもをゆるめた。さらにてのひらをあてて背中をさすってやる。ジリアンは肌着をとおして伝わってくる夫の手のぬくもりを意識した。彼を信用していないにもかかわらず、不快感はわいてこなかった。

ニコラスの手つきはとくにやさしいわけではないが、かといって力ずくでもなく、ジリアンは何度もさすってもらっているうちに恐怖心がほぐれていくのを感じた。それどころか驚いたことに、深くて速い夫の息づかいや重いその手の感触には、どこか慰められるものがあった。そのとき、ざらりとした指が肌着の縁からすべって素肌に触れた。

とたんに、心地よい気分が吹き飛んだ。素肌に感じるニコラスの指は火傷《やけど》しそうなほど熱く、ジリアンは心ならずも興奮してしまった。彼女は驚いてはっと息をのんだ。ニコラスはぶつぶつなにか毒づきながら、寝台を離れていった。

彼は戻ってくると、エールの入った杯をジリアンの手に押しつけた。この部屋に置いてある酒瓶からついだものらしい。「さあ、起きてこれを飲め」

ことばはぶっきらぼうだが、声の調子はさきほどとは少し違うような気がした。まるでいつもの冷たいよそよそしさがなくなったような……。ジリアンはローブの背中が大きく開いているのを気にしながらも、ニコラスに支えられて起きあがると、エールをひと口飲んだ。

「大丈夫か？」ニコラスが尋ねる。すぐそばに腰をおろした彼をひどく意識しながら、ジリアンはうなずいた。夫の体のぬくもりと力強さはひしひしと感じたが、もはや恐ろしいとは思わなかった。「こういう発作をよく起こすのか？」ニコラスの口調がふたたび鋭くなる。

「いいえ」ジリアンは小さな声でこたえた。「こういうふうになるのは……いいえ、めったに起こらないわ」危ういところで言いなおす。彼のせいでどれほど震えあがったか知られたくはなかった。それともすでに勝利を感じて、ほくそ笑んでいるのだろうか？　ジリアンは体をこわばらせて顔をあげた。しかし、ニコラスは彼女の視線を避けて立ちあがると、こちらに背を向けた。

「よし！　では、もう二度とそのような悪霊にはとりつかれるな」語気も荒くぴしゃりと言う。そのニコラスが突然ジリアンの前でおなかに手をあてて前かがみになった。だがそれもつかのま、すぐに背中をぴんと伸ばすといつもの彼に戻った。あまりに瞬間的なことだったので、じっと見ていなければ見逃していただろう。無敵に見える夫だが、どこか患っているのだろうか？

ニコラスがくるりとこちらに振り向いた。ジリアンの心配は吹き飛んだ。端整なその顔には落ちつきが戻って、ふたたび冷酷な表情を浮かべている。

「もう、やすめ」ニコラスがひややかに言った。「裏切り者の伯父のように、おまえにまで死なれては困るんだ。おれはなんとしても復讐してみせるからな！」

ニコラスは大股《おおまた》で戸口に向かうと、力まかせに扉を叩《たた》きつけて出ていった。静寂のなかに板戸の閉まる音が大きく響きわたる。ジリアンは胸がずきんと痛んだ。それは、息苦しさとはまったく関係のない痛みだった。

ジリアンはそばにあった櫃の上に杯を置くと、寝台からおりた。それから、脱げかかっていたローブを脱いでしまうと、きちんとたたんで横に置いた。長袖《ながそで》でくるぶし丈の肌着一枚になったジリアンは、藁布団の上で横になると肩まで毛皮をかけた。ひと部屋で大勢の女性と寝ていた彼女にとって、だれもいない部屋の静けさというのは、なんとも妙なものだった。

雨戸のあいだから夜明けの光が忍び込んできたころ、ニコラスは寝台から起きあがり妻の寝床の前へ行った。ジリアンは藁布団の上でまるくなり、片手でしっかりと枕《まくら》をつかんでいた。まるで子どもだな。寝ている彼女はそれほど幼く見えた。いつもは怒りや自尊心でひきつっている顔も、いまはすっかり安らかだ。この世のものとは思えぬ白い輝きを放つような肌をしていながら、ほのかに散ったそばかすがどことなく人間味を感じさせる。

ニコラスはまるで熱いものにでも触れたようにぱっとあとずさったが、背中は向けなかった。だれにも知られずにジリアンを観察できる機会などめったにないうえに、なにやら急にそうせずにはいられない気がしてきたのだ。ジリアンはすばらしい女性だ。まるで高価な葡萄《ぶどう》から熟成して特別な香草で香りをつけた、極上の葡萄酒のようだ。東方の国に住むベールをかぶった女たちは、謎《なぞ》めいていて魅惑的だった。それにくらべたらフランク人の女は平凡だ。だが、ジリアンは……。彼女はさながら、価値の低い石のなかで燦然《さんぜん》と輝くルビーのようだ。どれほどなまめかしいハーレムの女よりも、イングランドのいかなる美人よりも、ジリアンには人を酔わせるような魅力がある。

長年ひややかな目で女を観察してきたニコラスは、そのことに気づかずにはいられなかった。もちろん、だからといってなにが変わるわけでもないが……。それより重要なのは、敵の弱点を知ることだ。ひとつ残らず見つけてやる。ニコラスはゆっくりとジリアンの寝姿を眺めまわした。やがて、毛皮の下からのぞいている白い肩が目に入った。骨が浮き出ているわけでも、むっちりしているわけでもない。穏やかな曲線を描いて、さわったらなめらかな感じがしそうな肩だ。だが、そこに散ったそばかすを目にしたとたん、どきりとして体が熱くなった。

ニコラスはさっと背中を向けると、長年心に抱いてきた憎しみだけを考えようと努めた。

はじめのうちはジリアンを、ヘクサムの城の塔にでも閉じ込めるつもりだった。ヘクサムが自分の妻を死ぬまで幽閉した、まさにその場所だ。ヘクサムの跡継ぎには似合いの運命ではないか。だが、尼僧院に行ってジリアンを連れて帰ってくるあいだに、ニコラスはその計画をあきらめた。ジリアンは度胸があるうえに頭の回転も速く、いっときも目が離せない。おまけに誇り高いこの女が、幽閉されたくらいで打ちひしがれるとも思えなかったからだ。復讐するには、なにかほかの方法を考えねばなるまい。

いつのまにかニコラスは、くしゃくしゃにしたままの大きな寝台を見ていた。ゆうべここへ戻ってきたとき、ジリアンが床に寝ていたのには驚いた。その後ニコラスは長いこと寝室のまんなかに立ちつくし、つぎからつぎへとわきあがる感情の波に襲われていた。まるで体を打たれるようだった。長いことなにも感じなかった彼に向かって、不慣れな感情が押し寄せてきたのだ。安堵《あんど》、怒り、そして誘惑……。

ニコラスははじかれたように戸口へ向かうと、一度も振り返ることなく寝室を出ていった。きょうは領地の様子を見に行かねばならぬのだ。そしてなぜか急に、妻という名の赤毛の雌狐《めぎつね》からできるだけ遠くに離れたいという衝動に駆られたのだった。

静かに扉を叩く音がして、ジリアンは目が覚めた。寝坊したのかしら？　きっとシスターたちが待っているわ。いつまでも寝床にいたら、院長さまに叱《しか》られてしまう。でも、このようにぬくぬくとして柔らかな寝床にいたら、つい……。

「ジリアンさま？　そこにおいでですか？」

ジリアンはぱっと起きあがり、額にかかった髪をかきあげてあたりを見まわした。彼の部屋！　ほっとしたことに、寝台はからっぽだった。でも、ニコラスが起きたときに、こっちは無防備に眠りこけていたなんて考えるだけでも不愉快だ。ジリアンは小さく身震いしながら、イーディスに入ってくるように言った。しかし陽気な召使いの顔を見たとたん、暗い気分はどこかへ行ってしまった。

「さあ、風味づけした葡萄酒をお持ちしましたよ」イーディスが言った。彼女はジリアンの寝床をさげすみの目で見ると舌打ちをした。「なんだって床になんか寝てるんです？　まったく、ニコラスさまはなにを考えていなさるのかね？　ほんとうに頭が固いんだから！」

こうして一日が始まった。かつての見習い尼僧にとっては遅い朝で、その後ものんびりと時間が過ぎていき、ジリアンは自分が恐ろしく怠け者になったような気がした。イーディスは新しい服を縫うのにどこかから若い娘を連れてきたが、ジリアンも手伝うといって譲らなかった。そこで三人は一緒にエイズリーの古い衣装をほどいて、ジリアンの体に合うローブを一枚、大急ぎで縫いにかかった。

ようやく縫いあがると、ジリアンはさっそく袖を通してみた。麻地はどっしりとした厚みがあって、柔らかな布の靴を履いた足もとまでするりと落ちていった。このような美しい衣を身にまとうのは、生まれてはじめてだ。ジリアンは思わずうっとりとして、上等な布地を撫《な》でた。彼女の気持ちを察したのか、イーディスも横で笑みを浮かべてうなずいている。「あとは、ニコラスさまが東方から持ち帰った布地を見てからのお楽しみ！　豪華な装いになること、間違いなしですよ。領主の妻になるというのも、そう悪くはないでしょう？」

ジリアンは頬を染めたが、返事はしなかった。たとえ美しい衣を与えられても、彼に復讐されることを思うと、たいした慰めにはならないからだ。

そのとき、三人がいる家族室へオズボーンが入ってきた。きのういろいろと親切にしてくれた召使いだ。「ああ、奥方さま！」オズボーンの温かい挨拶《あいさつ》にジリアンは困惑した。「少しばかりお邪魔してよろしいでしょうか？」

オズボーンのへりくだったもの言いに、ジリアンは吹き出したくなった。お邪魔してもよろしいかですって？　ジリアンはあきれたように首を振った。ニコラスからは卑しい小作人にも劣るような扱いを受けているというのに、家臣や召使いたちの態度ときたら丁重このうえない。ジリアンはどう振舞えばよいのかまるでわからなかった。

「じつは、奥方さま、今宵の宴《うたげ》に出す料理でなにかとくにご希望はないかと、料理人が訊《き》いておりまして……」

宴？　きょうはなにかの祝祭日だったかしら？

横からイーディスが口をはさんだ。「奥方さまはいままでお忙しくて、それどころじゃなかったんだからね。でも、いまからお考えになるよ。まず、台所でどんな料理を用意してるか、ごらんになったらどうです？」最後はジリアンに向かって尋ねる。

ジリアンはぼうっとしてうなずくと、オズボーンにせかされるまま、大広間の隣にある広くて風通しのよい台所へ行った。そして、タンクレッドに紹介された。自分の領分のなかで行われるさまざまなことを、一手に取り仕切っている有能な料理人だ。これほど大がかりな料理の支度をはじめて目にしたジリアンは、ただただ驚いて目を見張るばかりだった。

台所では今宵のために、驚くほどの種類の料理が計画されていた。鹿《しか》肉に野兎《うさぎ》、八つ目鰻《うなぎ》、豚肉に鳩《はと》にえんどう豆、パン、そして、果物をふんだんに使った食後の菓子……。

「お館《やかた》さまには、小麦とミルクの特製プディングも作ります。濃い味つけがお好きでないんですよ」

タンクレッドの説明に、ジリアンはふと首をかしげた。東方帰りのくせに、濃い味つけが苦手だなんて……。そのときだれかがひどく咳《せ》き込み、ジリアンははっとわれに返った。振り向くと、竈《かまど》の前で薪《まき》をくべている少年がひどい咳《せき》をしていた。

ジリアンはそばに寄ると、少年がひとしきり咳をしたあとにひと息つくのを待って声をかけた。ひどい咳に同情せずにはいられなかったのだ。「もう長いこと続いているの？」

「いいえ、奥方さま、でも、咳をすると胸が痛いんです」少年が神妙な顔をしてこたえる。

「そうでしょうね」ジリアンは言ってから、オズボーンのほうを向いた。「ここの薬草使いはだれ？」

「エイズリーさまが行かれてからは、知識のある者がいなくて……。奥方さまは癒《いや》しの術をご存じで？」

ジリアンはほほえんだ。「ええ、いくらかはね」

尼僧院では薬草園の手入れと薬草の管理が、彼女の務めだったのだ。

「それは助かった！　病人を癒せる者がいなくて困っていたところなのです」

すっかり感激しているオズボーンを見て、ジリアンは思った。この人、わたしがなにをしても感激するつもりなのかしら。ジリアンはオズボーンの手を借りて少年のために薬湯をこしらえたが、薬草の蓄えは少なく、なかにはもはや使いものにならないものも混ざっていた。

「薬草の花壇を見せてもらおうかしら」ジリアンが言うと、オズボーンは喜んで案内しようとしたが、急用で呼ばれて大広間に引き返していった。

ひとりになってほっとしたジリアンは深呼吸をすると、台所の外の菜園をひとわたり眺めまわした。菜園は城の中庭からさらに塀で囲まれた広い場所の一角にあり、かつてはよく手入れされていたようだ。しかし残念なことに、料理に使う薬草のほかはほったらかしにされているらしい。草の効用を知る者がいないからなのだろう。

午後の日が頭上でまぶしく輝いている。風は穏やかで暖かく、土と草のにおいが心地よい。ジリアンはめったにない心の平安を感じながら、大きく育とうと悪戦苦闘している若枝や蔓《つる》のあいだを進んでいった。そしてにっこり笑って袖をまくりあげると、仕事に取りかかった。

ジリアンははじめて経験するひとりだけの時間を楽しみながら、時のたつのも忘れて仕事に熱中した。やがて太陽が塀の向こうに低く傾きだしたとき、城のなかからものすごい怒鳴り声が聞こえてきて、はっとわれに返った。

「どこだ?」厳しく問いつめる怒りの声に、ジリアンは顔をあげ、菜園の入り口の小さな扉のほうを見た。まるで復讐の天使のように、ニコラスが戸口の前に立ちはだかっていた。

ジリアンは断じてうろたえまいとして、夫やそのうしろで顔を赤らめている家臣には目もくれず、黙々と手を動かしていた。

「なぜ、奥方を部屋から出した? おまえは見張りなのだぞ!」ニコラスの声はまるで刃《やいば》のように鋭く恐ろしかった。

「ですが、あれはきのうのことでしょう?」気の毒な家臣がかみついた。「きょうのことは、なにもおっしゃらなかったではないですか!」

「自分の務めに戻れ!」ニコラスは声を荒らげた。

自分の非を認めるつもりはないらしい。典型的な暴君だ。ジリアンはそう思いながら、ことさら力を込めて太い雑草を引き抜いた。

「いったいなにをしているのだ!」こんどはジリアンに向かって言っているらしい。声はさっきよりもひややかだが、険悪な口調にかわりはない。

「仕事をしているのよ。あっちへ行って」ジリアンはこたえた。

「なんだと?」耳をつんざくような怒鳴り声が返ってくる。

ジリアンは立ちあがると振り返った。ニコラスはまっ赤な顔をしている。本気で怒っているらしい。でも、なにをそんなに怒っているのだろう?

「菜園の手入れをしているのよ!」ジリアンも怒鳴り返した。「見てわからないの?」彼女は手を広げて、きれいになった花壇を見せた。

一瞬ジリアンは張り倒されるかと思ったが、ニコラスはその場を動かず、侮蔑《ぶべつ》に口もとをゆがめた。

「いいか、よく聞け! 菜園の手入れは禁じる。病人を癒すのも、台所を汚すのも許さん。わかったか、奥方どの!」

ジリアンが言い返そうとすると、ニコラスが飛びかからんばかりの勢いでそばへやってきた。彼女はしかたなく、ひょいと首をすくめて飛びのいた。そのまま横をすり抜けて逃げ出したいところだったが、邪魔な蔓に足を取られて蔦《つた》の上にひっくり返ってしまった。

もはや逃げ場を失ったジリアンは恐怖に目をひきつらせ、肩で息をしながら立ちはだかるニコラスをただ見あげるしかなかった。これが、めかし込んだ啄木鳥《きつつき》男だなんて大はずれもいいところだわ。ニコラスは表面こそひややかに構えているけれど、一皮むけば、わたしへの憎しみで燃えているのだから。

ジリアンはもう一度怒鳴りつけられるか、あるいは殴られるのではないかと身構えたが、ニコラスはいつもの恐ろしい目つきでこちらを眺めまわすばかりで、やがてその目がむき出しになったジリアンのふくらはぎのところで止まった。ジリアンは急にきまりが悪くなり、ぱっとローブの裾《すそ》を下に引っ張った。とたんにニコラスが驚いたようにびくっとした。

「いますぐ部屋へ戻るんだ！」ひっくり返った妻に手を貸そうともせず、ニコラスはきびすを返した。

ジリアンはひとりで起きあがると手の泥を払い、おとなしく彼のあとをついていって途中で追い越した。膝は震え、美しかった衣はもはや泥にまみれていたが、彼女は胸を張り、けっしてうつむいたりしなかった。

なかに入ると、料理人や下働きの者たちが唖然とした顔でいっせいにふたりを見た。横には少しよい身なりの男もいて、彼は用心深い目つきで会釈すると、ニコラスのほうに近づいてきた。絶対に恥ずかしそうな顔はするものですか。ジリアンは固く心に決めていた。

「お館さま、今宵の宴はどうなさいます？」その男が訊いた。

ニコラスはその場を逃げ出そうとするジリアンの腕をつかまえてから、男のほうを見た。ジリアンは痛みに悲鳴をあげたいのを我慢して夫をにらみつけた。「宴？　なんの宴だ？」ニコラスがとがった声で問いただす。

「なんのって……婚礼のお祝いに決まっているではありませんか」

6

上座についているニコラスは、まわりのお祭り騒ぎには目もくれず、人さし指でプディングをすくい取った。結局のところ、今夜は望みどおり宴《うたげ》を開かせてやることにしたのだ。家臣や召使いにどう思われようと気にはならないが、妻と一緒に連中まで罰することもあるまいと思ったからだ。

だがあすからは、だれであろうとジリアンに丁重な態度をとったりかしずいたりするのは断じて許さない。とくにおせっかいなイーディスにはきつく言おう。まったく、あの女にがみがみ言われるのはもううんざりだ。古くからの召使いなのはわかっているが、復讐《ふくしゅう》の邪魔をしようものなら、ベルブライ
から追い出してやる！

夕方、城に戻ってジリアンがいないとわかったときのニコラスはすっかり逆上し、まるでなにかにとりつかれたように城のなかを捜しまわった。おかげで家臣たちからは異様な目で見られる始末だ。父が生きていたらきっと諫《いさ》められていただろう。〝ド・レーシ家の者は大声をあげてはならぬ〟と。

それなのに、そのド・レーシ家の跡取りがそこらじゅうに響くような声でわめきながら、妻を捜しまわったのだ。ジリアンの行方は、あちこちで話を聞くうちにわかった。まず彼女は家族室を出ると台所へ行き、そこで下働きの少年に咳《せき》を静める薬湯を作ってやると、こんどは供も連れずにふらふらと菜園へ出ていったという。

そのジリアンをようやく捜しあてたとき、ニコラスは彼女の姿をひと目見るなり、たとえようのない衝撃を受けてしばらく口がきけなかった。復讐の相

手がまだこの手のなかにいるとわかってほっとしたのだが、同時にほかの感情がわきあがってきたのだ。怒りやいらだちだけではなく、それは妙にうれしい感情だった。

ニコラスは軽いめまいを覚えて思わずうろたえ、事態の収拾がつかなくなっているような気がした。それもこれも、すべてこの女のせいではないか。ヘクサムに姪《めい》がいたことはありがたいが、ジリアンは彼が想像していたような、意志薄弱で臆病《おくびょう》な尼僧院育ちの娘ではなかった。年をとってもいなければ不細工でもない。おまけに従順な性格とはほど遠い。目が合ってもひるみもしないジリアンを見ながら、ニコラスはそう思った。ジリアンは彼の血を熱くさせるような大胆さで、こちらに向かって杯をかかげてみせると一気に飲み干した。

ニコラスはちらりと目をやってからっぽの杯を見た。いったいどのくらい葡萄《ぶどう》酒を飲んだのだ？　今夜のジリアンは、いつもよりもいっそうむこうみずな目をしている。この小さな尼僧が酔っ払って上機嫌になったら、どんなだろう？　ニコラスは想像したとたんになぜか興奮を覚えた。

念のため、ジリアンからは目を離さないことにした。まさか家臣たちの前で見苦しい振舞いもしまいが……。重くのしかかる期待にひるむことなく、ベルブライの人々の前で不安のひとかけらも見せないところなど、ジリアンはまるで生まれながらの城主の奥方のようだった。声をかけてきた者には、思いやりと礼儀をもって応《こた》えてやる。それでいて下々の者たちとは違う、近寄りがたい雰囲気を失わないのだ。

ただひとつ奥方らしからぬものはといえば、身にまとっている衣ぐらいだろうか。見るからに生地をはぎ合わせて作った一着で、菜園の手入れの名残に泥までつけている。ニコラスは眉をひそめた。服が汚れるのもかまわず花壇を掘り起こす女が、いったいどこにいるだろう？　いや、いるぞ。尼僧だ。あるいは、見習い尼僧。飾り気のないまっ黒な僧衣なら、汚れを気にする必要もないからな。ニコラスはそんなことを考えながら、わけもなくいらいらした。

僧衣のことは思い出すのもいやだった。そこでこんどは、東方から持ち帰った青や緑の鮮やかな絹地をジリアンに着せたところを想像してみた。きらめく彼女の瞳のように、緑の布地もつややかな光を放つに違いない。それから、エメラルド。それで飾り帯を作らせるもよし、黄金のネットにちりばめて髪につけさせるもよし、ジリアンにはさぞ似合うことだろう。

ジリアンには絶対にベールはかぶらせるなとイーディスに言いつけておいたので、きょうのジリアンは髪を編みあげて、きらきらと輝くネットでくるんでいた。東方の国では、女の髪を目にできるのは夫だけなのだが、ニコラスもいつのまにかその慣習をうらやましく思うようになっていた。急に彼はジリアンの髪を見るのが待ちきれなくなった。彼女の髪をおろして、ほどいて、そして背中に広げて……。

「いかがです、お館《やかた》さま？」家令の声がして、ニコラスはもの思いから引き戻された。みんながなにかを期待しているらしい。余興をもっと求めているのか？　ニコラス自身は歌にあまり興味がないが、家令の提案はよほどのことでないかぎり拒まないことにしていた。なにしろ有能なこの男は、留守がちな城主にかわって城の生活を円滑に取り仕切ってくれているのだ。だがすでに歌は終わりらしく、人々は遊技を見たがっている。目隠し遊びか？

ジリアンはわけがわからないらしく、ニコラスの顔をうかがっていた。尼僧院にいたので、こういう遊びは知らないのだ。それにしても、あれだけ喧嘩《けんか》をしたあとだというのに、なにかわからぬときはやはりおれに訊《き》くのか？　ニコラスにはまったく思いがけないことだった。彼はジリアンのほうに身を乗り出した。とたんに彼女の香りに鼻をくすぐられ、思わず体を引きそうになる。「たんなる遊びだ。鬼が頭巾《ずきん》で目隠しをして、味方を捜すのだ」

「でも、みんな、ご褒美がどうとか言っているわ。接吻《せっぷん》ですって」ジリアンが言う。

「心配するな」ニコラスはささやいた。「おまえに触れるのは、このおれだけだ」とたんにジリアンが顔をひきつらせるのを見て、ニコラスは思わずにやりとした。

ところが、彼が遊びの許しを与えようと片手をあげたとき、老齢の家臣にその腕をつかまれてしまった。驚いたニコラスは、腕を引っ張られてしかたなく立ちあがった。「お館さまに花嫁を捜していただこう！」家臣が叫ぶと歓声があがった。

ニコラスはしまったと思ったが、もうあとの祭りだった。すでにジリアンも女たちに引っ張られて席を立っており、目の前には頭巾を突きつけられていた。

ニコラスはそれでも拒もうとしたが、おもしろがって挑戦的に自分を見ているダリウスと目が合った。彼はシリアの男をにらみつけると、老齢の騎士のあとについていって大広間のまんなかに立った。すでにこの遊びのために、大きく場所が取ってある。ニコラスは頭巾を目深にかぶると、おとなしく引っ張りまわされるままにその場でぐるぐると回転した。

葡萄酒に酔っている者なら、おそらくめまいを起こしていただろう。しかし、ニコラスの方向感覚はそう簡単にはなくならなかった。彼はたちまち背中をまっすぐに伸ばして野次馬をがっかりさせると、花嫁捜しに取りかかった。あっちからもこっちからもくすくす笑う女たちを押しつけられたが、そういうのには取り合わない。ニコラスは不潔な体に香水をつけたむっとするようなにおいのなかをゆっくりと進みながら、すがすがしい香りを探し求めた。

頻繁に入浴する習慣は、東方の国で身につけたものだ。妻にもその習慣を徹底させるつもりだった。まったくこの国の人間はじつに臭い。もっとも、それで妻を捜すことができたのだ。鼻のさきをくすぐるジリアンの香りに、野の花とそばかすとまっ赤な髪が思い浮かぶ。ニコラスはふたたびほかの女を押しつけられたが、彼女の香りを追い続け、とうとうジリアンをつかまえた。

わっと歓声があがる。早く相手の顔を見たくて、ニコラスは乱暴に頭巾を脱いだ。はらりと頭巾が床に落ち、つかまえた女の姿がようやく目に入る。なめらかな肌と豊かな体の線を持つ、背の高い優雅な乙女だった。葡萄酒のせいなのか、遊技のせいなのか、驚いてこちらを見あげる緑色の瞳がぼんやりとしている。

「さあ、ご褒美だ！　お館さま、接吻を！」

人に指図されるのが嫌いなニコラスは、まわりの野次をなかば無視するつもりだった。ところが、こうしてジリアンと見つめ合っているうちに、なんだか口づけするのが自然であるように思えてきた。ジリアンも頬を染め、まるで彼の唇を迎えるようにうっすらと唇を開いた。ニコラスは顔を近づけた。

唇と唇を軽く触れ合わせるようなキスをする。ほんとうはそれだけでやめるつもりだった。ところが、目もくらむようなその感触にすっかり酔ってしまい、彼はさらに唇を押しつけていった。やがてジリアンが唇を開き、ニコラスは舌のさきで甘い蜜《みつ》を味わった。

熱くて強烈だった。ニコラスが乱暴にジリアンを抱き寄せると、彼女もあらがうどころかニコラスの首に両腕をまわしてきた。ジリアンの指が彼の髪にもぐり込み、彼女の乳房とニコラスの胸がこすれ合う。彼はいっそう深いキスをしながら、ジリアンの背中を撫《な》でおろしていった。もう、待ちきれない。早く、いますぐ……。ずっと聞こえていた耳鳴りがしだいに大きくなっていき――ニコラスははっとした。

耳鳴りだと思ったのは、さかんにはやしたてるまわりの声だった。ニコラスは顔をあげた。「お館さまと奥方さまに末永きしあわせを！」人々が叫んでいる。「永遠なる子孫の繁栄を！」

子孫？　ニコラスはまるで火傷《やけど》でもしたようにぱっとジリアンを離すと、あとずさった。火のなかを歩いたように体が熱かった。全身が震え、心もひどく乱れている。ニコラスはまわりの歓声を聞きながら、必死で落ちつきを取り戻そうとした。

ここまでするつもりはなかったのだ。そもそもこのような見世物になることじたい、ニコラスは慣れていなかった。このように熱狂的な観衆に囲まれたのははじめてだ。花嫁がこうも熱烈に歓迎されようとは、想像すらしていなかった。ニコラスは真剣に大広間を見まわした。

手遅れになる前に、ジリアンを退けるのだ！　いまここで、この女にはヘクサムの血が流れていると連中に教えるのだ。いまこそジリアンをそしり、屈辱を味わわせる絶好の機会ではないか。彼女を鼻であしらい、辱め、だれからも口をきいてもらえぬようにしてしまうのだ。

だが、希望と喜びに輝く一同の誇らしげな顔を見たとたん、ニコラスのなかでなにかがしぼんだ。彼はこのとき生まれてはじめて他人のことを思いやった。父の跡を継いでベルブライの城主になってからはじめて、領民の気持ちをさきに考えたのだ。そのようなわけで、結局、彼は口をつぐむことにした。

そのかわり、彼はジリアンの手首をつかむとはやしたてる家臣のあいだを抜けて、大広間のいちばん奥の階段に向かった。はじめのうちは家臣たちがあとについてきたが、ニコラスは階段の途中で立ち止まると、ついてくるなと命令した。それからは、冷やかしやらあけすけな助言やらの声だけがふたりを寝室まで追いかけてきた。

ニコラスは寝室に入って扉にかんぬきをかけると、ようやくジリアンの手を放した。とたんにジリアンが両手を頬にあて、ぞっとしたような顔であとずさった。「葡萄酒を飲みすぎたみたい」彼女はつぶやいた。

「そのようだな」ニコラスは声をとがらせた。階下《した》で起きたことをジリアンのせいにできるなら大歓迎だ。「酔っ払った尼僧が——」

「酔っ払ってなんかいないわ！」憤然としてジリアンが叫ぶ。「それに、わたしは尼僧でもないわ」

「では、見習いの尼僧だ」ニコラスは怒りをにじませてつめ寄った。「だが、尼僧院の面汚しであることにかわりはない。あのように酒に酔って、男を誘惑するようではな」

「酒に酔って男を誘惑するですって？　なんてひどいことを！　さきに接吻をしたのはそっちじゃないの！　わたしのほうからは、死んだってあなたに触れるものですか！」ジリアンは目をつりあげてわめいた。

「それにしては、うれしそうな顔だったぞ！」

このときニコラスは妻との喧嘩に夢中になるあまり、扉のむこうでごそごそと音がしたのを聞き逃した。ふだんなら、すぐに気がついていただろう。もっとも、主《あるじ》の命令に背いてここまで来る者がいるとは、彼は思ってもいなかったのだ。

ところが、ひとりの家臣とひとりの召使いがまさに命令に背いて、うしろめたさなどさらさらなく主寝室の外で聞き耳をたてていたのだ。男のほうは扉に耳を押しつけ、その横で女がじれったそうに彼の上着を引っ張っている。

「で、どうなのさ?」イーディスがこたえをせかした。

ウィリーは扉から顔を離すと、白髪まじりの頭をぽりぽりとかいた。ベルブライの領主夫妻の振舞いにすっかり困惑している様子だ。「また喧嘩してるよ。まるで犬と猫みたいだな」

「そんな!」イーディスが声をあげる。「あんな接吻をしたあとだってのに……」

「自分の耳で聞いてみろよ」ウィリーはそう言って横にどいた。入れ替わりにこんどはイーディスがごそごそと四つんばいになって、扉に耳を押しあてる。

とたんに彼女はあっと息をのんだ。「ニコラス・ド・レーシがあんなふうに怒鳴り散らすなんて、あたしゃ聞いたことがないよ」亭主に向かって小声でささやく。「昔から無口で冷血な人だったんだけどねえ。でも、近ごろは……」イーディスは眉をひそめてなにやら思案げな表情で扉から離れると立ちあがった。「ひょっとして、これはいい兆候かもしれないよ」

ウィリーはふんと鼻を鳴らした。「そりゃ、また、どういうことだ?」

イーディスはむっつりと考え込んでいてすぐには返事をしなかったが、やがてその顔にゆっくりと笑みが広がった。「だってさ、うちのお館さまはここのところ文句ばかり言ってるじゃないか。ジリアンさまのことをなんとも思ってないんだったら、あたしたちにしてるみたいによそよそしい顔をするはずだよ。ところが、ジリアンさまを連れて帰ってきてからこっち、まるで大騒ぎじゃないか」

ウィリーはイーディスの理屈がまったく理解できず、しきりに首を振った。「ありゃ、きっと、女房の扱い方ってやつを知らないんだな」

「きっと、そうだ」イーディスは片目をつぶって賛成した。「ねえ、あんたから話してみれば？」慣れた手つきで亭主の腕につかまりながら言う。「いくつかこつを教えておあげよ」

「ふん！　いくら教えたって、あんなにしょっちゅう喧嘩ばっかりしてるんじゃ、肝心なことをする暇もありゃしないよ。賭《か》けたっていい」

「へえ、そう？」イーディスは急ににやにやにや顔になった。「じゃあ、決まった。これは賭《かけ》だよ」

そうしてふたりが廊下を戻りだしたとき、主寝室のドアが勢いよく開いて、またすぐにばたんと閉まった。ふたりとも思わず飛びあがった。とっさにウイリーが女房を守るように抱き寄せる。しかし、近づいてくる黒い人影は、ふたりのことなど目に入らないようだった。

ニコラス・ド・レーシは憤然とした様子で階段に向かっていった。そしてそのあとを、ウィリーが引きとめようとするのもかまわずイーディスがつけていく。しかたなく彼も急いで女房のあとから忍び足で階段をおりると、ベルブライのお館さまが大広間を横切って、正面の大きな扉から土砂降りのなかへ出ていくところだった。

「美しい嫁さんをほったらかしにして、嵐《あらし》のなかへ出ていくなんて、いったいなにを考えているんだ、お館さまは……」ウィリーは思わずつぶやいた。

中庭に出たニコラスはじっと立ったまま、激しい雨に打たれていた。胃が焼けるように痛むが、気にすまい。彼は痛みに体をまるめるどころか天を仰ぎ、身も心も洗い流してくれる雨を顔いっぱいに受けた。冷たく降りしきる雨に打たれていると、頭のなかのもやもやも胃の痛みも消えていくようだった。

つい先だって尼僧院へ向かう道中、ニコラスはすべてを手にしたような気がしたものだった。ところが、いまはどうだ。みずからの不注意で、収拾のつかない事態を招いてしまった。早くいつもの生活を取り戻さねば……。自分自身を取り戻さねば……。かつて一度、気をゆるめたばかりにとんでもない目にあい、二度と気をゆるめるものかと誓ったではないか。

ニコラスは聖地へ行って野ざらしのままヘクサムに見殺しにされ、見知らぬ他人の親切と、弱ったおのれの体だけを頼りに生き延びたのだった。傷が回復するまでの果てしない日々を、どれほど呪《のろ》ったことか！　よみがえってくる記憶に、ニコラスはこぶしを握り締めた。彼は長い時間をかけて体力を取り戻し、ふたたび自分の足で立ちあがり、富と領地を取り返したのだ。もはやこの手に握ったものを、赤毛の女のために手放すつもりはなかった。どれほど彼女が領民に好かれていようとも……。

だが、焦るな。待つのだ。気短な性格といつも闘ってきたニコラスは、もう一度自分に言い聞かせた。

ベルブライの領民にとって、ジリアンはいまのところ将来の希望をになう目新しい存在だ。だが彼女が何者であるかを知り、跡継ぎも生まれないとなったら、連中は見向きもしなくなるだろう。

ジリアンの運命は、いまでもニコラスが握っているのだ。彼自身の運命も……。そして、胃の痛みのほうはいかんともしがたいが、下腹部でうずく痛みは解消することができる。ニコラスはいらだたしげに顔をしかめた。そもそも長いこと女を抱いていないから、ジリアンにあのような口づけをしてしまったのだ。もう、二度とくり返すまい。彼は固く誓った。

ニコラスは女にわがもの顔をされるのがいやで、ベルブライには妾《めかけ》を置いていなかった。だが、一日ほど馬を走らせたところに女がひとりいた。彼女はニコラスのことを、金払いのよいたんなる騎士と思っており、約束などはひとつも求めなかった。

これからすぐ出かけていって、思いきり発散してこよう！　そうすれば問題がひとつは片づく。それに一度すっきりしてしまえば、理性も戻ってくるだろう。ニコラスは決断すると、東方から連れてきたさまざまな人種の男たちのなかから数人の供を選んだ。戦うことにかけては、この連中のほうがフランク人の倍は働くからだ。ニコラスは大声で命令を下すと、厩《うまや》へ向かった。

厩のなかでは、まるで彼が来るのを待っていたように、ダリウスが馬の世話をしていた。もはやニコラスもこのようなことには驚かなくなっている。

「二、三日留守にする」彼はそう言って軍馬にまたがった。

「こんな雨の夜に美しい城から逃げ出して、いったいどこへ行くというのだ？」ダリウスが訊いた。

ニコラスは急な旅立ちのわけを説明しようともせずに続けた。「留守中のことは、すべておまえにまかせる」

表情にこそ出ていないが、シリアの男が内心眉をひそめているのはニコラスにもわかっていた。「奥方はどうする？」ダリウスが訊く。「彼女はだれにまかせるのだ？」

一瞬ニコラスは、ふいに馬から振り落とされたような錯覚を味わった。出かけることにばかり気を取られていて、留守中に妻が逃げ出す可能性があることを考えもしなかった。「まさか、逃げる度胸はあるまい」彼はぼそりとつぶやいた。だがあの雌狐《めぎつね》は悪賢いから、一《いち》か八《ばち》かに賭けるのは危険すぎる。家臣や召使いに好かれているのをいいことに、逃げ出すかもしれぬ。あの女がいなくなったら、おれはどうなる？　そう思ったとたんニコラスの目の前に、砂漠のごとく果てしなく荒涼としたむなしさが広がった。「四六時中、見張りをつけろ」

ダリウスが小さく頭をさげた。「その役は、このおれが喜んで務めるとしよう」

どこか引っかかるその言い方に、ニコラスははっと手を止めた。彼は鋭い目でダリウスの顔を見たが、いつものごとく褐色の顔にはなんの表情も浮かんでいない。いまは頭がどうかしているから、言われてもいないあてこすりを感じてしまうのかもしれない。ニコラスはそっけなくうなずいてぐいと手綱を引くと、こちらの心を乱すことなく体だけを満たしてくれる女をめざして雨のなかを走りだした。

いいようのない衝動に駆られたニコラスは、夜どおし馬を駆って、夜明けには目的地に到着した。寝不足で目がかすんで見えるが、我慢しよう。もうすぐ寝られるのだ。たぶんあの女の寝床で、思いきり発散したあとに……。

彼女は後家だった。こぢんまりとした館にひとりで住んでいるが、かつては美しかったその館もいまはすっかり荒れ果て、荘園《しょうえん》の一部だった村もだいぶ前にベルブライの領地になっていた。ニコラスは敷地の境にある塀の外に供の者たちを残すと、雨で濡《ぬ》れた草のあいだをぬってひとりで入っていったが、館の外に馬が一頭つないであるのを見て、思わず自分の馬を止めた。

そして、いちいの木の下に隠れていると、太った小男が下着を引っ張りあげながら館のなかから出てきた。男は上着を下までおろすと、つないであった馬にまたがった。それからニコラスに気づいて小さく会釈すると、欠けた汚い歯をむき出してにっと笑った。

「おはよう、だんな！　ここのあまっ子はめっぽう楽しませてくれますよ。法外な金も取られないし」

そう言って、男は去っていった。

ニコラスはその場から一歩も動かず、脂ぎった男のうしろ姿を唖然《あぜん》として見送った。胃袋は焼けるように痛むし、雨に打たれての長い夜駆けのあとで頭もずきずきしていたが、べつの部分のうずきはもはやすっかりおさまっていた。一カ月ほど女に触れていない彼の体は、あいかわらず女体を求めてはいたが、いまの不潔な男に抱かれたばかりの女に触れるのは考えただけでもぞっとした。

なにもここの女でなくてもよいのだ。しかし、商売女は嫌いだし、いまさらべつの素人女を捜すには暇も気力もなかった。くそっ！ それなりの金を払って囲っておくべきだった。もっともこれまでは女をひとり占めできなくても、いっこうに気にならなかったのだが……。

そう、かまわぬではないか。ニコラスは片意地を張ってしかめ面になると、馬から降りて玄関へ向かった。

応対に出た老召使いは彼のことを覚えていて、すぐに広間へ案内してくれた。さいさきがよいぞ。体が熱くなるのを意識しながら、ニコラスは思った。

おれの留守中はほかの男を相手に技を磨いているのだから、かえってよいではないか。尼僧院育ちの娘にはとうていまねのできないような技をあの女は使うのだからな。ニコラスは得意げな気持ちで思った。

彼女の姿が目に入った。毛皮のローブのようなものをまとって、暖炉の前でくつろいでいた。下にはなにもつけていないらしい。乱れ髪が悩ましいしどけない姿だが、悲しいかな、ニコラスはまるでそそられなかった。それどころか急に、彼女が老けた女に見えた。老けて疲れた顔……。ニコラスを笑顔で迎えてはいるが、その笑みはひきつっている。これほど背の低い女だっただろうか？ これほど肌がぶよぶよしていただろうか？ 髪はまっ茶色で目はうつろだ。

おまけに、そばかすのひとつもない。

「いらっしゃい、騎士のだんな」艶《つや》っぽい声で彼女が言った。かつてはこの声にそそられたものだが、いまはたんなる作り声にしか聞こえない。ニコラスは落胆したのを見られたくなくて、急いで小さくうなずいた。

「やあ、アイドニア」

アイドニアは寝そべって、ローブの前がはだけるのもかまわず脚をあらわにしてみせた。だが、ニコラスはなにも感じなかった。

「通りかかったので、挨拶《あいさつ》していこうと思ったのだ」

「通りかかっただけ？　ねえ、ゆっくりしていけるんでしょう？」アイドニアはささやくように言うと、クッションの上でのけぞりながらローブの縁をゆっくり撫でおろした。

「残念だが、時間がない。務めがあるのだ」ニコラスは彼女のそばへ近づいたが、触れようとはしなかった。そのかわり、杯が置いてある櫃《ひつ》の上に貨幣を何枚かのせてやった。

アイドニアの顔がぱっと輝いた。「ほんのちょっと……大急ぎでもだめなの？」猫撫で声を出しながら、彼女はニコラスのほうへ手をさし伸べた。

「だめだ」ニコラスは体を起こして返事をすると、小さく会釈して部屋を出た。一度萎《な》えてしまった欲望をかき立てようとしたところで、どうせふたりとも気まずい思いをするだけなのだ。

7

寝室の扉を静かに叩《たた》く音で目を覚ましたジリアンは、はっとして起きあがった。雨戸のすきまから日がさし込んでいる。夜明けはとうに過ぎてしまったらしい。わたし、いま、ひとりかしら？　ジリアンは少々ばかばかしく思いながら、首を伸ばして寝台の上をのぞいた。寝台はからっぽで、ニコラスの寝た様子はない。ゆうべは彼がいつ来るかいつ来るかと不安でいつまでも眠れなかったのだけれど、びくびくして損したわ。

それにしても、ニコラスはどこで寝たのかしら？　だれの寝床で？　そう思ったとたん、ジリアンは本能的な怒りを覚え、そのあまりの激しさに一瞬しつこいノックも耳に入らなかった。

「お入り！」声をあげて呼び入れる。イーディスだった。ジリアンは笑顔をとりつくろって迎えたが、イーディスはせかせかとなかに入ってくると、ジリアンが藁《わら》布団の上に起きあがっているのを目にして、がっかりした様子で舌打ちした。

「いつまでもそんなところに寝てたら、いつまでたってもニコラスさまの心はつかめませんよ」

彼の心をつかむ？　なんのために？　だれかの手から奪い返せというの？　ニコラスがどこで寝ようと、だれと寝ようと、わたしには関係ないわ。ジリアンは口もとをこわばらせて思った。さいなむ相手をほかで見つけてくれたのだから、助かったじゃないの！「わたしはここのお館《やかた》さまには興味がないの。わかっているでしょう？」

イーディスは信じられないといった顔で鼻を鳴らした。「ゆうべは興味があるなんてものじゃなかったようですがね」

ゆうべ！　そう言われたとたんに、目隠し遊びやそのあとのことが一気によみがえってきた。ジリアンがだれかと口づけするのは、あれがはじめてだった。たかが口づけひとつにあれほど圧倒され、あれほど興奮させられるなんて！

ジリアンはニコラスの口づけに思わず息を奪われたが、恐怖を感じたからではなかった。ニコラスに触れられても、怖いとは思わなかった。それどころか、こちらから彼の髪に指をもぐり込ませ、彼の顔を引き寄せ、もっと欲しいと思ったのだ。でも、欲しいって……なにを？　まさか、ニコラスのことではないわよね？

冗談じゃないわ！　ぼうっとした頭で気がつくと、ジリアンはあいかわらず肌着姿のまま息をはずませていた。横ではイーディスが訳知り顔でにやにや笑っている。ジリアンは赤くなり、ゆうべの記憶をかき消して言った。「あれはご褒美よ。みんなの手前、やってみせただけだわ」激しく否定しながら、彼女はローブを着せてもらうために首を引っ込めた。

「あたしには本物に見えましたけどね。それに、やっぱりあたしの言ったとおりだった。ニコラスさまはジリアンさまに惹《ひ》かれてますよ。ですからね、ジリアンさまがちょっと努力すれば、ニコラスさまの心なんぞ、あっというまにジリアンさまのものです。だって、ほら、よく言うでしょう？　〝蝿《はえ》をつかまえたきゃ酢より蜜《みつ》を使え〟ってね」

ジリアンはローブを着せてもらいながら鼻で笑った。「わたしは蝿もニコラス・ド・レーシも、つかまえたくないの！」

イーディスはローブの裾《すそ》をまっすぐに直すと、なだめるようにジリアンの手をぽんぽんと叩いた。

「大丈夫。なにもかもうまくいきますよ。ま、見てらっしゃい。男はね、憎んでるだけの相手にあんな口づけはしませんよ」ジリアンが反射的に言い返そうとするのを、イーディスはさえぎった。「とにかくニコラスさまがお留守のあいだに、よく考えてみることとです」

「あの人、出かけたの？」ジリアンは急に置いてきぼりにされたような気がした。「どこへ？」

イーディスは首を横に振った。「それが、だれも知らなくて……。この部屋を出て、その足で出発したんです。あの飛び出しようといったら、まるで悪魔に追いかけられてるみたいでしたよ」

それを聞いたジリアンは複雑な気持ちだった。ニコラスは少なくとも、城のなかの女に体を慰めてもらおうとしたわけではないのだ。よかった。もちろん、みんなの手前恥をかかずにすむからよ。ジリアンは自分に言い訳した。それに、彼は留守！　いちいち嫌みを言われずにすむのだから、息もらくになるわ。喜ばしい状況ではないの。なのにうれしくないなんて、いったいどういうわけ？

しかし、ジリアンは夫のことであれこれ頭を悩ますのはやめにして、きょうの予定を考えることにした。「あの人がいないのなら、ちょうどいいわ。大広間の床を洗って、藺草《いぐさ》を取り替えましょう」

イーディスがとんでもないという顔で舌打ちする。「そんなのは召使いの仕事です」

ジリアンはにっこりした。「それなら、あなたも手伝ってちょうだい」労役に体が慣れているので、なにもしないで過ごすのが苦手なのだ。ところが、ほんとうにやりたいことは夫に禁じられてしまった。そうなると、あとはなにか暇つぶしを見つけるしかない。

イーディスは鼻を鳴らしながら寝室の扉を開けた。ところが、すぐさま大きな悲鳴をあげてしりもちをついてしまった。すぐうしろにいたジリアンも驚いて、一緒にころびそうになった。

「なんなの？」ジリアンはおそるおそる廊下をのぞいてみた。まったく人けがない。いや、ひとつだけ物陰に黒くて大きな人影が見えた。はじめはぎょっとしたが、ジリアンにはすぐにその正体がわかった。例のシリア人だ。

ニコラスほど背が高くはないが、頑丈そうな体つきは夫と同じだ。ジリアンの知るかぎり、これまで彼はいつも上半身に外套《がいとう》のような変わった衣をまとっていたが、きょうは金色の縁取りをほどこしただけの短い上着を着込んでいる。飾り気のない装いだけに、異国人らしい深い黄金色の肌がかえってめだつようだ。思わず目を奪われてしまう不思議な肌の色だった。

顔だちはニコラスと同じように、ほとんど女性的といっていいほど美しいが、夫と違うのは、日ごろの冷酷な態度からくる険しさが感じられないことだった。ダリウスは男らしい自分の魅力をちゃんと承知しているらしい。大きな唇に官能的な笑みをたたえているところや、宵闇《よいやみ》のごとく黒く謎《なぞ》めいた瞳にものうげなまなざしを浮かべているところなどを見れば、そのことは一目瞭然《りょうぜん》だ。

「なにも怖がることはないでしょう？」ジリアンは言った。

「ふん！　この異教徒はいつだって暗がりからひょいと出てきちゃ、この年老いたあたしを怖がらせるんだから」イーディスはぶつぶつ言っている。彼女はダリウスを乱暴に押しのけると、小走りに階段のほうへ逃げていった。

その不作法な態度に、ジリアンは思わず首を振った。たしかに外見は変わっているが、だからといって無礼な扱いをしていいということにはならないだろう。ジリアンは急に恥ずかしくなって、ちょこんと頭をさげた。

「おれの名はダリウス。あなたの護衛を命じられた」ダリウスがそう言ったとたん、ジリアンは道中安心感を与えてくれた、低くて心地よいあのときの声を思い出した。礼を言わなくては……。だが、ダリウスの黒い瞳を見たらなにも言えなくなってしまった。まるで、こちらの魂の奥まで見すかしてしまいそうな目をしている。

寝室の前で彼とふたりきりになってしまったジリアンは、急に息苦しくなってのどをごくりとさせた。

「食事はすんだの？」

ダリウスは不安そうなジリアンを見て、ちょっと口もとをほころばせた。

「では、いらっしゃい」ジリアンはかすかに声を震わせて言った。「エールとパンでもいただきましょう。もっとも、きょう、わたしが自由に歩きまわってよければの話だけど」つんと顔をあげてひとことつけ加える。

するとこんどはダリウスもにっこりと笑った。口もとがなんともみごとにほころんでいき、思わず見とれてしまうような笑顔だ。「彼が戻るまで、あなたは自由の身だ」

自由の身？ ジリアンは言い返しそうになった。なにが自由なものですか。でも……。ジリアンはっとダリウスの顔を見た。天幕のなかでおののいていたときに静かに声をかけてくれたことがふいによみがえってきたのだ。会ったばかりの他人だというのに、ダリウスはわざわざ彼女を安心させてくれたのだ。彼をうまく説得することができたら、もっと具体的な方法で助けてくれるかもしれない……。

ジリアンはしゃがんだまま腰を伸ばして、手の甲で額の汗をぬぐった。それから大きなため息をひとつつくと、仕事の成果を見わたした。洗い終わった部分の床石はぴかぴかだ。しかし、ベルブライの大広間は、尼僧院のどの部屋ともくらべものにならぬほど広く、掃除は思ったほどはかどらなかった。ずっと雨が降っていたのでできなかったが、きょうは新しい藺草を集めることができそうだ。もうすぐ夕食の席を作るので、早くしなければ……。

イーディスがいるところからさらにむこうへ目をやると、まるくへこんだ石壁の陰にひっそりと立っている人影が見えた。こちらからはっきりとは見えないが、ジリアンは彼の視線をひしひしと感じて思わず身震いしそうになった。べつに悪気があるわけではないけれど、どうもあの異国の男は苦手だ。見目麗しく、礼儀もよくて、じつに気のつく人なのだが、彼にはどこか気になるところがある。きっとあの目つきのせいだ。

この二日間、ジリアンはダリウスに見張られて落ちつかない気分で過ごすうち、もはや彼に助けてもらおうなどという漠然とした考えは捨てていた。もともと、ジリアンが助かる方法などないのだ。ダリウスがこのベルブライから、つまり夫のもとから彼女をはるか彼方《かなた》に連れ去ってくれるというなら、話はべつだが。それに、たとえ彼がその気になったとしても、こっちがついていく気になるかどうか……。ダリウスと一緒に逃げるほうが、かえって恐ろしく思えてしまうのだ。

なんとも皮肉なことだが、ジリアンはこの親切な他人といるよりも、悪魔のような夫といるほうがずっと安心だった。ニコラスのことなら、なんでもわかっているからだ。それにひきかえダリウスのことは、一生かかっても理解できないような気がする。

ジリアンは異国の男から目をそらすと、ふたたび床掃除に戻った。

ニコラスは機嫌がよくなかった。少しばかり欲求不満を解消してこようと、雨の晩に馬を飛ばしたというのに、あれから二日たったいま、出かける前よりも欲求不満をつのらせて帰城したのだ。

城に帰ってくる途中、寄り道したくなるような女はいないものかと物色したが、どの女を見ても、ニコラスはしかめ面をするばかりだった。年がいきすぎている、若すぎる、不潔すぎる……とにかく、どの女にもなにかしら欠点が見えた。もちろん、妻にしか魅力を感じないというわけではないのだが。ニコラスは歯がみしながら断固としてそう否定した。

ロンドン。そうだ、ロンドンへ行けば、簡単に女が見つかるだろう。街は女であふれている。裕福な騎士を喜んで寝床に迎えてくれる高貴な女もたくさんいる。それにひょっとしたら、東洋の血を引く女が見つかるかもしれない。黒い瞳に悩ましげな腰つきのおとなしい女。小さいころから、男に仕えるように育てられてきた女。そうだ、ロンドンだ！　ニコラスの体じゅうの血がわきたった。

だが、遊びの前にやらねばならぬことがある。とりあえずは復讐《ふくしゅう》だ。いつまでもぐずぐずとしていないで、妻をどうするか決めてしまおう。

そう思ったら急に妻の顔が見たくなり、ニコラスは固い決意をみなぎらせて大広間に入っていった。顔が見たいのは、復讐が楽しみだからだ。刺激的な喧嘩《けんか》に心惹かれているわけではないぞ。ニコラスは自分に言い訳した。

彼はジリアンを捜すのに忙しく、床の藺草がなくなっていることに気づきもしなかった。家令が慌てて飛んできたが、ジリアンの姿はどこにも見あたらない。ニコラスはふたたび機嫌が悪くなった。夫を迎えるのが妻の役目ではないか？　このことはあとできっと叱《しか》ってやろう。

しかし、一方では不吉な考えが頭のなかをよぎっていた。ジリアンは逃げたのか？　まさか！　ダリウスがついているのだから、それはありえない。しかし、ばかげているとわかってはいても、一抹の不安にニコラスは背筋がぞくりとした。彼は家令の挨《あい》拶《さつ》にこたえもせず、気短に問いただしていた。「どこだ?」

「だれのことで?」マシュー・ブラウンは恐れおののきながら、じりじりとうしろにさがった。

ニコラスはそんな家令をなだめようともしない。

「奥方だ!」

マシューはちらりとうしろを見た。召使いが数人で床をこすっているあたりだ。ニコラスはかっとなった。この男、なぜこたえぬのだ?

「どこへ行った!」ふたたび怒鳴りつけるような声で訊《き》く。

家令はすっかり当惑した表情で、手を震わせながら指さした。「奥方さまは、あそこに……」

ニコラスが見ると、城に住みついてどこにでもちょろちょろしているような少年がひとり、床にのんびりと座ってこちらを見ていた。そばでは女の召使いがふたり、四つんばいになってせっせと働いている。さらにむこうを見ると、ダリウスが暖炉の陰に立って見張りをしていた。

ニコラスはそちらへ近づいた。年を取ったほうの女は口やかましいイーディスだと、すぐにわかった。そして、若いほうは……重たそうなネットのなかから赤い髪がひと房こぼれたとたん、ニコラスは目をつりあげた。

「ジリアン!」彼の怒鳴り声に、少年と家令が逃げ出した。そればかりか、大広間じゅうの人間がいっせいにいなくなり、残ったのは、顔をあげてこちらをにらみつけているイーディスとジリアンだけだった。ジリアンはまず手をふいてからニコラスのほうを向いた。

「なあに?」彼女は静かに訊いた。その落ちつき払った態度に、ニコラスはますます腹をたて怒りの目でにらみ返した。ジリアンはまたしてもはぎ合わせの姿で、顔は汚れ、手は赤くなっている。領主の妻が四つんばいになるとは、なにごとか！

「いったいなにをやっているのだ！」

「薗草を取り替える前に、床を掃除しているのよ」

ジリアンが静かにこたえる。

「立て！」大広間のあちこちにあるアーチ形の戸口から家臣や召使いたちがのぞいているが、ニコラスはまるで気にしなかった。「それは召使いの仕事だ」

ジリアンは反抗的な表情を浮かべて立ちあがった。

「では、わたしはなにをしたらいいの？」しだいに声がとがっていく。「病人を癒《いや》すのもだめ。菜園の手入れもだめ。そして、こんどは大広間の掃除もいけないですって？」ジリアンは辛らつに言い返した。

「いったい、わたしにどうしろというの？」

「おれに仕えていればいいのだ！」ニコラスも負けずにやり返した。

「あなたに？」ジリアンは声を張りあげた。「あなたなんか、行き先も帰りも告げず、真夜中にふらっといなくなってしまうくせに！」ジリアンはそこで急に口をつぐみ横を向いた。まるで言ってしまったのを後悔しているみたいだ。

ニコラスはなんだか頭がくらくらした。ジリアンはおれを心配していたのか？　ひとりで寂しかったのか？　いや、そんなことはない。ニコラスは自分をたしなめた。夫が留守だと知って、この雌狐《めぎつね》は小躍りしたに違いない。ニコラスはあれこれ理屈をつけてふたたび怒りをかき立てるとジリアンにぶつけた。「すぐ、ちゃんとしたものに着替えてこい！もうすぐ夕食なのだ。泥まみれの百姓女と席に着くのはごめんだからな！」

ジリアンがはっと息をのみ、なにか言い返したい様子で口を開く。その瞬間ニコラスは、ついさきほどまで思い描いていた東方の国の従順な女たちのことなど、すっかり忘れてしまった。妻はすぐ目の前でいきいきと振舞い、この体を熱い炎で満たしてくれる。むきになって自分の弁解をする彼女の様子を見ながら、ニコラスはふと考えついた。あの情熱を喧嘩以外の場でほとばしらせたら、いったいどういうことに……。

くそっ！　ニコラスは疲れて空腹で機嫌が悪く、もはや自制心がすり切れそうだった。彼は戸口のむこうに隠れている召使いたちに向かって、いますぐ夕食の支度をするよう大声で言いつけた。もはや床に藺草が敷いてあろうとなかろうと関係ない。それからニコラスは、まだそこにいる妻のほうに向かって脅すように一歩踏み出した。

「行け！」階段を指さして怒鳴りつける。ジリアンは夫の言うことを聞くには聞いたが、その前に憎々しげに彼をにらみつけた。それからつんと顔をあげると、悠然とした足どりで大広間から出ていった。その姿はどこの王妃よりも威厳に満ち、はぎ合わせの衣服をまとっているにもかかわらず、贅《ぜい》を凝らした装いの、どこの女たちよりもはるかに美しかった。

ひどく腹がすいているというのに、ニコラスは皿の上で料理をつつきまわすばかりだった。ジリアンは体を清めて、深い青色のローブに着替えてきている。そのあまりの美しさについ目が吸い寄せられてしまい、ニコラスは復讐を考えるどころではなかった。そのとき、胃袋がねじれるように痛み、彼はこのまま体が引き裂かれるのではないかと思った。

いいかげんに、口の悪いこの妻をなんとかしなければ。ほうっておくと、つぎはなにをしでかすかわかったものではない。どうやらのんびりしているのが苦手らしく、いつもなにかしらおれのいやがるような仕事を見つけてくる。だが、許さぬ！　召使いのまねをしておれに恥をかかせるのも、もはやこれまでだ。はじめはジリアンを召使いのように扱うつもりでいたが、彼女が床をごしごし洗っているのを見たとたん、ニコラスは気が変わった。

ジリアンはいかなる貴族の花嫁にもふさわしい、美しい女だ。それが地面で四つんばいになるなどもってのほかだ。ジリアンには優美な衣と宝石をまとわせ、傷ひとつない柔らかな手を保たせよう。彼女のためではない。おれのためだ。なぜなら、妻の美しい姿を見るのは楽しいからだ。

働きたいというのなら、働かせてやろう。ふつうの妻のように、いや、それ以上におれに仕えるのだ。夫に忠実ないかなる妻よりもさらに従順で、よく気がつき、献身的な妻になれ。騎士に仕える従者のごとく朝から晩まで夫の言うままになり、それでいて従者よりも美しく、夫の心をいきいきとさせるのだ。強情な娘にぴったりな罰ではないか。どれもジリアンがやりたがらないことばかりなのだから。ニコラスは楽しくなってにやりとした。

ところが、まっすぐこちらに向かってくるイーディスの姿が目に入り、せっかくの楽しい気分がぶちこわしになってしまった。ニコラスはにらみつけてさがらせようとしたが、老いた召使いはまるで平気な顔だ。彼女はせかせかと前に出てくると、得意満面でニコラスの目の前に大きな杯をぽんと置いた。彼はすでにエールを飲んだあとだ。いったいこれはなんなのだ？　彼が葡萄酒《ぶどうしゅ》を飲まないことは、だれでも知っているはずではないか。

「お帰りなさいませ、お館さま！　ご帰城、一同喜んでおります。これはお祝いに、あたしが特別に作らせたものです」イーディスが言った。

「中身はなんだ？」ニコラスはうさん臭げに訊いた。

「強壮剤ですよ」大きな腰に両手をあてて、イーディスはこたえた。

「強壮剤？　おれは強壮剤などいらんぞ。さげろ」ニコラスはぐいと首を振って召使いをさがらせようとした。

ところがイーディスはさがるどころか、ニコラスの横にやってきた。「いいですか、ニコラスさま。あたしはね、寝室のなかの様子を見て、これはいけない、なんとかしなくちゃって思ったんです。で、これがそのこたえです」自信たっぷりに宣言する。

ふだんから頭の悪い女だとは思っていたが、きょうはまたいちだんと頭がおかしいらしい。ニコラスはイーディスの支離滅裂なことばがさっぱり理解できなかったが、寝室のことを言われたのを聞きとがめて彼女をにらみつけた。

イーディスはため息をつくと、まるで重大な秘密でも打ち明けるように身をかがめてきた。「そうじゃないんですよ。その道の権威に教えてもらったものなんですけど、これは精力がついてひと晩じゅう元気でいられるっていう薬なんです」

イーディスは唖然《あぜん》として口もきけないニコラスに向かって、片目をつぶってみせた。ニコラスは頬が赤くなるのが自分でもわかった。激しい怒りが全身を駆け抜ける。彼は鋭い目で妻をにらみつけた。

「おまえの考えか？」

ジリアンは緑の目を見開き、彼から逃げるように身を引いた。「まさか！　飲ませたい人がいるから作り方を教えてくれってイーディスに言われて……。イーディスの夫のことだと思ったのよ！」彼女はぞっとしたような表情を浮かべていた。「わたしはあなたに精力をつけてほしいなんて、これっぽっちも思わないわ！」

シリアの男が吹き出した。一緒の食卓で笑いをかみ殺していたほかの者たちもたちまちくっくっと笑いだした。人から笑われるのに慣れていないニコラスは、かつてないほど激怒した。自制するべきだとわかってはいた。しかし、自分ではどうにもならぬ怒りに駆られて彼は思わず片手を振りあげてしまった。その拍子に杯が倒れ、なかの薬湯がテーブルを伝って下に流れ落ちた。食卓はふたたびしんとした。

「さがれ、イーディス。さもないとダンマローに送り返すぞ」やり過ぎに気づいたイーディスはダンマローの名を聞いて青くなった。彼女はぼそぼそ謝ると城主の前からさがっていった。大広間がしんと静まり返る。もはや全員が自分の皿に目を落としていた。ニコラスは食欲はなかったが、乱暴にパンを引きちぎっていた。

「ニコラス」

静寂のなかでその名が響いた。ジリアンの唇からこぼれたそのひとことに、ニコラスは肌が熱くなりぞくぞくした。ジリアンに名前を呼ばれるのははじめてだった。

「イーディスだって、悪気はないのよ」しばらくしてジリアンが続けた。ニコラスはぼうっとして、言われていることがよくわからなかった。「あなたによかれと思ってしたことだわ」

ジリアンはとりなそうとしているのか？　ニコラスはふたたび彼女に食ってかかった。「あれの味方をするのもよいが、薬湯を飲んだ結果がどうなるかわかっているのか！　それとも、そんなに契りを結びたいか？」ニコラスがあざけると、ジリアンはまっさおになった。「よいか、おれは薬など飲まなくても精力はある。ここで試してみるか？」彼はそう言ってジリアンの手首をつかむと、自分の下腹部に押しあてた。

とたんにニコラスのその部分が熱く張りつめ、ジリアンの手のなかで石のように固くなった。あざけりの行為のはずが、もはやそれだけではすまなくなってしまったのだ。

ニコラスは本気で震えあがっているジリアンの顔を目にして、ぱっと彼女の手を放した。

つぎの瞬間、ジリアンは椅子をひっくり返すほどの勢いで立ちあがると、その場から逃げ出した。ニコラスは自分のしたことに呆然《ぼうぜん》として、妻を呼び戻すこともできなかった。だがしばらくしてようやく理性が戻ってくると、怖がるジリアンを見ることができただけでも少しは満足しろという理性の声が聞こえてきた。しかし、ニコラスがいま感じているのは、ずきずきとする熱い欲望だけだった。

8

ジリアンは安全な場所に逃げたい一心で、あえぎながら階段を駆けのぼった。しかし、そのような場所などここにはないのだ。主寝室の扉の前まで来たとき、彼女はそのことに気がついた。ここは彼の寝台がでんと置かれた彼の寝室なのだから……。ジリアンはとてもなかに入る気にはなれず、扉に額を押しつけるとぐったりと寄りかかった。

さっきのことは、いますぐ忘れてしまいたい。彼女の指は、熱く張りつめたあの恐ろしい部分に触れたところがいまだにうずいている。ジリアンは体を震わせて大きく息を吸い込みながら、強烈な嫌悪感と恐怖に負けまいとした。

しかし、いま感じているのはそれだけではなかった。恐怖と不快感の奥には、いつもとは違う新しくていっそう恐ろしいものが渦巻いていた。体の奥がいきいきと息づくような、不思議な感じだ。ジリアンは大きなため息をつきながらはっと気がついた。この手でニコラスを包み込んだとき、彼女は一瞬もう一方の手を彼の髪にからませてその唇を引き寄せたいと思った。あの興奮にこの身をまかせてしまいたいと思ったのだ。

突然ジリアンは不安に包まれて、激しく瞬《まばた》きをくり返した。夫からは逃げられるけれど、自分自身から逃げるにはどうすればいいの？　逃げ出すことも、隠れることもできないのよ。

そのとき背後で小さな物音がした。ところがジリアンは、みじめな思いに深くとらわれていてまったく気づかなかった。やがて暗がりのなかから、ぼうっとなにかが現れた。ジリアンはぎょっとして悲鳴をあげそうになったが、よく見ると相手は人間だった。シリアの男だ。ジリアンは軽く鼻をすすりながら顔をあげると、扉から離れてまっすぐ立った。

「奥方どの、彼を恐れるな。彼はあなたを傷つけるような男ではない」ダリウスは言った。しかしその親身な口のきき方に、ジリアンは居心地が悪くなった。このように無防備なところは、だれにも見られたくなかったのだ。とくにこの異国人には……。

ジリアンはダリウスのほうを向いたが、言い返そうとはしなかった。彼に悪気のないことがわかっているからだ。ジリアンは早くひとりになりたくて、おとなしくうなずいた。しかし、話はまだ終わりではないらしい。驚いたことにダリウスはジリアンの両手を取ると、力づけるようにやさしく握り締めた。

「信じよ。そして、この城には何人も友人がいることを思い出すのだ」そのやさしいことばに、ジリアンは思わず泣き出したくなった。しかし、それもダリウスが夫の弁解を始めるまでのことだった。「このお館《やかた》どのは長いこと憎しみの塊だったゆえ、ほかの感情を抱くのが怖いのだ」

「怖い？」ジリアンは鼻で笑った。「あの人に怖いものなんてないわ」

するとダリウスは言い合いをするのがいやなのか、肩をすくめると口をつぐんでしまった。その沈黙にはきっと深い意味があるのだろう。ジリアンはその意味が知りたくてたまらなかった。

そのとき、ぞっとするような敵意に満ちた低い声が聞こえた。「妻から手を放せ」ひとことひとことを区切るように言うニコラスは、まるで爆発寸前といった様子だ。ジリアンが声のするほうへ目をやると、夫は凍るような冷たい表情でダリウスのうしろに立っていた。声を荒らげたわけではないのに、そのひややかな口調はいつもの怒鳴り声よりもいっそう恐ろしかった。

ジリアンは思わず身を震わせた。しかし、ダリウスはまったく平気らしく、ジリアンの手を一度ぎゅっと握ってから放すと、ゆっくりニコラスのほうに振り向いた。

「寝室の前で妻とふたりでなにをしている？」ニコラスが訊《き》く。ジリアンは夫の腰の短剣に手がかかるのを見て、あっと声をあげそうになった。まさか、〝相棒〟を手にかけるわけでは……。「どうなのだ？」ニコラスが静かな声で問いただした。

しかしダリウスは顔色ひとつ変えず、まるく反った大きな剣に手をかけようともしない。ジリアンは恐ろしげなその剣を見て、こんどは夫のほうが心配になった。

「おまえに頼まれたとおり、奥方の警護をしているのだ」ダリウスがこたえる。

「では、この場で役目を解く」ニコラスはゆっくりと言った。「こんど彼女に手を触れたら、おまえを殺す」

シリアの男はうなずき、かすかにお辞儀のようなしぐさをすると、そのままなにも言わずに立ち去った。まったくあの人は、命を脅されても平気なのかしら？　流血騒ぎにならずにすんでほっとしたジリアンは、へなへなと扉に寄りかかった。しかし、こんどはこちらの番らしい。怒りに目をつりあげた夫ににらみつけられ、ジリアンの体がこわばった。

「入れ」ニコラスが言った。彼はまるで獲物を狙《ねら》った猛獣のようにぴったりとついてくる。ジリアンはそんな夫にちらちらと目をやりながら、震える手で扉を押し開けた。廊下は狭くて息苦しかったので、広い部屋のなかへ入るとほっとした。ジリアンは部屋の中央まで行くと、怯《おび》えたりするものかと意地になってつんと顔をあげた。そして、いまや獣のような雰囲気をただよわせている夫のほうを振り返った。

ニコラスが目の前に大きく立ちはだかる。その姿はこの世のものとは思えぬほど美しく、心を許すにはあまりに恐ろしく、さながら堕天使のようだった。

「さっき、手を握られただけでなくほかのこともされたのだったら、ふたりとも殺す。いいか、おまえは気づいていないかもしれぬが、男とふたりきりになるのは危険だ！」ニコラスはいかにも不快な表情で、吐き出すように言った。

「話をしていただけよ！」ぎらぎらしている夫の目つきが心配になって、ジリアンは言い返した。「自分で選んだ見張りなのに、信用していないの？」

「ああ！　ことがおまえにかかわるかぎり、おれはだれも信用できぬのだ！」ニコラスは低くうなるように言いながら、妻のほうへ一歩つめ寄った。

彼がなにを怒っているのか、ジリアンにもようやくわかった。とても信じられなかった。彼女は呆然《ぼうぜん》として首を振ると、ニコラスの顔をまじまじと眺めてささやいた。「あなた、嫉妬《しっと》しているのね」

ニコラスはびくっとしたが、否定はしなかった。

「おまえは体も心もおれのものだ。それを忘れぬことだ！　あの男とは二度と口をきいてはならん。目も合わすな！」

この人、嫉妬しているんだわ！　ジリアンはなんだかわくわくしてきた。「まったく、もう！　あの人とはなんでもないわ！　背が高くて不格好で赤毛の女なんて、だれが欲しがるものですか。それにほんとうのことを言うと、わたし、あの人といると落ちつかないの。あの目つきのせいよ」ジリアンはなにもかも見すかすようなシリア人の目を思い出して身震いした。

彼女が顔をあげると、夫も少しは落ちつきを取り戻したようだった。もう気がすんだのだろう。だがよく見ると、片手で胃のあたりを押さえている。大声をあげて怒鳴ったから、痛みがひどくなってしまったらしい。

「なにかあげましょうか？　らくになるわよ」考えるよりさきにことばが出てしまった。とたんにニコラスがぱっと手を離したのを見て、ジリアンはたちまち後悔した。

「なんだと？」

冷たくなめらかなその声に、ジリアンはいやな予感がしたが、ここであきらめはしなかった。「胃の痛みには粉末の蔦《つた》が効くわ。よかったら、すぐに作るけど」

「おまえの作ったものは飲まぬぞ！」うなるような低い声で、ニコラスが言い返す。

「ばかばかしい！」

「うるさい！」ニコラスはかみつくように言って、ジリアンから離れた。「このときとばかりに毒を盛るつもりかもしれぬが、よく聞け、ヘクサムの姪《めい》よ。おれはおまえの作ったものなど一滴たりとも口には入れぬからな。おまえは汚れた血を引いているのだ！」

ジリアンはあたかも殴られたかのように、うしろによろめいた。自分が夫にどう思われているか、いまのことばがいやというほど思い知らせてくれた。結局、彼にとってわたしは復讐《ふくしゅう》の相手にすぎないのだ。

それを、嫉妬していると思い込むなんて！　ニコラス・ド・レーシが嫉妬などするわけがないのだ。彼の心には憎しみしかないのだから。さっき怒ったのも、自分の所有物にほかの者が手を出そうとしたからにすぎない。大事な大事な復讐の相手を、だれかが欲しがったり慰めたりするなど、彼は絶対に許さないだろう。

ジリアンは気持ちがくじけて、急に体がぞくぞくしてきた。彼女は両腕をさすりながら自分の胸をぎゅっと抱き締めた。

「よいか、よく聞け、おまえがこの城でどのような立場なのか教えてやろう。これからは奥方の役目も召使いの仕事もするな。おまえはおれの命令だけを聞き、おれだけに仕えるのだ。ほかの者とは口もきくな。顔も見るな。風呂は使ったか？」

信じがたいような命令を真剣に聞いていたジリアンは、急に質問されて唖然《あぜん》とした。「いいえ、だって……」彼女が言いかけるのを、ニコラスが片手でさえぎる。いったいどういうことなのかよくわからず、ジリアンは口をつぐんだ。ニコラスはどうして、体を洗うことにこだわるのだろう？　尼僧院では不潔にこそしていなかったが、シスターたちは体よりも心を清めることに気をつかっていた。ジリアンも頻繁に体を洗うのには慣れていなかった。

「妻であるおまえも、毎日風呂を使うように」ニコラスはそう命令すると、戸口まで行って廊下に頭を突き出し、湯を運ぶよう、大声でオズボーンに命令した。それから無表情で振り返ってジリアンに言った。「よいな。おまえの務めはおれに仕えることだ。昼であろうと、夜であろうと、おれが呼んだらすぐに来い。おれがいるものは、すべておまえが自分で取りに行け。朝の目覚めの一杯を持ってくるところから、毎晩寝台でおれに上掛けをかけるところまで、すべておまえがするのだ」

寝台と聞いてジリアンは青くなったが、いまは怒りを感じるほうがさきで、息苦しさを覚えるどころではなかった。それが仕事ですって？　尼僧院ではときどき外部の者の手を借りるほかは、すべて自分たちでしたものだ。フリーマントルの家で使われていたときも、彼女は炉床の灰をかき出し、ごしごしと床を洗い、身を粉にして働いた。この人はいったいどういうつもりなのだろう？

「いやな顔はするな。東方の国の女のように、自分から仕えたいと願うようになるのだ。むこうの女たちは男を喜ばせるすべを知っているだけでなく、素直で従順で、男に仕えるのを喜びに感じている」ニコラスの口もとがにやりとほころぶ。「つまり、ジリアン、おまえは奴隷になるのだ。おれの奴隷にな」

「奴隷ですって？」ジリアンはのどがつまったような声を出した。「この野蛮人！　イングランドには奴隷なんていないわ。東方へ帰りなさいよ！　なんでも言いなりになる罪深い異教徒の女がいいなら、むこうで見つければいいでしょ！」

ニコラスはジリアンの癇癪《かんしゃく》などなんとも思わぬ様子で、彼女をわざとおじけづかせるようにゆっくりとまわりをまわった。「よく知りもしない異国の文化を非難するのはやめろ。東方にも見習うべきことは多くある。たとえば、むこうの女は夫の前でしか髪をおろさない。おまえもそうすることだ。さあ、おろしてみろ。いますぐ見てみたい」最後はほとんどとろけるようなささやき声だ。ジリアンは胸がどきどきして、心臓が飛び出すかと思った。「髪をほどいたら風呂に入れ」

「なんですって？」ジリアンは思わず自分の耳を疑った。彼の見ている前で服を脱いで、浴槽に入れというの？　そう思ったとたん、ジリアンは肌がぞくぞくし、体の奥を興奮のようなものが突き抜けた。しかし、それとともに恐怖がやってきた。のどを締めつけられるような、いつもの恐怖感だ。ジリアンは息をあえがせ、ひきつった目でニコラスのほうを見た。

自分でも彼になにを期待しているのかわからなかった。同情でないことだけはたしかだ。それでも、ジリアンはすがるように夫の顔を見た。わたしを助けられるのはこの人だけ。何日か前にも助けてくれたではないか。しかし、今夜のニコラスは鋭い目つきでじっと見つめているだけだ。ジリアンが苦しむのを見て腹をたてているらしい。

「男に手ごめにされたことがあるのか？」そっけない口調でニコラスが訊いた。

ジリアンは唖然とし、おかげで大きく息を吸い込むことができた。「まさか！　どうしてそのようなことを訊くの？」

「床入りを異常なほど怖がっているからだ」

夫のあからさまなもの言いに面くらい、ジリアンはしどろもどろになった。「あたりまえじゃないの。夫に憎まれている妻なら、だれだって怖いと思うわ。

「当然でしょう？　あなたはわたしに暴力を振るって楽しもうという、人でなしですもの！」

「おれがいつおまえに手をあげた？」ニコラスが鋭く訊き返す。「おまえを傷つけたことがあるか？　夫は妻を殺しても、どこからも文句は言われないのだぞ。だが、おまえは髪をおろせと言われただけで、いまにも気を失いそうなありさまだ！」

そう言うなり、ニコラスは不快感もあらわにぷいとむこうを向いてしまった。ジリアンは夫の大きな背中をじっと見つめた。たしかにニコラスの毒舌と怒りのまなざしには何度も傷つけられたけど、殴られたことは一度もなかった。彼に触れられたのも数えるほどしかなく、残酷なことは一度もされなかったではないか。

ジリアンはのどをごくりとさせ、静かな声で話しだした。「以前、召使いをしていたことがあるの。毎日つらかったけれど、それより、その家の主《あるじ》に体を撫《な》でまわされたりするのがいちばんいやだった」ニコラスがぱっと振り向く音がしたが、ジリアンは顔をあげられなかった。「手ごめにはされなかったのよ」慌ててつけ加える。「でも、部屋の隅まで追いつめられて……撫でられたり、つねられたり、いやらしいことを言われたりした」

ジリアンは大きく息を吐き出した。屈辱的なあのときのことをだれかに話すのは、これがはじめてだった。尼僧院の司祭さまの前で懺悔《ざんげ》をするときも、このことだけはけっして口にしなかった。

しかし、ジリアンの口調はしだいになめらかになっていった。だれかに聞いてもらうことで、心が軽くなっていったのだ。「それればかりか下着をおろして、あの醜い小さなものを振ってみせるの……」

つぎの瞬間、ジリアンはニコラスの手で乱暴に壁に押しつけられていた。さらにあごをつかまれ、ぐいと上を向かせられた。ニコラスに汚いものでも見るような目をされるのがいやで、ジリアンは目をつぶろうとしたが、そうさせてはもらえなかった。ところが驚いたことに、ニコラスの端整な顔には屈辱や嫌悪の表情は浮かんでいなかった。

それよりも、彼は怒っていた。かつて見たことがないほど、目をぎらぎらさせている。ジリアンは思わず息をのんだ。

「名前を言え！」ニコラスがかすれた声で問いただ

した。

「だれの？」間近に迫ったニコラスの顔と彼の怒りの激しさに、ジリアンは頭がくらくらした。

「おまえにそんなことをした男の名だ！」

「レ……レンフレッドのエ……エーベル・フリーマントル」

ジリアンは突然荒々しくなった夫が理解できず、口ごもった。ニコラスは彼女から手を離してふいに背を向けると、すたすたと部屋を横切り、旅装の包みをつかみ取った。

壁に寄りかかっていたジリアンは驚いて訊いた。

「どこへ行くの？　出かけるの？　きょう戻ってきたばかりじゃないの」思わず文句が出る。「こんどはどこへ行くの？」

ニコラスは肩ごしに振り向くと、それぐらいわからぬのかとあきれた顔をして妻を見た。「殺しに行くのだ。決まっているだろう」

「だれを？　ひょっとしてエーベル？」ジリアンはうろたえて甲高い声をあげた。「ニコラス！　いけないわ！　だめよ！」

ニコラスは急に立ち止まると、恐ろしい銀灰色の目でジリアンをひたと見すえた。「そいつになにがしかの好意を抱いているのか？」脅しを含んだ声がひどくなめらかに響く。

「いいえ、でも、わたしのせいであの男が死ぬなんてごめんだわ」ジリアンはこたえた。「まったくもう、どうしてそうなんでもかんでも白黒をつけたがるの？　どうしていつも、すべてか無なの？　憎むか、無視するか……そのあいだはないの？」

ニコラスは返事をせず、冷たい怒りを全身に漂わせてジリアンのほうへゆっくり近づいてきた。分別がある者なら、ここでやめていただろう。しかし、ジリアンの自制心のなさはいまに始まったことではない。彼女はつんと顔をあげた。

「たしかに、わたしはあの男が怖かったし、ああいうことをされるのはいやだった。でも、少しはいいところのある人だったの。どこへも行くあてのないわたしを雇ってくれたわ。あの男がいなければ、わたしは死んでいたかもしれないのよ」

目の前に大きく立ちはだかるニコラスは、もはや怒れる騎士そのもので、その気になればジリアンなどひとひねりにしてしまうだろう。なんとか彼の気を静めなくては！　ジリアンは思いあまってニコラスの腕にそっと手を置いた。夫をなだめるのと同時に、こちらの気持ちもわかってもらいたいというようにげないしぐさのつもりだった。

ところが彼に手を触れたとたん、まるで火のなかに手を突っ込んだような気がした。てのひらが熱くなり、腕から全身へとめくるめくような感覚が駆け抜ける。ジリアンは愕然《がくぜん》として顔をあげた。ぼうっとした彼女の目と、くすぶるようなニコラスの目が絡み合う。やがてニコラスは視線を落とし、彼の腕をつかまえているジリアンの手を見つめた。

ジリアンははっとした。自分のほうからニコラスに手を触れるのははじめてだったのだ。ジリアンは呆然として、ただただ自分の手を見つめるばかりだった。ところがしばらくすると、さっきのように壁に押しつけられてしまった。ニコラスはまたしても彼女のあごをつかんだが、こんどは自分のほうからも顔を寄せてきた。そしてジリアンがその意味を悟った瞬間、ふたりの唇が触れ合った。

目隠し遊びのご褒美とはまったく違う口づけだった。おまえはおれのものだと、ニコラスは激しく主張していた。はじめから濃厚な口づけを求めてくるその性急さに、ジリアンは体を震わせた。

「どこをさわられた？」しばらくすると、ニコラスがかすれた声で訊いてきた。

ジリアンは頭がぼうっとして、なにを言われているのかよくわからなかった。目を開けると、情熱にくすぶった銀灰色の瞳が間近に見えた。ニコラスが胸を震わせて大きな息をしている。こんどは彼のほうが息苦しいのだ。そう思ったら、ジリアンは興奮でめまいがしそうになった。

「どこだ？」ニコラスが問いつめる。いまやすっかり大胆になったジリアンは彼の手を取ると、そのまま静かに胸のほうへ持っていく。ふたりの視線が絡み合い、ジリアンの胸が大きく上下した。やがて、ゆっくりと、とてもゆっくりとニコラスが彼女の乳房を愛撫《あいぶ》した。とたんに体のなかを熱い衝撃が駆け抜ける。ジリアンは小さな声をあげ、思わず目を閉じてのけぞった。そこへニコラスがおおいかぶさるように口を重ね、胸の愛撫を続けながら彼女の唇を激しく求めてきた。

美しくて恐ろしいニコラスの腕に抱かれるのは、天国のごとく甘美で、地獄のごとく熱かった。ジリアンは自分が地獄へ堕《お》ちていくような気がした。抱擁がそのまま続いていたら、どうなっていただろう？　しかし、そのとき急に扉が開き、オズボーンが慌ただしく湯を運び込んできた。ジリアンは思わずニコラスにしがみついたが、彼のほうはまるで逢《あい》引《びき》を見つかった間男のように、ぱっとうしろにあとずさった。

「湯が来たぞ」彼はかすれた声でそれだけささやくと、ふたたび旅装用の包みを取って、一度も振り返ることなく部屋から出ていってしまった。あとに残されたジリアンは胸をどきどきさせたままぐったりと壁に寄りかかった。

ジリアンはオズボーンのにぎやかなおしゃべりを聞き流し、彼が風呂の用意をととのえて部屋から出ていくまで動かなかった。そして、風呂の世話はいらないと断った。唇がひりひりと赤くなり、肌もほてっていて、まるで自分が自分でないような気がした。

入浴をすませて新しい肌着を着ると、ジリアンは寝台の足もとにある温かな寝床にもぐり込んだ。しかし、眠りはなかなか訪れなかった。広い寝室がなんだか急に、がらんとして寂しい感じがするのだ。

もちろん、ニコラスの留守とは関係ないわ。

ジリアンはさきほどの抱擁のことは思い出したくなかったので、その前にした喧嘩《けんか》について考えることにした。それにしても、奴隷として振舞えだなんて……。おまけにもっとひどいことに、薬を作ってあげましょうかと言ったら、ものすごい勢いでかみつかれてしまった。

ニコラスが胃の痛みに悩まされていることは、少し注意して見ていればだれにだってわかる。本人は隠しているつもりらしいけれど、おなかに手をやったり、痛みのひどいときには体を折り曲げたりしているではないか。気位が高すぎて、薬湯が欲しいとは口に出すこともできないのだろう。

それとも、わたしの薬湯だから拒んだのかしら?料理人が用意した口あたりのよい食べ物には、ちゃんと手をつけているではないか。ジリアンは悔しくなった。それほど意地を張るなら、ひとりで苦しめばいいんだわ!

毒ですって! それなら、ほんとうに毒を盛ってみようかしら? 犬酸漿《いぬほおずき》を少々飲ませるだけで、あの弱い者いじめから永遠に解放されるのよ。でも、ジリアンはふと気がついた。たとえニコラスを殺すことができたとしても、彼女は自由の身にはなれないのだ。裕福な後家として、ふたたび国王の命によって政略結婚をさせられてしまうだろう。ほかの男と暮らすことを考えただけで、ジリアンは身震いした。

あるいは、ベルブライの領地をそっくり国王に献上してしまえば、尼僧院へ戻れるかもしれない。しかし、尼僧院へ戻るというのは、思ったほど魅力的ではなかった。なにしろ、いまでもはっきり覚えている。冷たい石の床にひざまずいて過ごす、日々の長い祈り。眠い真夜中の詠唱。そのあげく、寝床に戻ったと思ったら、すぐに夜明けがきて起こされて……。

ジリアンは罪深いもの思いを恥じて慌てて十字を切った。でも、ベルブライには美しい領地がある。人なつこい家臣や召使いたちがいて、おいしい料理が食べられ、柔らかな枕《まくら》を使えて、ひとりきりになれる部屋もある。そういったものを考えると……ジリアンははっとした。わたし、尼僧院へ戻るよりも、悪魔のような夫に立ち向かう生活のほうがいいわ。

もちろん、夫がいいからではない。イーディスや、親切なほかのみんなや、あの不思議な目をしたダリウスでさえも、会えなくなると思うと寂しいからだ。絶対に、夫を慕っているからではないわ。憎々しげな目つきをした、あんな癇癪持ち！　体がやけにがっしりしていて、唇が焼けるように熱くて、手がざらっとしていて……。

そういえばニコラスの手は、不器用に人の体をまさぐるフリーマントルの手とはまるで違っていた。かつての雇主のいやらしい手つきなど、ジリアンはもはや思い出せなかった。ニコラスがすっかり消してくれたのだ。まるで熱狂的な一瞬のあいだに、彼の焼き印を押されてしまったみたい。

ほんとうにそうなのかもしれない。もはや自分を偽ることはできなかった。ジリアンはもう一度ニコラスの胸に抱かれたいと思った。いままで憎んでいたのと同じ激しさで、彼を欲しいと思った。

しかし、自分の弱みを知ったジリアンは陶酔感を味わいながらも、一方で恐怖を感じていた。この弱みは、いずれ破滅を招くことになる。いくらニコラスを慕っていても、彼にすべてをゆだねるわけにはいかないのだ。

9

ベルブライの城へ戻ってきたニコラスは、もはやはやる気持ちを抑えようとはしなかった。

それにしても、思い出すだけで口もとがゆるんでくる。花嫁をさいなむことで得られるはずだった満足感が、エーベル・フリーマントルのほうで得られるとは！　ニコラスは復讐《ふくしゅう》の天使のごとくフリーマントルの家に乗り込むと、家族や召使いたちの前に主《あるじ》を引きずり出し、過去の罪をつぎからつぎへと並べたてたのだった。しまいにフリーマントルは地面にひざをついて命ごいを始め、ニコラスは女房子どもらからも涙顔で懇願されてしまった。

それでも、フリーマントルを突き殺してやりたいというニコラスの気持ちはおさまらなかった。しかしジリアンのことばを考えると、さすがの彼も剣を抜くことができなかった。そこで、震えおののくフリーマントルから、もう二度と女房以外の女には手を触れぬとの約束をとりつけると、命だけは勘弁してやった。もし約束を破るようなことがあれば、戻ってきておまえのそこを切り落とすぞと脅したものだから、フリーマントルもたちまち首を縦に振った。

これを聞いたら、ジリアンはさぞ喜ぶことだろう。意気揚々として大広間に入っていくと、たちどころに彼女の姿が目に入り、ニコラスは思わず満足の笑みを浮かべた。少なくとも言いつけを守って、おれに仕えようという気になったらしい。げんにこうして結婚以来はじめて、夫の帰りを出迎えたではないか。そのジリアンが緑色のきちんとしたローブ姿で、頬を赤く染めてこちらへやってくる。

一瞬ニコラスは彼女を抱きあげようかと思ったが、その考えをすぐに捨て去った。おれはいったいなにを考えているのだ？　そのようなことをしたら、彼女に会えて喜んでいるように思われてしまうではないか。冗談ではないぞ。そうだろう？

おのれの気のゆるみを苦々しく思っていると、むこうから家令がやってくるのが目に入った。しかし、ニコラスはジリアンを見つめたまま目をそらさなかった。そして、彼女のほうから近づいてくるのを待った。奴隷として振舞うジリアンの姿をはじめて目にして、ニコラスはすっかり舞いあがっていた。ジリアンはすぐそばまで来ると立ち止まった。はたして彼女のほうから手をさし出してくれるだろうか？

ジリアンは手をさし出してはこなかった。それどころかこぶしを握ると、ニコラスをにらみつけた。

「あなたという人は！　あとに残された妻や子どもはどうなるの？　あなたに父親を容赦なく殺されてしまった子どもたちは、このさきどうするの？」

こちらへ向かっていた家令が慌てて引き返していく。かえって好都合だ。目をつりあげて声を張りあげているこの女には、少し言い聞かせることがあるからな。「いったい、なにをわめいているのだ！」

「フリーマントルのことよ！　いったいあの男になにをしたの？」

「おまえには関係のないことだ。それとも、ここでの立場を忘れたのか？」ニコラスも怒鳴り返す。

「わたしはだれの奴隷にもならないわ！」ジリアンは大声をあげると、だれかが食卓に置き忘れていった杯をつかみニコラスの顔をめがけて投げつけた。

杯は顔の横すれすれに飛んでいった。「やめろ、雌狐《めぎつね》、あとで後悔するぞ！」ニコラスは脅しながらつかみかかった。もっとも、このさきどうするのかは自分でもよくわからない。ジリアンのせいで腹をたてているときは、なにも考えられなくなってしまうのだ。とにかくいまは、彼女をつかまえたいということしか頭になかった。驚きの声をあげて大広間から逃げ出していく召使いたちには目もくれず、ニコラスは前に踏み出した。その瞬間、こんどはべつのものが飛んできた。

ニコラスは首をすくめてよけると、ジリアンに飛びかかった。しかし彼女はすばやく逃げて、食卓の上に飛びあがった。これにはニコラスも唖然《あぜん》とした。ジリアンは衣の裾《すそ》を持ちあげて、形のよいふくらはぎをなまめかしくのぞかせながら、早足で長い食卓のむこうへ駆けていった。

「ジリアン！」ニコラスの忍耐はすり切れそうだった。「下へおりろ！」

エイズリーはピアズに抱かれて乗用馬から降りながら、いつものごとく夫のたくましい腕に力づけられるような気がした。なんの前触れもなくこのように兄の城へ押しかけてきたものの、じつは複雑な気持ちがしていたのだ。ただでさえ家族のつき合いをうっとうしく思っている兄が、ヘクサムの姪《めい》を嫁に迎えたのだ。こんなときに訪問したら、いやな顔をされるのは目に見えている。

しかし、エイズリーはじっとしていられなかった。尼僧院から連れ戻されて伯父の敵と結婚させられたその娘を思うと、仲裁に来ずにはいられなかったのだ。もちろん、ニコラスがこちらの頼みに耳を貸すとは思えないが、だからといって兄がか弱い尼僧に復讐するのを黙って見ているわけにはいかない。

そのようなわけで、エイズリーはピアズに頼み込んでここへ連れてきてもらった。自分たち夫婦がそばにいれば、かたくなな兄も少しは気が和らぐかもしれないと期待したのだ。だが、エイズリーはあたりを見まわして不安になった。兄が出迎えに出てこないなんて、なにかへんだわ。いつも人の出入りには目を光らせているのに……。

会ってくれなかったらどうしよう？　エイズリーは心配顔で下唇をかんでから、自分に言い聞かせた。いいえ、ニコラスはそこまで無礼な人ではないわ。

大広間の入り口のところで夫に追いついたエイズリーは、思わずぎょっとして立ち止まった。いつもは静かなベルブライの城のなかで、だれかが大声をあげている。

「どうしたのかしら？」エイズリーはピアズの顔を見た。夫も用心して、剣の柄に手をかける。エイズリーはいぶかしそうに大広間のなかをのぞいた。

「おまえの兄の声のようだ」しばらくしてピアズが不思議そうな顔をしながら言う。

「ニコラス？　生まれてからこのかた、兄が大声を出したのを聞いたことなどないわ」エイズリーは言い返した。だれであるにせよ、あの声は冷たくてよそよそしい兄よりも、癇癪《かんしゃく》を起こしたときのピアズにそっくりだ。では、ニコラスはどこにいるの？

このような騒ぎを、どうしてほうっておくのかしら？

いったいなにごとなのか、この目で見てこよう。

エイズリーは断固とした表情を浮かべると、かつて自分が取り仕切っていた大広間に踏み込んでいったが、一歩なかに入ったとたん目の前の光景に愕然《がくぜん》としてしまった。

ニコラスが食卓のまわりでだれかを追いまわしているではないか。それも、相手は女だ。どんな貴婦人を見ても軽蔑《けいべつ》の表情しか浮かべなかったあの兄が、なにかにとりつかれたように女を追いかけているのだ。エイズリーがなおも唖然として見ていると、やがて、自制心の塊であるはずの兄が……どれほど高ぶっても、けっして手をあげぬはずの兄が、彼女をつかまえて肩に担ぎあげた。

エイズリーとピアズがすぐそばまで行くと、ニコラスがこちらを向いてびっくりした顔になった。エイズリーは呆然《ぼうぜん》とした。兄の顔に憎しみ以外の表情が浮かぶのを見たのは、いったい何年ぶりだろう？

そのニコラスは突然の妹夫婦の来訪に驚くあまり、ことばも出ないありさまでぽかんと口を開けて突っ立っている。肩の上では女がぶらさがったまま、ニコラスを叩《たた》いたり蹴《け》ったりして必死で抵抗していた。

「やめろ！」ニコラスが肩ごしに声をかけてから、ふたたび前を向いた。

そんな兄の顔を見て、エイズリーは確信した。恥ずかしいんだわ。いままで恥ずかしさなど感じなかったニコラスが、恥ずかしがっている！　エイズリーは顔の表情がゆるみそうになるのを必死で我慢した。

「エイズリー、ピアズ」ニコラスは担いでいる女に腹を蹴られてうっと声をもらしながら挨拶《あいさつ》した。

「いったいどうしたのだ？」そのことばを聞いて、ばたばたしていた女が急におとなしくなった。しかしニコラスは彼女について、ふたりに説明しようとはしなかった。

「どうした？　召使いが言うことを聞かぬのか？」こちらを向いている形のよい尻を眺めながら、ピアズがおもしろがって訊《き》く。

「えっ？　ああ、これか」ニコラスもその尻にちらりと目をやった。「これは妻だ」

エイズリーは目をまるくした。ニコラスは担いでいた妻をゆっくり下におろしたが、彼女の足が床についても腰にまわした手は離そうともしなかった。まるで逃がすまいとしているように……。

それにしてもきれいな娘だ。女らしい体の線に恵まれすらりとしていて、ド・レーシ家の嫁にふさわしく立ち姿に威厳が備わっている。ネットからこぼれた髪は気性の激しさをうかがわせる赤だが、とても美しい色だ。眉は上品な弧を描き、エメラルドの色をした瞳には思わずはっとさせられる。

ほんとうに、これがヘクサムの姪？

エイズリーはつぶさに彼女を見て意外に思った。虐げられている様子が見あたらないからだ。それどころか健康そのものといった顔だ。ニコラスが彼女から手を離さないのも、じつに興味深い。どう見ても、敵をつかまえているといった手つきではなかった。

ふたたび兄の顔を見ると、驚いたことになおも口のきけない状態が続いている。しかし、さらに信じがたいのは、兄の顔にさまざまな表情が浮かんだことだった。恥ずかしいのだろうか？　自慢しているの？　それとも妻をかばいたい？　もっと観察したいところだが、ニコラスがすっかり礼儀を忘れているので、いまは挨拶のほうがさきだった。

「こんにちは。ニコラスの妹のエイズリーです。こちらは夫のピアズ」エイズリーはにっこりと笑った。

「あなたがジリアンね」

するとジリアンの顔がぱっと輝いて全体の印象ががらりと変わった。エイズリーは思わず息をのんだ。ニコラスの花嫁はきれいなどというものではない。この人ははつらつとしていて、生気に満ちあふれた美女だわ！

そのときうしろで小さな声がしたかと思ったら、たちまちそれが大きな泣き声になった。エイズリーは急いで振り返ると乳母の手から赤ん坊を抱き取った。とたんに赤ん坊が泣きやんだ。

「そして、このにぎやかなのが娘のシビル」エイズリーが甘い声で紹介する。そしてジリアンのほうを見たとたんはっとした。その瞳にあこがれの気持ちがあふれている。エイズリーは反射的にシビルをさし出していた。「さあ、ジリアン伯母ちゃまにご挨拶よ」

ジリアンは感激した様子でおそるおそる赤ん坊を受け取ると、やさしく抱き締めた。感心なことにシビルはぐずらなかった。それどころか、すっかりとりこになっている伯母に向かってにっこりと笑ってみせたのだ。「笑ってくれたわ！」ジリアンが興奮して叫んだ。そばでピアズがくっくっと笑いだした。

「赤ちゃんを抱くのは、生まれてはじめてなの」

そのことばを聞いて、エイズリーが兄のほうに目をやると、彼は赤ん坊を抱く妻の姿を食い入るように見つめていた。これまではシビルにろくに目もくれなかったニコラスが、はじめて姪の顔をちゃんと見てくれたのだ。

どうやらニコラスは変わったらしい。これまで目にしたことすべてがその証拠だ。やがて、兄と目が合ったエイズリーは、ほかのなによりも彼の目つきが変わったことに気がついた。そこにはもはや、自分自身を食いつくしてしまいそうな憎しみはうかがえない。うつろで冷たいまなざしも浮かんでいなかった。それよりも、もっと新しい、違ったなにかがあった……。

「長旅で疲れたろう」ニコラスが急に目をそらして言った。「オズボーン！　レディー・エイズリーの昔の部屋をととのえて、夫妻を案内しろ」

その声に、オズボーンが物陰から小走りに現れた。まるでいままで隠れていたみたいだ。エイズリーはひどく残念そうなジリアンの手からシビルを抱き取った。

それからにっこりジリアンにほほえむと、階段のほうへ向かうオズボーンのあとを追った。

やがてエイズリーが急ぎ足でオズボーンの横に並んだ。かつての召使いたちがそれぞれ笑みを浮かべてわっと集まってきた。いままで戸口のむこうに引っ込んでいたらしい。まるで大広間に入るのを恐れていたみたいだ。エイズリーはみんなと挨拶を交わした。ふだんは噂《うわさ》話など好まぬ彼女だったが、きょうばかりはみんなが新しい奥方さまのことをどう思っているか、ぜひとも訊かずにはいられなかった。

エイズリーは召使いたちの話を聞いて愕然とした。そして、夕食の席に着くと、夫にもそのことを告げた。食卓の中央に座っている兄をちらちらと見ながら、彼女はピアズのほうに身を乗り出した。「ここのみんなはすっかり怖がっているわ」興奮ぎみにささやく。「ニコラスがジリアンのほうへ近づいていくのを見たとたん、みんな避難するそうよ」

「また、どうして？」ピアズが興味を覚えて妻の顔を見た。

「ジリアンのそばへ行くと、ニコラスがどうかなってしまうからですって。わめいたり、怒鳴ったり、追いかけまわしたり……尋常ではないそうよ」

ピアズは肩をすくめた。「だが、だれかを怪我《けが》させたわけではあるまい？」

「ええ、いまのところはね。でも、ニコラスの機嫌がものすごく悪いものだから、みんなぶつぶつ言っているわ。おまけに賭《かけ》をしているのよ！　お館《やかた》さまと奥方さまの夫婦喧嘩《げんか》でどちらが勝つか、城じゅうの者が賭《か》けているんですって！」エイズリーはそう言って眉をひそめたが、ピアズのほうはおかしそうに口もとをひきつらせている。「だって、こんなのよくないわ」彼女は言い張った。「イーディスともちょっと話したのだけれど、この賭を始めたのは彼女のような気がするわ。主を主とも思わないところがあるから。あなたはどう思う？」

「賭事は教会の教えに反するのではないかな？」

「賭事のことを訊いているんじゃないわ！　ニコラスとジリアンのことよ！」

「どうやら、おまえの取り越し苦労だったような気がするがね」ピアズはいつものそっけない口調でこたえた。「ここの奥方が虐げられているような様子など、まるで見あたらないではないか」

エイズリーはニコラスの隣に座っている誇り高き美女を、上目づかいで眺めた。たしかにジリアンは乱暴されているようでもなければ、怖がっているふうでもない。しかし、硬い表情で黙り込んだまま、夫からできるだけ離れて座っている。一方のニコラスは……。

エイズリーは不安になって下唇をかんだ。久しぶりに会ってニコラスが変わったと思ったのは、たんなる気のせいかもしれない。いまの兄ときたら、あいかわらずひややかで無表情だ。ジリアンにたいしてもひどくよそよそしく、この夫婦のあいだに温かい情愛が通っているなんて、エイズリーにはとても思えなかった。

ジリアンはニコラスの妹とその夫を見ていて、生まれてはじめて他人をうらやむという罪を犯した。なんとしあわせそうなふたりなのだろう！　エイズリーは小柄で美しくて自信にあふれており、ピアズは恐ろしいほどの大男だというのに、穏やかでやさしそうだ。そのうえ見るからに妻を愛し、妻の意思を尊重している。横で見ていて、ジリアンは熱い嫉《しっ》妬《と》を覚えた。

もちろん、ふたりのしあわせを壊そうと思っているわけではない。その反対だ。ジリアンはそのしあわせをほんの少し自分の手につかみたかった。たとえば、ことあるごとに妻を怒鳴りつけたり、侮辱したりしないような夫。妻の体に流れる血を激しく憎んだりしない夫。人を殺しに飛び出していかないような夫。そして、子どもをひとり。

自分だけの赤ちゃん。

子どもが欲しいというこの強烈な願望は、ジリアン自身にとってもまったく思いがけない発見だった。それというのも、家庭を築くことなど、とうの昔にあきらめていたからだ。

ところが、あの赤ん坊を抱いたとたん、ジリアンはかつて感じたこともないような激しい渇望感を覚えた。これまでに望んだものといえば、生活のなかの基本的なものばかり——食べ物と、寝る場所と、ぬくもりだった。しかし、きょうになってジリアンはべつのものが欲しくなった。赤ちゃんが欲しいと思ったのだ。

ジリアンは沈んだ気持ちで顔を曇らせ、ちらりと夫のほうを見た。ニコラスはまたしても料理をつつきまわして、不機嫌そうに客人をにらみつけている。そのときジリアンはふとあることに気がつき、大きく息を吸った。勇気を出せば、望みのものを手にすることができるかもしれないわ。

イーディスが言っていたではないか。少しの努力でニコラスの心をつかまえられると……。聞いていて顔が赤くなるような助言を、何度もしてくれようとしたではないか。ニコラスを相手に、ほんとうにそのようなことができるかしら？　ジリアンは杯に手を伸ばした。よく見ると、手が震えている。おまけに慌てて杯をつかもうとしたため、食卓の上にエールを少しこぼしてしまった。

とたんにニコラスが妻のほうを向き、冷たい目でにらみつけた。ジリアンは思わずひるんだ。弱虫！でも、イーディスがなんと言おうと、ニコラスを誘惑するなんてとてもむりだ。それは自分でもわかっている。ジリアンはつんと顔をあげると、大きく杯を傾けた。そして、イーディスがニコラスに強壮剤を飲ませようとしたときのことを思い出した。よかれと思ってしたのはわかるけれど、イーディスはときどき的はずれなことをしでかすから困ったものだ。

それに、イーディスはジリアンと違って、ニコラス・ド・レーシのことを非常に立派な人物だと思っている。彼女はきっと、この悪魔に知り合いを殺されるという経験をしたことがないのだろう。でも、わたしはこの目で見た。彼がものすごい勢いで飛び出して、エーベル・フリーマントルを殺しに行くのを……。やはり、あの光景が生々しく心に残っているうちは、ニコラスと親密になれそうにはなかった。

そう思うと、なんだかむなしい気分になった。そこでジリアンは食べることに気持ちを向けた。いつものことながら、食べ物は心を慰めてくれる。ジリアンはまたたくまに自分の分を平らげると、無意識のうちに夫の分にも手を伸ばしていた。それでもまだ満腹できず、こんどは夫の皿の上の肉をひと切れ、ナイフのさきで突き刺した。

ちょうどそのとき、エイズリーが明るく声をかけてきた。「ジリアン、あなたはきっと尼僧になる定めではなかったのよ。シビルの相手があれほどじょうずなのですもの。自分の子どもを作らなくてはだめよ」

ジリアンはぎょっとして、夫の袖《そで》にご馳走《ちそう》を落としてしまった。とたんにニコラスが、眠りを妨げられた獣のようにうなり声をあげる。「くだらないおしゃべりはそれまでだ！　もう時間も遅い。きょうは客も疲れているだろう」彼はそう言いながら、妹夫婦をにらみつけた。まるで、ふたりを外にほうり出してしまいたいと思っているような目つきだ。

「さあ、行くぞ」ニコラスは有無を言わせず妻の腕をつかむと、寝室まで引っ立てるようにして連れていった。

そして寝室の扉がぴったりと閉められてから、ジリアンはようやく手を離してもらうことができた。しかし、恐怖は少しも感じていなかった。それよりも、はらわたが煮えくり返っていたのだ。ジリアンはまるで猫のように夫に飛びかかると、その顔に爪を立てた。ニコラスはそのすさまじさに唖然とし、彼女を引きはがして押しやった。

「あなたの家族の目の前で、よくもあのようなことを！」ジリアンは叫んだ。「この人殺し！」

ニコラスが低い声で毒づきながら彼女を突き飛ばした。ジリアンは勢いあまって、寝台の上にあおむけに倒れた。突如として彼女の心に、この喧嘩に決着をつけたいという気持ちがわきあがってきた。ジリアンは肘をついて起きあがろうとした。だがそのとき、ニコラスが片手をあげてさえぎった。

「おまえに引っかかれるのがいやだから教えてやるが、おれはあの男を殺さなかった。もう二度と悪さはしないと約束したから、命は助けてやったのだ」

一瞬ジリアンは寝台の上で声も出なかった。ニコラス・ド・レーシが情けをかけたですって？　世の中、不思議なこともあるものだわ。信じられないような出来事に、ジリアンはしばらくことばもなかったが、口がきけるようになると、素直に礼を言った。

「どうもありがとう」

こんどはニコラスのほうが驚く番だった。彼は長いことじっとジリアンを見つめていたが、やがてふいにむこうを向いてしまった。「では、この話が片づいたところで、ひとつおまえに言っておこう。奥方は夫にものを投げたり、食卓の上にのぼったり、夫の顔を引っかいたりはせぬものだぞ！」

ジリアンはふんと鼻を鳴らした。「わたしが一城の奥方なら、そういう非難も心にとめるでしょうけれど、そうではないのだから……」

「奴隷だったらなおさらのこと、主に飛びかかったりはせぬものだ！」

「あなたの奴隷になどなるものですか！」

「いや、おまえは奴隷だ。いまからそれらしく振舞うのだ。さあ、髪をおろせ」

ジリアンは思わず息をのんだ。しかし、恥の上に恥をかかされ、怒りがつのりにつのったいまとなっては、もはや恐怖は感じなかった。「お断りよ」ジリアンは首を振った。「わたしを怖がらせようと思っても、その手には乗らないわ。あなたのあてこすりは、もうたくさんよ！」

子どものころ、兄から教えてもらったことがある。弱いものいじめをするやつには、勇敢に立ち向かっていくのがいちばんだ、と。そこでジリアンは大きくひとつ息を吸い込むと、寝台から起きあがって、あてこすりのお返しをした。

「わたしが欲しい？　それなら奪いなさいよ！」ひとたび口に出してしまうと、もはや怖いものなしだった。唖然としている夫の様子を見て、ジリアンはますます大胆になった。自信に満ちたしぐさでうしろに手をまわし、ローブのひもをほどき始める。ニコラスは仰天して口もきけぬありさまだ。ジリアンはこのとき、自分にも力があるのを知った。「わたしを犯すことがあなたにとって勝利だというなら、そうするがいいわ！」ジリアンはローブを脱ぐと、寝台の上にほうり投げた。「でも、いいこと、たとえなにをされようとも、わたしは絶対にあなたに屈しないわ！」そして、寝台の上であおむけになり、肌着の裾に手をかける。

その瞬間、時間が止まった。裾をめくり始めたら、もうあと戻りはできない。未知の世界に突き進むだけだ。けれども、ジリアンはすでに自分の勝利を感じていた。夫の額には汗が浮きあがり、両手は固くこぶしを握っている。まるで意志の力だけで自分を抑えているようだ。銀灰色の瞳にももはや敵意はなくなり、激しい情熱だけが宿っている。視線と視線が絡み合った。ジリアンの胸が高鳴り、全身がうずいた。

しかし、ニコラスは首を振りながらあとずさった。

「たとえおまえがこの世の最後の女だとしても、おまえなど抱くものか」かすれた声で言う。「おまえを抱くぐらいなら、病気持ちの商売女を抱くほうがましだ」

それだけ言うとニコラスはきびすを返し、扉を叩きつけるように閉めて出ていってしまった。あとに残されたジリアンは、毛皮の上でぐったりとした。まるで、胸を蹴られたような気分だった。

10

　ニコラスは杯を手にしたままむっつりと考え込んでいた。客の接待が面倒なのだ。亡き父が知ったらさぞいやな顔をすることだろうが、社交儀礼のようなものからは長いこと遠ざかっていた。おれはあの灼熱《しやくねつ》の砂漠で、文明人としての心を永遠に失ってしまったのだろうか？　ニコラスはときどきそう思うことがある。それが証拠に、客を迎えるのが好きではない。客など迷惑なだけだった。

　けさも妹夫婦と顔を合わせたくないばかりに、ニコラスは早起きをした。ところがピアズにつかまってしまい、領地のなかを朝駆けしようと誘われて、しぶしぶつき合うはめになったのだ。

　〝赤い騎士〟ピアズはエイズリーと結婚した直後、一時期ベルブライの領地を治めたことがある。しかしニコラスが戻ると、ピアズは領主の地位をあっさりと返してよこした。贅《ぜい》をつくした新しいベルブライの城よりも、古いダンマローのほうがよいというのだ。ピアズもエイズリーも、どこかおかしいのではないか？

　絶対にふたりともどうかしている。少なくとも、ニコラスはそう思っていた。ところが近ごろは、自分のほうがおかしいのではないかと思うようになった。たしかに、ベルブライの領地は美しくて豊かだが、ダンマローを愛するピアズやエイズリーと違って、ニコラスはここに愛着を感じないのだ。もともと強い感情は抱いたことがなかった。例外なのは復《ふく》讐《しゆう》心だけ。ところがいまや、その復讐心さえも薄れだしてきた。ニコラスはあいかわらず、生きる支えとばかりにしがみついてはいるのだが……。

その復讐の的である妻のことを考えたとたん、ニコラスは体のあちこちに不快感を覚えた。持病の胃痛はここへきてますます激しくなるし、このところうずきだした下腹部のほうも、おさまるどころかひどくなる一方だ。じっさい、ゆうべジリアンが自分の身を投げ出してきた瞬間から、張りつめた感じがずっと続いているような気がする。

ジリアンが肌着姿で寝台にあおむけに倒れ込んだとき、めくれあがった裾《すそ》からは軽く開いた白い脚がのぞいていた。ジリアンはその裾に手をかけた。そして、時が凍りついた。ニコラスはおのれの限界を心得ていた。ジリアンがあの薄い肌着を少しでもめくったら、おれはおしまいだと自分でもわかっていたのだ。だから、嘘《うそ》を並べたてて妻の前から逃げ出した。なんとみっともないことをしたことか。

「きょうの午後は入浴でもするか」ピアズが長椅子の上で長くなりながら杯をかかげてみせた。「せっかくだから、花嫁どのに背中を――」

「あれには、ほかの男の入浴の世話などさせせぬ！」ニコラスは怒鳴ってしまってから、はっとした。

「エイズリーに洗わせろ」声をひそめながらも語気荒く言った。だがピアズはニコラスの険悪な態度にも平然としてにやりと笑った。「なにがおかしい？」ニコラスは突っかかった。急に喧嘩《けんか》で憂さ晴らしがしたくなったのだ。

「いや、なに、おまえのいきいきとした顔をやっと見られてよかったと思っただけだ。いままではいつも敵意しか見せなかったからな」

「ばかばかしい」

「まあ、よい。だが、ジリアンは快活で若くて美しい。一緒にいれば、だれだって復讐など忘れるというものだ」いらだたしいことにピアズはにやにや笑いを隠そうともしない。

「おれがあの女を憎んでいないとでも思うのか？」

ニコラスはむきになって突っかかっていった。ピアズの嫌みが真実をついていたからだ。

ピアズの顔から陽気な表情が消えた。「彼女を憎むのは愚かだぞ」

「おれへの悪口がずいぶん簡単に出てくるな」

ピアズの表情がだんだん険しくなる。「手遅れにならぬうちに目を覚ませ。過去の恨みにしがみつくのは、いいかげんにしろ。家庭を築いて、自分の人生を生きるのだ。おまえには息子を産んでくれる美しい妻がいる。宝を手にしたも同然ではないか」

「ふん！　あの女に用があるのは、復讐をするときだけだ！」ニコラスはかみついた。もっともそのようなことばも、もはや自分の耳にはひどくむなしく響いているのだが。

しかし、ピアズにはまだそこまではわからなかった。彼は憤慨し、杯を叩《たた》きつけるように置いた。

「エイズリーの兄でなければ、頑固なその頭を殴っているところだ」

「では遠慮するな」ニコラスは立ちあがって挑発した。えらそうに助言をたれるピアズには、もううんざりだ。招かれざる客のくせして人に説教するなど、断じて許せない。

「家族は団結するものだ。つまらぬ喧嘩で仲違いなどするものではない。そういうのは、ばかでむこうみずな餓鬼のすることだ」

子ども扱いされたのはいったい何年ぶりだ？　ピアズに侮辱されて、ニコラスは爆発した。彼は怒りの叫び声をあげると、食卓の向かいに座っているピアズに飛びかかった。とたんに木彫りの杯が壁に飛び、長椅子が大きな音をたてて床に倒れた。妹夫婦が来てから大広間に顔を見せるようになった召使いたちも、たちまち避難場所を求めて四散した。

体つきはピアズのほうが大きいが、ニコラスは彼よりも二、三年が若いうえ、東方で喧嘩の妙技も身につけている。〝赤い騎士〟との喧嘩はまったくの互角だった。ニコラスは勝利を予感して低くうなりながら、ピアズの鼻をめがけてこぶしを振るった。ところがピアズも巨体に似合わず敏捷《びんしょう》で、するりとかわす。やがて彼は城全体を揺るがすようなものすごい叫び声をあげて、ニコラスを投げ飛ばした。

エイズリーは自室へ呼んだ召使いの顔をまじまじと見た。ニコラスの夫婦関係がどうなっているのか、知る者があるとすれば、イーディスをおいてほかにはない。そこでふたりきりで話をすべく、育児室に入りびたりのイーディスをようやくのことで呼び出したのだ。この間シビルの世話は、乳母と悲しい目をしたジリアンにまかせてある。

ニコラスの妻がきょうの朝になってがらりと変わってしまったことは、エイズリーも気がついていた。いきいきとしていたジリアンが、すっかりおとなしく内に引きこもってしまったのだ。きのうここへ着いたとき目にした激しい闘争心は、もはや影も形もない。ゆうべ食事の席からニコラスに引っ立てられていったあと、なにがあったかは知らないが、意気がくじけるようなことが起きたのだけはたしかだ。なにがあったのか想像するのも恐ろしい。ジリアンまで兄のように魂が抜けたようになってしまうのではないかと、エイズリーにはそれが心配だった。

つぎからつぎへとシビルの話題がつきぬイーディスにひとしきりつき合ったあと、エイズリーはしびれをきらして尋ねた。「ニコラスの夫婦仲はどうなの？」とたんにイーディスが重いため息をつく。夫婦仲はあまりよくないらしい。

「まったく、へんなことになってましてね。ジリアンさまは寝台の足もとに藁《わら》布団を敷いて、そこでおやすみになってるんですよ。どうやら、ニコラスさまが契りをかわそうとなさらないようで……」イーディスは失望の表情で舌打ちした。「そりゃ、聖地から戻って以来、人が変わっちゃったのはわかってますけどね、こんなの……こんなのは、不自然ですよ！」

エイズリーは内心ひそかに思った。ニコラスがジリアンに手を出さないのは、心の平静を乱されたくないからではないかしら？　なんといっても、ひとたび親密な関係を結んでしまった相手には、なかなか復讐できぬものだ。でも、ゆうべは……。「ニコラスはジリアンに乱暴をしたの？」

「冗談じゃありません！」イーディスが憤慨して言い返す。「ド・レーシの殿方はいままでに一度だって、女に手をあげたことなどないんですからね。戦でないかぎり、男にだって乱暴しやしません！」

そこへまるでそのことばに呼び寄せられるように、噂《うわさ》の主が飛び込んできた。ジリアンは頬を赤く染め、胸を大きく上下させている。シビルの身を案じたエイズリーはぱっと立ちあがった。「どうしたの？」

「階下《した》で取っ組み合いの喧嘩をしているの！」息もたえだえにジリアンが言う。

「だれが？」

「ニコラスとピアズよ！」

イーディスは疑って鼻を鳴らすと部屋を飛び出した。エイズリーとジリアンもそのあとに続いた。ニコラスとピアズはもともとあまり仲がよくないが、だからといってあのふたりが殴り合いをするなど、エイズリーには信じられなかった。とくにピアズは家族の絆《きずな》を大事にする男だ。そのようなことをするわけがない。ところが、三人が大広間に近づかないうちから、叫び声が聞こえてきた。

「いまのあれ、いったいなんなの？」ジリアンが目をまるくしてエイズリーのほうを見た。

エイズリーはため息をついた。「ピアズよ。堪忍袋の緒が切れたんだわ。あの人をあそこまで怒らせるなんて、ニコラスはなにをしたのかしら？」

ジリアンは顔を曇らせてさきを急いだ。「わからないけれど……ニコラスは人を挑発することにかけては、群を抜いているわ」

階段をおりたところで、エイズリーはわが目を疑って思わず立ち止まった。なんとピアズとニコラスが、小作地の腕白坊主のように地面をころげまわっているではないか。エイズリーはあきれてしまった。けれど、どちらかが怪我《けが》をしているらしく血のあとが見えるので、このままほうっておくわけにもいかない。

「ピアズ！　ニコラス！」エイズリーは声をあげて前に出たが、ふたりは目もくれない。

「これじゃあ、ニコラスさまが赤い悪魔に殺されちまう！」イーディスがわめきながらあとずさった。

「ピアズ！　ニコラス！」エイズリーは声を張りあげたが、夫の怒号や長椅子の壊れる音にかき消されて、ふたりの耳には届かない。

イーディスは泣きわめき、エイズリーはもはやなすすべもなく眺めるばかりだった。そこへジリアンが両手に手桶《ておけ》をさげて走ってきた。台所で水をくんできたのだ。ジリアンは危険も顧みず、ころげまわっているふたりに近づくと、野犬を引き離す要領でまず一方に水を浴びせ、もうひとりにも同じように水を浴びせた。

とたんに殴り合いがやんだ。水を浴びた男たちは口々に大声で毒づくと咳《せ》き込んだり、口に入った水を吐き捨てたりしながら立ちあがった。どちらも全身びしょ濡《ぬ》れのうえ、泥まみれ、藺草《いぐさ》まみれだ。ピアズが長い黄金色の髪を振ると、四方に水滴が飛び散った。口の横には血がついている。ニコラスも似たようなものだった。彼は両手で顔をぬぐったが、それでもまだ鼻血が細くたれていた。

「ふたりとも、なんという面汚しなの！」エイズリーは不快感もあらわに叫んだ。生まれてはじめて兄に説教をしたい気分だった。しかしニコラスは目をそらしたまま、こちらを見ようとしない。彼女が喧嘩の理由を知りたくてピアズのほうを見ると、夫はかろうじて怒りを抑えているような状態だった。エイズリーは心が沈んだ。喧嘩したというのに、まだ怒りがおさまらないらしい。

「一時間以内に出発だ」言い返せるものなら言い返してみろといった様子で、ピアズが告げた。エイズリーは唇をかんだ。激するたちの夫をよく知っているエイズリーには、彼の怒りもまたよくわかっていた。夫が怒っているときは、黙ってうなずくしかないのだ。仲立ちをしようという気持ちもむだになってしまった。ジリアンは水浸しの繭草のまんなかで、肩をいからせて立っている。背の高い赤毛娘のその姿に、エイズリーは思わずため息をもらした。

ニコラスの花嫁はふたたび孤立無援となってしまったのだ。

イーディスは赤ん坊のために縫った服を取ってくるよう言われて、エイズリーの部屋を出ていった。さっきから泣きづめの彼女がいなくなったとたん、あたりが静けさに包まれ、ジリアンはほっとした。泣いてもしかたがないのだ。いくら涙を流そうと、さきほどのニコラスの愚行は消せない。身内に喧嘩をふっかけたのを取り消しにはできないのだ。話はすでに城の隅々まで広がっており、召使いたちはお館《やかた》さまに非難の目を向けていた。ほんの短期間の領主だったにもかかわらず、みんなはピアズを好いているのだ。そのピアズと、自分たちの身内も同然のエイズリーが早々と帰ってしまう。召使いたちがおもしろく思うわけがなかった。

ジリアンも残念がっているひとりだった。それというのも一見近寄りがたい、この淡い金髪の貴婦人と打ちとけることができたからだ。知ってみると、エイズリーは近寄りがたい人などではなかった。夫妻の滞在中、ジリアンはふたりと仲よくなるのを楽しみにしていた。なのに、もう帰ってしまうのではその機会もない。そしてなによりも寂しいのは、いまこの腕に抱いている赤ん坊に会えなくなることだ。

そう思ったとたん、ゆうべから胸にずっしりとしたものを感じていたジリアンは、あらたな痛みを覚えた。子どものとき以来、こうしてだれかを抱き締めるのは、このシビルがはじめてだ。ジリアンは赤ん坊をぎゅっと抱きながら、このときはじめてそれに気づきますます心が沈んだ。またいつか、赤ん坊を抱くことができるかしら？

いいえ、できるわけがない。わたしは子どもを産ませてもらえないのだから……。そのことはゆうべ、ニコラスにはっきりと言われたも同然だ。

結局、いままで彼にからかわれていただけなのだ。目隠し遊びの接吻も、壁際の接吻も、抑えきれぬ情熱に煙るあのまなざしも、すべては意地悪なお遊び。復讐のひとつにすぎないのだ。

あの人の企《たくら》みがわかってよかったじゃないの。ジリアンは自分にそう言い聞かせた。もはや彼の思わせぶりなほのめかしやあけすけなことばに、苦しまなくてもいいのだ。喜ぶべきことだわ。しかしジリアンは侮辱され、おとしめられたような気分だった。自分でもよくわからぬ胸のしこりが大きくなったような気がしていた。

「もっといられればいいのに……」ジリアンはぽつりと言った。

そのことばに、エイズリーが顔をあげてジリアンを見た。ニコラスとそっくりなその瞳に、ジリアンははっとした。でも、まったく同じではない。エイズリーの瞳はまるで銀の月光のように柔らかだが、ニコラスの目は鋭くぎらついていて、まるで短剣の刃《やいば》のようだ。

「わたしも残念よ」エイズリーは小さなため息をついた。「でも、ピアズはときどきとても頑固になるの。ほんとうは、感情が激しい人なのよ。怒ったときのすごさときたら有名なほどだわ」エイズリーはおもしろがっているようにふっと笑ったが、ジリアンにはとても笑いごとには思えなかった。

エイズリーはまるで重大な決意をするかのように大きく息を吸い込み、衣装箱のふたを閉めて、暖炉のそばの肘掛けつきの長椅子のほうへ行った。そして腰をおろすと、ジリアンにも椅子を勧めた。

「あなたとはゆっくりお話ができると思っていたのだけれど、このようなことになってしまったから、いまここで兄のことを少し教えてあげるわ」

ジリアンはそのことばに好奇心を覚え、長椅子のそばの腰掛けに向かった。シビルは抱かれたままジリアンの頭のネットをいじっている。ジリアンは座ると、耳を傾けた。

「ニコラスはピアズと違って、もともと情愛の深いたちではないけれど、正しいことをする人だった」エイズリーが話しだした。「聖地の戦いへ赴いたときは、強くて見目も麗しい前途有望な若者だったわ。ところが死んだと聞かされて、みんな心から悲しんだ。とくに父はほかの息子を病でなくしているだけに、ひどくまいったわ」エイズリーは美しい顔に暗い陰をよぎらせながらもさきを続けた。「あとでわかったことだけれど、ニコラスは戦いで負傷をしたの。身動きできないほどの傷で、助けを待つしかなかった。そこへ同郷のヘクサム男爵が来たの」エイズリーは小さな手でこぶしを握った。「ところがヘクサムは兄を助けるどころか、茂みのなかに引っ張り込みそのままそこへ置き去りにしてしまったの。兄はどのぐらいそのままでいたのかしら。シリアの熱い太陽にさらされ、しかも血を流しながら……」

ジリアンは重い絶望感に押し包まれ、息がつまりそうだった。イーディスから大まかな話は聞いていたけれど、まさかそのようなことがあったとは……。ニコラスがわたしのことを憎むわけだわ。ジリアンは体のなかから最後の一滴まで希望を搾り取られるような気がした。

「結局、兄は農家の女に発見されて、看病してもらったそうよ」

それまで鈍い痛みに包まれていたジリアンは突如、鋭い嫉妬《しっと》を覚えた。それはもはや自分の意思とは関係なかった。ジリアンは弱ったニコラスを慰めたその女がねたましかった。ニコラスを癒《いや》し、その体に触れ、おそらくはその心にも触れたシリアの女がねたましかったのだ。ジリアンはシビルの顔に視線を落とした。自分の嫉妬をエイズリーに悟られたくなかったからだ。

「ニコラスは帰国のための費用と人手が集まるまで、どうにか暮らしをたてていたそうよ。でも結局、帰ってきたのは、父の死を聞いてからだった。そのころここは、度重なるヘクサムの侵攻に悩まされていたの。でも、ニコラスは危ういところでベルブライを宿敵の手から救った。ヘクサムは逃げたわ。けれど、兄は執拗《しつよう》に追跡した。しまいにヘクサムは頭がおかしくなってしまい、ダンマローに現れたわ。ニコラスとの対決から逃げてきたのだけれど、結局はピアズの手にかかって死んだのよ」

ジリアンは身震いした。戦も人殺しも、彼女には非現実すぎて理解できなかった。もしかしたら、ニコラスのことも理解できないのではないだろうか？

「問題なのは、ヘクサムに裏切られた瞬間から、兄には復讐だけがすべてになったことなの。でもヘクサムがピアズに殺されて復讐ができなくなり、兄は生きる目的を失ってしまった。ところが、あなたの存在を知って、ふたたび生きがいができたの。ただし、いまの兄を突き動かしているのは憎しみだけよ」ジリアンは一度、二度としゃくりあげるように息をつまらせた。それを見て、エイズリーがそっとジリアンの手を握る。「あなたを落胆させようと思って、このような話をしたわけではないわ。あなたを励ましたかったの。はじめこの結婚話を聞いたとき、最悪なことになるのではないかと心配したわ。でもここへ来てみて、想像もしなかったものを見たの。兄がいままでとは変わっていたの。あなたのおかげよ」ジリアンが言い返したそうに口を開いたが、エイズリーは手をあげてさえぎった。「で、どのようなはかりごとを考えているの？」彼女は興味津々というように身を乗り出すと、だしぬけに訊《き》いてきた。

「はかりごと？」ジリアンにはなんのことやらさっぱりわからなかった。

エイズリーがにっこりと笑う。「わたしもピアズと結婚した当初、はかりごとをしたものよ。夫とは親戚《しんせき》どうしであることが判明したと教会に申し立てて、結婚を解消するつもりだったの」そう言いながらくすくす笑うエイズリーを見て、ジリアンは呆気《あっけ》にとられた。「あなただってなにかはかりごとを考えているはずよ」

はかりごとなど考えもしなかったジリアンは、彼女の顔を見てただぽかんとするばかりだった。

「ま、どのようなはかりごとにせよ、うまくいっているようね」エイズリーが言う。「ニコラスを正気に戻すことができるのは、あなただけよ。あなたならできる。兄を助けてくださるわね？」

ジリアンは唖然《あぜん》として声も出なかった。ニコラスを助けるですって？　冗談ではないわ。ときとしてジリアンはニコラスにたいして気が弱くなることがあるものの、彼に屈するつもりは断じてなかった。

こちらから救いの手をさしのべたときでさえ、ニコラスはにべもなくはねつけたうえに、毒殺するつもりかと非難を浴びせてきたではないか！　エイズリーが望むような約束など、とうていできなかった。

そのとき、扉を叩く音がした。ジリアンはエイズリーに返事をせずにすむのでほっとしながら立ちあがった。

しかし、エイズリーはごまかされなかった。「お願い！」

エイズリーに心から頼み込まれ、ジリアンの心は揺れた。しかし、彼女はすぐに思い出した。そもそもこの貴婦人と別れのことばを交わすことになったのは、そのニコラスのせいではないか。ジリアンは心を鬼にしてこたえた。「わたしにはできないわ」

エイズリーとピアズの姿が見えなくなったあとも、ジリアンは窓の前に立ってぼんやりと道を眺めていた。しばらくするとイーディスが静かに入ってきて、風味づけした葡萄酒《ぶどう》をそばに置いたが、彼女は身じろぎもしなかった。

「さあ、さあ、元気を出して。くよくよするなんてジリアンさまらしくもない」召使いがやさしくたしなめたが、ジリアンは黙り込んでこたえない。イーディスはため息をついた。「せめて、夕食にはおりていらっしゃいませ。ニコラスさまがおかんむりになりますよ」

それを聞くと、さすがにジリアンもちょっと身じろぎしたが、返事はしなかった。

「いいですか。ニコラスさまはただでさえご機嫌斜めなんです。ここでジリアンさまが逆らうようなことをなすったら……」

朝からずっと重かったジリアンの胸に、むらむらと怒りが込みあげてきた。あの人はまわりのことなど、これっぽっちも考えないのだろうか？　自分の妹から小作人まで、みんなを悲しませるようなことばかりして……。あんな人、地獄に堕《お》ちてしまえばいいんだわ！

「夕食はいらないわ。あの人には、気分が悪いからと伝えておいて。わたしはもうやすみます」そう言ってからジリアンはふと思った。今夜は早く寝られるかもしれない。なにしろ、もはや恐れるものはなにもないのだから。

ゆうべ、ジリアンは確信したのだ。夫が彼女の床に入ってくることは、このさきも絶対にないと……。

11

ニコラスは自分が酒飲みでないのを残念に思いながら、葡萄《ぶどう》酒の入った水差しを思案顔で眺めていた。飲めば胃がおかしくなるのは目に見えている。それでもニコラスは、杯を満たすよう召使いに命じた。ほんの少しだけだ。招かれざる客たちが退散していって以来続いているこの胸のざわめきも、ほんの少し酒を飲めばきっとおさまるだろう。

もっとも、罪悪感を感じているわけではなかった。最初に喧嘩《けんか》をふっかけてきたのはピアズのほうだ。あげくにちょっと唇が切れ、あざができたぐらいで、すっかりへそを曲げて帰ってしまうのだから。なにが〝赤い騎士〟だ。聞いてあきれる！　少なくとも、これ以上あいつの説教を聞かずにすむのはありがたい。妹やぴぃぴぃ泣く赤ん坊にも、とくに用はない。みんな帰ってくれてせいせいした！

ニコラスはおそるおそる鼻をさわってみた。よかった、はれていない。それからこんどは、痛むこぶしをさする。結果として妹の夫を追い返したのだから、気分が晴れてしかるべきだった。おれが勝ったも同然ではないか。ところが、このところいつもそうであるように、今回の勝利もひどく苦い味がした。いや、苦いのは、口のなかに血が残っているからなのかもしれぬ。

ニコラスは葡萄酒を流し込んだ。口当たりが極上の酒で苦みが消えてくれればと願ったのだが、苦い味はあいかわらず残っていた。頭にきたニコラスは、これまでの支えだった憎しみを思い出そうとした。しかし、もはや憎しみは残っていなかった。心のなかでせめぎ合うさまざまな感情に押しやられてしまったらしい。これほど心が乱れるのなら、つい先日までいまわしく思っていたあのむなしさのほうがずっとましだ。ニコラスはいま、まるで蜜蜂《みつばち》の群れをのみ込んでしまったような気分だった。しかし、刺された痛みは葡萄酒が和らげてくれる。彼はさらに杯を重ねた。

夕食がなかばまで進んだころになって、ニコラスはようやく妻がいないことに気がついた。家臣や召使いたちが隣の空席をちらちら見ているというのに、彼は美酒に夢中になっていてまったく目に入らなかった。いまいましい女だ！　おれに仕えるのが役目だと、はっきり言ってあるではないか！　エイズリーの来訪で状況が変わったとでも思っているのか？それともおれに反抗するつもりか？

ニコラスは無性に腹がたってきた。しかし、同時に、どこかがっかりした気持ちもあった。あの女はなぜいつも、こう厄介ごとばかり起こすのだ？　エイズリーがピアズを出迎えるときのように、ジリアンもいつか喜びいっぱいの温かなまなざしで、おれの帰りを迎えることがあるのだろうか？　ニコラスはほんの一瞬、ピアズをうらやましく思った。しかし、すぐに、そのようなことを考えている自分をのしった。どうかしているぞ！　きっと葡萄酒の飲みすぎだ。ニコラスは杯を目の前からどけた。続いて皿も横へ押しやる。もはや食欲が失《う》せてしまったのだ。

これまではいろいろ大目に見てきたが、妻を甘やかすのももうおしまいだ。言うことを聞かせるのに鞭《むち》が必要というなら、それもしかたあるまい。ニコラスは勢いよく立ちあがると、不信のまなざしを向けてくる連中には目もくれず、階段へ向かった。今宵こそ、ジリアンを屈服させてやるつもりだった。

廊下はまったく人けがなく、寝室の扉を大きく開けると、部屋のなかもしんと静まり返っていた。もし、ジリアンが逃げたのなら……。激しいののしりのことばが口もとまで出かかったが、そのとき彼女の姿が目に入った。ジリアンは肌着一枚で暖炉の前に立ち、髪をとかしているところだった。うしろで燃えている炎に照らされて、女らしい体の線がくっきりと浮きあがっている。

髪をおろしたところを、ようやくこの目で見ることができた。波打つ赤い髪が一方の胸から腰のくびれへと、豊かに魅惑的に流れ落ちている。ニコラスは息をのみ、思わずぼうっとして見とれてしまった。いや、これも酒のせいかもしれぬ。ニコラスは自分の弱さを呪《のろ》い、おさまった癇癪《かんしゃく》をふたたびかき立て、それを盾に魅惑的な妻からわが身を守った。しかし、急に口のなかがからからになり、すぐにはことばが出てこない。一方ジリアンは美しい髪をうしろに振ると、反抗的な目で夫を見つめている。

ニコラスはのどをごくりとさせ、さっきまでの怒りを思い出した。「いったいどこにいたのだ？　夕食の席でおれに仕えるのが、おまえの役目ではないか！」

「あの人たちの行ってしまったのが悲しくて、それどころではなかったのよ！　卑しい流れ者でも追い払うように、自分の家族を城からほうり出すなんて、まったく、あなたという人は！」じつに耳の痛くなるようなことばだった。それだけにニコラスは、夫のすることに口を出すジリアンにいっそう腹をたてた。かつては自分の人生を思うままにできたものだが、もはやそれはかなわぬことなのかもしれぬ。しかし、妻だけは意に従わせるつもりだった。

「おまえには関係ない。それより、従順に振舞うことだけを考えていればよいのだ。まるで従順ではないのだからな。おれに仕えろと言ってあるのに、しなかったではないか！」

ニコラスは怒りのすべてをジリアンに向けていた。

彼女は想像とはまるで異なる女……彼の望みをはるかに超えた女だった。ニコラスは怒りに目を細め、威圧的に前へ出ると、顔が触れそうになるまで近づいた。

「おまえのような女は、鞭で打たねばわからぬのかもしれん」

いつものごとく、ジリアンは逃げもしなければ震えあがりもせず、まっこうから夫をにらみ返すと、つんと顔をあげた。「では、打てばいいわ！　毎日毎日、あなたの脅しを聞いて暮らすのは、もうたくさん。やれるものなら、やればいいのよ。でも、覚えておくのね。わたしは絶対に負けないわ。わたしから自由や友人や地位を取りあげ、わたしをさいなみ、鞭打ったとしても、絶対にあなたには屈しない！」

ニコラスの体のなかでなにかが爆発した。そして、それが顔に出たのだろう。勇ましいことばにもかかわらず、ジリアンが一歩あとずさった。ニコラスが彼女をつかまえようと手を伸ばす。するとジリアンは逃げるどころか、なんとこぶしを振りあげた。ニコラスは呆気《あっけ》にとられて、もろに一発食らってしまった。

ジリアンの気の強さにはもはや驚かないが、まさかこのようなことができるとは思ってもみなかった。どうやら、喧嘩のしかたを習ったことがあるらしい。ニコラスのあごにめり込んだこぶしの威力ときたら、生半可なものではなかった。ニコラスは呆然《ぼうぜん》として目をぱちくりさせながら、ためしにあごを動かしてみた。どうやら大丈夫らしい。彼は仕返しに燃えて目をつりあげ、ジリアンに飛びかかった。しかし、彼女はすばやかった。むだな動きが多いにもかかわらず、ピアズよりも敏捷《びんしょう》なほどだ。

ピアズとの殴り合いはささいないさかいから始まったものだったが、この喧嘩はわけが違った。これはどちらが上に立つかを決める戦いだ。もちろん最後に勝つのはニコラスだ。本人はそのつもりでいる。それにピアズの喧嘩のときとは異なり、ニコラスはいま欲求不満のはけ口を求めているわけではなかった。なにしろジリアンこそ、欲求不満の元凶だ。全身の血が彼女を求めて悲鳴をあげている。ニコラスは両腕をつかむと、ジリアンを寝台に押しつけた。とたんに彼女が膝を蹴《け》りあげ、危ういところでニコラスの下腹部をかすめる。これはもはや完全な暴力だった。本気で相手を痛めつけようという行為だ。ニコラスも頭ではそれがわかっていた。

しかし、体のほうはわかっていなかった。ジリアンの膝が太股《ふともも》をかすめたとき、ニコラスはこれから攻撃を受けようというところなのに、下腹部が熱く張りつめてしまったのだ。そのあまりに急な身体の変化に、彼はまるで熱いものでもさわったかのように、ジリアンを寝台の上に突き放した。

ニコラスは呆然として彼女を見おろした。どちらも荒い息をしているが、ジリアンは恐怖で息がつまっているわけではなかった。そのまなざしも、もはや反抗的ではない。ジリアンは逃げるつもりなどさらさらないのか、上掛けの上に倒れたままニコラスを見あげている。寝台の上にころがったところは、ゆうべとまるで同じだった。しかし、今宵は肌着の裾《すそ》が太股のあたりまでめくれあがり、とびきり長いなめらかな脚がむき出しになっている。すっかり乱れて寝台の上に広がった赤い髪。そして胸は大きく上下している。まるで肌着がはちきれそうだ。

ニコラスの全身を欲望が貫いた。ずっと昔からジリアンを求めていたような気がする。彼女がそばにいるといつものことなのだが、ニコラスは深く考えずに衝動的に動いた。彼は寝台の上に片膝をついて身を乗り出すと、彼女の肌着に手をかけびりびりとふたつに引き裂いた。とたんにジリアンの素肌が目の前に現れる。ニコラスは思わず息をのんだ。

全身が熱くなって震えだす。まるで熱に浮かされたようだ。ジリアンはなんと美しいのだ! みずみずしく熟れた、そのなめらかな胸のふくらみ。小さくて……硬い、果実の粒のような乳首。

「わたしのことなど欲しくないと言ったくせに」かすれた彼女のささやき声に、ニコラスはますます燃えあがった。返事をしようと口を開いたが、胸の奥からざらついた声が出てくるばかりだ。

「嘘《うそ》をついたのだ」ニコラスは認めた。そして、両脇《わき》に投げ出したジリアンの手首をつかんで寝台に押さえつけると、身を乗り出して硬い果実のひとつを口に含んだ。とたんにジリアンがうめき声をあげる。ニコラスは低くかすれたその声に促されるように吸い始めた。これほど酔わせ、夢中にさせられる行為ははじめてだった。

これまでニコラスは、女を喜ばせるために気をつかったことがなかった。赤ん坊ではあるまいし、女の乳房にむしゃぶりつくのも彼の趣味ではなかった。ところがいまは、そうせずにはいられなかった。ニコラスははりのある胸のふくらみを舌のさきでなぞり、ついばみ、谷間に顔をうずめて満足げなうなり声をあげた。その間にも、下腹部は痛いほど張りつめていく。

ニコラスはもう一方の膝も寝台の上にのせ、ジリアンの脚のあいだでひざまずく格好になった。彼は押さえていた手首を放すと、なめらかな腕をゆっくり撫《な》でおろし、さらに脇から腰のくびれまで手をはわせていった。快感にあえぎながら、ジリアンがのけぞり、彼の唇を求めようとする。だがつぎの瞬間、彼女は飛び起きて横にころがると、こんどはニコラスを下にしてその上にまたがった。

そして、さっき自分がされたように、ニコラスの手首をつかんで押さえつけた。ニコラスは呆然として目を見張った。そんなことでこのおれを押さえつけられるものか。これほど興奮していなければ、笑いとばしているところだ。とにかく、ふつうの娘ではなかった。妻の突飛な行動に、ニコラスの胸は早鐘を打ち、体は彼女を求めて硬く張りつめた。顔をあげてジリアンの目を見ると、挑むような視線が返ってきた。そのまなざしに、ニコラスは彼女のことばを思い出した。〝絶対にあなたには屈しない!〟

おれをからかっているのか?　もはやさわられても怖くはないらしいが、絶対にこの身は屈するものかと、ジリアンの目がはっきり告げていた。それではこっちが困ると、ニコラスの体が悲鳴をあげた。しかし、ニコラスがなにをする間もなく、ジリアンは彼の手首を放すと、彼の上着を押しあげるようにしてまくり始めた。柔らかな、それでいて力強い彼女の手が、ニコラスの肌をすべっていく。ニコラスは思わず息をのんだ。ジリアンはぱらぱらと赤い髪を降らせながら身を乗り出してくると、彼の乳首を口に含んだ。

ニコラスは全身を貫くような途方もない快感に襲われながら、はっと気がついた。ジリアンは拒んでいるわけではないのだ。征服されるのはいやでも、対等な立場でならかまわないのだ。そう気づいたとき、ニコラスはめまいがしそうになった。胸の奥かられるような彼のうめき声に、ジリアンがはっと顔をあげた。じっとこちらを見つめる緑の瞳は、同じ欲望の炎に燃えあがっている。ニコラスは静かにうなずいた。

夫の同意を得たことで興奮が高まったのか、ジリアンは乱暴に上着を引っ張って脱がせようとした。ニコラスは起きあがると、じれったそうに上着を脱いだ。いつもならここできちんとたたむのだが、ちぎれた肌着をもぞもぞと脱いでいるジリアンを目にしたとたん、上着を投げ捨てた。

ニコラスはこれ以上待ちきれず、うなり声をあげながらジリアンを自分の上に引き寄せると、赤い髪にとりまかれて、はりのある乳房がぴったりと押しつけられてくる感触を楽しんだ。驚異に満ちた熱い嵐《あらし》のなかでふたりの情熱が爆発する。ニコラスはなにかにとりつかれたように激しく口づけをした。われながらどうかしていると思うが、もはやかまわなかった。

ジリアンはニコラスにおおいかぶさったまま、ズボンをおろそうと躍起になっている。彼はされるがままにズボンとブーツと下着を脱がせてもらった。なにしろ、こうして彼女に世話されるのを長いこと待っていたのだ。ジリアンもいやがっている様子はなく、気がせくあまり指先がもつれるほどで、それがまたニコラスの血をいっそうたぎらせた。彼女は美しい顔を上気させ、うっすらと開いた唇で浅い息をぐり返しながら、ニコラスの脚をゆっくりと撫であげていった。

そして、彼女の手に包まれた瞬間、ニコラスは体じゅうがはじけるかと思った。汗ばみ、荒い息をしながら、彼はジリアンと一緒にころがった。ただし、こんどはふたりとも横向きだ。こうすればどちらが上でもなく、下でもない。

気がせくニコラスは、ただちにジリアンの片脚を腰の上へ引き寄せた。彼女の柔らかな太股が肌の上をすべる感触に、あらたな歓喜がわき起こる。ニコラスはジリアンの腰を片手で包み込むと力強く引き寄せた。それを彼女が押しとどめようとしているのを感じたが、ニコラスはかまわず突き進んで、完全にひとつになった。

ジリアンが悲鳴をあげ、体を離そうとした。ニコラスは彼女を抱き締め、打ちつけてくるこぶしを押さえるとじっとやり過ごそうとした。

「わたしを八つ裂きにするつもり？」ジリアンがわめく。

ニコラスは目にいっぱい涙をためている妻を見て、彼女の顔を胸のなかに引き寄せた。ふさふさとした赤い髪が彼の腕をおおいつくす。その髪に口をつけて、ニコラスはささやいた。「しいっ、まだこれからだからな」

「痛いじゃないのよ！　わたしはもういや！」涙声で打ち明けられ、ニコラスは体の芯《しん》まで揺さぶられた。ジリアンを痛めつけてやろうと、いったい何度思ったことだろう？　なのにいざそれがかなってみると、ニコラスは勝利感を感じるどころか、彼女の苦しみがまるで自分の苦しみのように感じられるだけだった。

「しいっ……」ニコラスはささやくとジリアンの唇をとらえ、さっきまで激しく燃えあがっていた情熱をふたたび取り戻そうとした。すると、はじめは用心して体をこわばらせたままだったジリアンも、やがて唇を開き、両手でしっかりと抱きついてきた。

もはやニコラスの自制心はすり切れそうだった。

ニコラスはジリアンの背中を撫でおろし、なめらかな太股の上をわたって、体と体のあいだに手をもぐり込ませた。ジリアンもこの愛撫《あいぶ》が気に入ったらしい。やさしく腰を揺らしながら、体を押しつけてくる。ニコラスが歓喜の声をもらすと、ジリアンも同じように声をもらし、彼の髪に指を絡ませてきた。

ニコラスはゆっくり体を引いてから、ふたたびひとつになった。そして、ジリアンから文句が出ないとわかると動きを速くした。だが、彼女を愛撫する手は止めなかった。なぜか急に、ジリアンにも同じだけの快感を味わわせてやりたくなったのだ。

喜びが少しでも小さくてはかわいそうだ。

ふたりの情熱がますます燃えあがり、ニコラスは激しく体を動かしながら、不自然な体勢を呪《のろ》った。この体で彼女をおおいつくしたくてたまらない。だが、ニコラスは我慢した。おまけにジリアンのほうもこの姿勢を変えさせまいとするように、腰にまわした脚で彼を締めつけてくる。

ニコラスはいっそう激しい口づけをくり返した。いつもは怒りにとがらせている唇から、彼の名前がやさしくこぼれた。これからはもう彼女の声を聞いても、いままでと同じようには聞こえぬことだろう。

「わたし、どうなってしまったの？」ジリアンが訊《き》いたが、ニコラスはこたえられなかった。もはや話すことも、考えることもできない。いまはただ体を動かすだけだった。突然ジリアンが体を突っ張らせて、ニコラスの髪を握り締めた。「ニック！」かすれた彼女の叫び声に、ニコラスもはじけ飛んだ。

ジリアンはあえぎながら彼にしがみつき、快感に打ち震えていた。彼女のなかですべてをほとばしらせたニコラスは、体が果てたかわりに、いままでうつろだった魂が満たされていくような気がした。

ニコラスはふさふさとした赤い髪に包まれ、手や脚が絡まり合った格好で目が覚めた。だが、しばらくは夢うつつのまま想像を絶するような情熱の余韻にひたっていた。長い絹のような髪を指先でつまんでみる。ゆうべはどこかの地方総督のハーレムでもてなしを受けたのだろうか？　ニコラスは鼻をうごめかしたが、香をたいたようなにおいはない。すがすがしく心をそそるようなにおいがするだけだ。妙になじみのある香り……ジリアンのにおいだ。それから……女と交わったあとの残り香！

ゆうべの記憶がよみがえったとたん、ニコラスはぱっと起きあがり、いらだたしげに寝台から飛び降りた。シーツの上では妻が口もとに満足げな笑みをたたえ、ゆったりと眠っていた。寝具には赤い血の跡が残っている。ジリアンはまるで昔話に出てくる女神のごとく、ニコラスの貪欲《どんよく》な欲望を逆手にとって、彼をとりこにしてしまったのだ。ニコラスはそんな自分に腹をたてた。

彼は裸のまま乱暴に扉を開けると、風呂の支度を命令した。ジリアンのにおいや血の跡を洗い流してしまいたかったのだ。

おれはほんとうに横向きでジリアンを抱いたのか？　彼女が対等な気持ちでいられるようにと？　葡萄酒のおかげで頭がどうかしていたに違いない。女の気まぐれにつき合うなど、ばかな男のすることだ。おまけにこの女は敵ではないか！　そのとき、ジリアンが低く魅惑的な声をかけてきて、彼のもの思いが破られた。

「あなたはほんとうに美しいわ、ニコラス・ド・レーシ。でも、自分では気づいていないみたい」彼女がささやく。ニコラスは体をこわばらせた。まさかこんなことを言われるとは思ってもみなかったのだ。ニコラスはたちまち体が反応したのを知られたくなくて、うしろを向いたまま振り返らなかった。彼女にたいして弱みがあるのを、知られてなるものか。

「そんなことは考えたこともない」ニコラスは不機嫌にこたえた。「おれの頭にあるのは復讐《ふくしゅう》のことだけだからな。肝心なのはそれだけだ！」彼は自制心を取り戻すと寝台の前へ行き、妻を見おろした。

ジリアンは一糸もまとわずに横たわっていた。それはもっとも恥知らずな尼僧の姿にして、もっとも魅惑的な妻の姿だった。ニコラスは愛撫を誘うその裸体から視線をそらしはしたものの、こんどは炎のような寝乱れた髪と、そばかすの散ったなめらかな肩に目を吸い寄せられた。突然、小さなそばかすがひどくなまめかしく見えてくる。ニコラスはそれを見つめているうちに、ふたたび体が張りつめた。

くそ！　おれを操らせてなるものか。ニコラスは激しい欲望と、それを拒絶しようとする力を同時に感じて身震いした。突如、そのふたつがひとつに解け合っていく。おれが主《あるじ》だということを思い知らせてやる！　ニコラスは黙ってジリアンの足首をつかむと、自分のほうへ引き寄せた。そして、彼女が驚きの声をあげているのにもかまわず、つかんだ脚を広げて一気に押し入った。

それはまるで天国だった。ニコラスは目を閉じて頭をのけぞらせ、白熱の快感の波を全身で受けとめた。かつて味わったことがないほどの至福の瞬間だった。ニコラスはジリアンの腰をつかんで自分の体を引き離し、ふたたび深くひとつになった。

「ニコラス」ジリアンが息もたえだえにささやいた。

彼が目をやると、ジリアンは不安そうな目でうかがっている。そのまなざしに、ニコラスは勝利感を覚えた。そして、ふたたび体を引き、いっそう深く、いっそう力強く押し入った。まるで、そうすることで、ジリアンに縛りつけられている絆《きずな》を断ち切ろうとしているかのようだった。

「ニック」かすれてせっぱつまったそのよびかけは、ニコラスだけのものだ。それがわかっているだけに、彼はますます熱くなり、ジリアンとしか得られないものへ向かって、激しく体を動かした。「わたしにさわって……ゆうべのように……」

そうしてやる必要がどこにある？　おれは自分の快感だけ考えていればよいのだ。しかし、ジリアンの腰をつかんでいた手がひとりでに前にすべっていき、彼女の望む場所に両方の親指が触れた。とたんに、ジリアンが悲鳴をあげ寝台の上でのけぞりながら絶頂に達した。

熱い情熱にもまれるニコラスのうしろで、扉の開く音がした。だれかがあっと息をのんだが、ニコラスはそのまま体を動かし続けた。そして、扉が閉まった瞬間、頭をのけぞらせ、動物的な声をあげながらジリアンのなかで果てた。この女はおれのものだ。これからもおれのものだ。

もはやこれは、たんなる肉体の交わりではなかった。東方の国にいたときは、ここでは味わえぬような妙技を経験したものだが、いまのは……。これはもはや、ニコラスの経験もおよばぬものだった。

ニコラスが体を洗うのを眺めていたジリアンは、ふたたび体がざわめきだし、肌がほてり、胸がどきどきしてきた。いますぐ彼のところへ行って、濡《ぬ》れた体にさわってみたかった。でも、それではものたりなくなるに決まっている。そのあとになにが起こるかを知ってしまったいまは……。夫に触れたが最後、我慢できなくなるような気がするのだ。

胸のなかにあった重たいしこりもすっかり消えていた。ニコラスの瞳がむき出しの欲望に燃えあがるのを見た瞬間、ふっと胸が軽くなったのだ。そしていま、ジリアンの心はまったくべつのもので満たされていた。

だが、そうなってよかったとは言いきれなかった。こういうことにはうといジリアンだが、なんとなく感じてはいるのだ。情欲だけではあそこまで燃えあがらない、と。ジリアンはたんなる快感を得ただけでなく、もっと深く、もっと強い契りを結んだのだ。

どうやらわたしは、美しくも恐ろしい夫に恋をしてしまったらしい。彼女は沈んだ心で思った。

ジリアンは重いため息をついた。なんてばかだったのだろう。このような人と一緒に暮らして平気でいられると思ったなんて。彼が悪魔のように振舞うかぎり、わたしの心は安全だと信じていたなんて。ジリアンは長いこと心が眠っていたので、もはやなにも感じないと思い込んでしまったのだ。ほんとうは、人との触れ合いに飢えていたというのに……。

これまでいろいろな場所でいろいろな人と暮らしてきたジリアンだが、彼女の心に触れた者はひとりもいなかった。そのようなことをやってのけたのはニコラスだけだ。怒号を浴びせ、無体な要求を突きつけ、不作法をくり返すかと思えば、こんどは急にやさしいところを見せて、ジリアンを呆然とさせる。毎日こらえている胃痛の苦しみをちらりとのぞかせることもある。そして、体がひとつになった瞬間、その顔に恍惚《こうこつ》とした表情を浮かべるのだ。

よいことも悪いことも、それらすべてがひとつになって、ジリアンはからめ取られ、自分を失ってしまった。頭では愚かなことだとわかっているが、体と心はすっかり夢中だった。

でも、ニコラスは違うらしい。湯につかって憎々しげにこちらをにらみつける夫を見て、ジリアンは思った。彼女もただちににらみ返したが、彼が目をそらすと、思わず体が震えだすのを感じた。ニコラスのなかでは情熱とともに、いまもまだ憎しみが燃えている。このさきもその炎が消えることはないのだろう。彼にそれ以外のものを求めても、失望するだけだ。

ああ、こんなことにはなりたくなかったのに！　ニコラスの仕打ちに我慢できれば、それでよいと思っていた。彼を抱き締めるつもりなどなかったのだ。でも、もう手遅れ。いまさら引き返せやしない。ジリアンは反抗的にゆっくりと顔をあげた。たしかに、もはやわたしは、抜け出せない深みにはまってしまっているのかもしれない。でも、溺《おぼ》れぬように気をつけることはできる。

彼に知られないようにすればよいのだ。

ニコラス・ド・レーシにほんとうの気持ちを知られたら、それこそわたしはおしまいだ。きっと、彼の意のままに操られてしまうことだろう。そして、ニコラス・ド・レーシはそのときこそ、わたしを滅ぼす武器を手にすることになるのだ。

12

ジリアンが見ていると、ニコラスは手早く服を着てそのまま戸口へ向かった。そして一瞬立ち止まり、彼女のほうを振り返った。厳しく鋭いそのまなざしは、もはや欲望に煙ってはいなかった。

「起きて体を洗え。役目が待っているぞ。おれは忘れていないからな。そこまでおれの気がまぎれたと思うな」

それだけ言うと、ニコラスは大きく扉を押し開けたが、とたんにだれかにぶつかった。ジリアンは慌てて頭の上まで上掛けを引っ張った。夫の怒鳴り声が聞こえてきた。

「イーディス！　おれを待ち伏せしてどうする気

だ？　むこうへ行け！」

「まあ、これは失礼しました！」イーディスは言ったが、あまりすまなさそうには聞こえない。「それにしてもまあ、きょうはお顔の色がよろしいようで。輝いていなさいますよ」

布団のなかでジリアンは思わずにやりとした。イーディスのことばにニコラスがどのような顔をしているか、見なくても想像がついた。

「いったいなんの用だ！」

「奥方さまの入浴をお手伝いしようと思いましてね」イーディスが穏やかにこたえる。ニコラスは鼻を鳴らした。召使いの思いやりにいらだっているようだ。

「いいだろう。だが、よいか、ジリアン」ニコラスは寝台に向かって叫んだ。「服をまとったら、おれのそばに控えるのだ！」しかし、そこへご機嫌な雌《めん》鶏《どり》よろしくイーディスがくっくっと笑いながらせかせかと入ってきたものだから、ニコラスの険しいことばの響きはすっかりかき消されてしまった。

「どうです、ジリアンさま。そんなにいやなことじゃなかったでしょう？」イーディスが訊《き》く。

ジリアンは顔をまっ赤にしたが、上掛けの下から顔をのぞかせてにこっと笑った。夫が味わわせてくれた魂を揺さぶるような快感の記憶が、いまもまだ体のなかに残っている。

イーディスもうれしそうに手を叩《たた》いて笑った。

「さあ、さあ、早くお湯に入って。ぐずぐずしてると冷めちゃいますよ。ニコラスさまがいやな顔をなさらなければ、シーツを窓の外にたらして、結婚の契りの証《あかし》をみんなに見てもらうんですけどねえ」

ジリアンは思わず起きあがると、首を振りながら浴槽へ向かった。ニコラスは妻の前でさえ、自分の欲望を認めたがらないのだ。城の者たちに知らせるなど、もってのほかだろう。ジリアンは夫のつむじ曲がりにため息をもらしながら、湯のなかに体を沈めた。ついさっきまで彼がここに入っていたと思うと、胸がどきどきした。彼の記憶がいまもまだ温く、生々しく残っているからだ。ジリアンは夫のぬくもりを感じさせる湯のなかに、肩までゆっくりとつかった。横ではイーディスがおしゃべりを続けている。

「それにしてもおふたりが仲直りなすって、ほっとしましたよ。これであたしたちも、近いうちド・レーシの和子の顔が見られるってもんです」

はじめジリアンは、イーディスがなにを言っているのかわからなかった。だがそれがわかったとたん、彼女は手にしたばかりの石鹸《せっけん》を落としそうになった。赤ちゃん！　ジリアンはおなかに手をやり、イーディスの予想があながち的はずれではないことに気がついた。

とたんに歓喜の波が押し寄せてきた。夫の前で感じたものよりも、さらに強烈な喜びだった。子ども。わたし自身の家族。夢がかなうのだわ！　あまりにうれしくて信じられない。ジリアンは妊娠の可能性を考えながら、イーディスの背中に目をやった。

「どのくらい……あれをすれば、できるかしら？」

「場合によっちゃ、一回でできることだってあるんですよ。でも、念には念を入れて、何度もしっかりすることですね」イーディスがこたえる。

ジリアンは顔を赤らめてにっこりした。それなら簡単だわ。あとは、頑固な夫をその気にさせればいいのだから……。

午前中ジリアンはすることもなく大広間に座っていた。仕えるべき相手が不在なので、役目もなにもあったものではない。退屈だし頭にきたが、腹をたてるのはよそうと決心した。それでも時間がたつにつれ、自分がまるで高価な繁殖用の雌馬かなにかのように見世物になっている気がしてきた。

けさオズボーンが主寝室で目にした出来事は、すでに城じゅうに広まっていた。情報が伝わるのはいつもあっというまだ。おかげでジリアンはうれしそうな笑顔や、意味ありげな目配せや、将来の跡継ぎについての憶測だのをいやというほど受け取るはめになった。ベルブライの人たちが喜んでいるのはわかるけれど、みんなの目から逃れて菜園の手入れでもしていたい気分だ。若い小姓のように長椅子に座って待っているなんて、もうたくさん。

ほんとうに、腹だたしいことといったらなかった。しかし、癇癪《かんしゃく》を起こしそうになるたび、ジリアンはあることを思い返していた。処女を奪った瞬間の夫の表情だ。あのときニコラスは勝ち誇った顔をしなかった。それどころか一瞬、傷だらけの寂しい心をむき出しにし、自分の感じている快感をそのまま見せてくれたのだった。

あのときの光景を心に抱いて、ジリアンは待った。

そして、そろそろ昼食の時間というときになって、ようやくニコラスが帰ってきた。夫の姿を見たジリアンは長椅子から立ちあがった。本物の奴隷なら地面にひれ伏すのでしょうけれど……。ジリアンはそんな想像をして、思わずにやりとした。そんなこと、だれがするものですか。わたしがここにいるだけで満足するのね！

じっさい、ニコラスは満足しているようだった。彼はまっすぐジリアンのほうへ近づいてきた。

「手を洗うぞ！」無愛想に命令する。

ジリアンはつんと顔をあげた。食事の前にすすぎの水を持ってくるのは召使いの仕事ではないか。しかし、ジリアンは歯がみしながらすすぎの器を持ってくると、作法どおり夫が手を洗うあいだ横で待っていた。ふたたびむらむらと腹がたってくる。ところが、なにをするにも秀でている夫の長い指を見ているうちに、怒りはゆっくりと引いていった。その指の感触や、その指でどこを愛撫《あいぶ》されたか思い出したのだ。ジリアンはため息をもらしそうになって、ぐっとのみ込んだ。その小さな音に、夫が顔をあげる。ふたりの視線がぶつかり合って、燃えあがった。ジリアンは全身が炎で包まれるような気がした。

「お館《やかた》さま?」オズボーンの声がした。気がつくと、ジリアンはぼうっと突っ立っていた。しかし、彼女は夫から目をそらすことができず、体のなかで燃えあがる炎を消すこともできなかった。

さきに目をそらして召使いのほうに向いたのは、ニコラスだった。「なんだ?」

「奥方さまに使者がまいっています」オズボーンのことばにジリアンははっとわれに返った。いったいだれがわたしに用があるの? この地に知り合いはいない。いたとしても、ここへ使いをよこす者などいるだろうか? ジリアンは召使いのうしろに目をやったとたん、はっと驚き、そして喜んだ。ウィル・ベネットではないか! 父親と一緒に、尼僧院で牛や羊の世話をしている少年だ。

「ウィル!」ジリアンは声をあげて前に飛び出したが、夫の怒鳴り声にぱっと立ち止まった。

「待て!」

とどろくような怒号に、大広間のなかが静まり返った。忙しく料理を並べていた召使いたちは急いで戸口へ引っ込み、すでに食卓についていた者たちはその場で凍りついていた。みんな、お館さまが怖いのだ。しかし、ニコラスはまるで気づいていない様子で、気の毒なウィルをにらみつけていた。

「妻に用があるというおまえは何者だ?」

「お許しください、お館さま」少年はまっさおになってこたえた。「どうぞ怒らないでください。おれ、院長さまからのお使いで来ました」

こわばっていたニコラスの体から力が抜け、ジリアンは少しほっとした。使いで来ただけの気の毒な少年を殺す気はないらしい。かといって、うれしそうな顔もしていない。

「用件を述べたら、すぐに立ち去れ」ニコラスが命令する。ジリアンは夫の無作法に唖然《あぜん》とした。ウィルは彼女のためにはるばる遠いところをやってきたのだ。尼僧院へ帰す前に食事を与え、休ませてやらなければかわいそうではないか。それに、使いの内容はジリアンあてだ。ニコラスあてではないのだ！

「なんということを」ジリアンは前へ出た。「そのようなことをしたら院長さまに、なんともてなしの悪い城だろうと思われてしまうわ。いらっしゃい」ウィルについてくるよう合図をする。「食べながら話を聞かせてちょうだい」

とたんにニコラスが爆発した。「だめだ！」彼は身を乗り出して妻の腕をつかむと、自分の横に引き戻した。

ジリアンはぱっと横を向いて、夫の手を振りほどいた。「わたしに来た使いよ。わたしが聞くわ！」

ウィルはすっかり困り果て、ふたりの顔を交互にうかがっている。召使いたちは戸口であんぐりと口を開けていた。料理は冷め、席についていた者たちも全員姿を消している。みんな、ニコラスを恐れているのだ。しかし、ジリアンは一歩も引かず、夫をにらみつけた。

「尼僧院に男がやってきて、ジリアンのことをいろいろ訊いていったっていうだけのことなんです！」ウィルの口からことばがほとばしった。城主夫妻の戦いは一時中断し、ふたりともウィルのほうを見た。

「だれなの？」ジリアンが眉をひそめて訊く。

ウィルは首を横に振った。「名乗らなかったんだよ、ジリアン——じゃなくて、奥方さま」怯《おび》えた目でちらりとニコラスのほうを見る。「お館さまの婚礼の話が広まったあとで、その男が来たんです。よそ者でした。町のみんなもそんな男、いままでに見たことがないって……。とてもしつこく訊いてまわったそうです。とても妙だって、院長さまもおっしゃって、こちらにお知らせするようにって……」

ニコラスが非難するような目つきで妻のほうを見る。彼がなにを考えているのか、ジリアンは言われなくてもわかった。「そんな男、わたしは知りません!」

ニコラスはひどく顔をしかめ、黙り込んだ。その男をわたしの情夫とでも思っているのかしら? やがて彼はウィルをにらみつけてふたたび縮みあがらせると、こんどは入り口に立っている家臣のほうを見た。少年を大広間まで案内してから、扉の前で控えていたのだ。

「ダリウスにこの者を尼僧院まで送らせろ。そこで、男のことについてもっと詳しく訊いてくるのだ」ニコラスはそう命じてから、勝ち誇ったように妻を見た。この少年と、彼女になにかとやさしいシリアの男を、一度に厄介払いできて喜んでいるのだ。なんていやな人なの! ジリアンは夫をにらみつけた。

ウィルは急いで大広間からさがり、家臣もすぐそのあとから出ていった。ふたりとも、お館さまの前から一刻も早く逃げ出したかったのだろう。

大広間を見まわすと、食卓のどこにもダリウスの顔が見あたらず、ニコラスは内心にやりとした。尼僧院へだれかをやる必要などまったくなかったのだが、用心に越したことはない。それにダリウスが喜んで行ってくれるなら、ますますけっこうな話ではないか。これでもはや、あのシリア人が暗い廊下で妻の手を握っているのではないかと、心配することもなくなるのだ。

今宵はなにか祝いごとでもあると思っているのか、みんな、夕食がすんでもなかなか席を立たなかった。

オズボーンが葡萄酒《ぶどう》を勧めに来たが、ニコラスは断った。

ゆうべのくり返しは、もうごめんだ。

それにしても、なんという皮肉！　恐れを知らぬニコラス・ド・レーシが、妻との同衾《どうきん》を思って気に病んでいるとは！　しかし、あれがたんなる体の交わりでないことは、ニコラスもわかっていた。ひとつに結ばれたのは、ふたりの体だけではなかったのだ。そのような体験をしてしまったニコラスは、ひどく揺さぶられていた。自制と規律が信条の彼の生き方には、まったくそぐわない。ジリアンにしても、彼にとっては復讐《ふくしゅう》の道具にすぎないのだから。

だが、すでに彼女はそれ以上の存在になっていた。

ニコラスはそれを否定するように、乱暴に杯を置いた。召使いが前に出てきて、エールのおかわりをつごうとした。だが、ニコラスは首を振ってさがらせると、横を向いて妻の顔を見た。ジリアンは一瞬ためらったが、やがて立ちあがるとエールをついだ。夫の前に杯を置く手つきこそていねいだが、その瞳は猛烈な怒りに燃えていた。

よし！　きょうは妻をあごで使うのに、午後の大半を費やした。少なくともどちらが上に立つかをわからせ、彼女の体に骨抜きになったわけではないところを見せてやりたかったのだ。ジリアンは目をつりあげ歯がみしていたが、それでも取りわけた料理を夫の口に運んだりした。もっともニコラスも、食べさせてもらうのだけはすぐやめにした。

妻の指が唇に触れるのが、耐えられなくなってきたからだ。料理を口に入れるよりも、その指を一本ずつくわえてみたくてたまらなかった。情欲に溺《おぼ》れた愚か者め！　おれは頭がどうかしたに違いない！　妻の姿を見ただけでじっとりとてのひらが汗ばみ、下腹部が張りつめ、理性が吹き飛んでしまうのだから。

ニコラスは生まれてはじめて、自分が信用できなかった。だから妻をにらみつけ、さまざまな要求を突きつけ、激しく言い合った。彼女が怒れば、この身も安全だと思ったのだ。そうこうするうちに、夜も遅くなった。訳知り顔でこちらを見ている家臣や召使いたちがいなければ、とっくに厩《うまや》でごろ寝をしているころだ。

しかし、そうするわけにもいかないニコラスは、ジリアンが立ちあがったのを見てほっとした。彼女をさきにさがらせ、藁《わら》布団で寝入ったころを見計ってから、寝室へ行くことにしよう。誘惑に手が届かぬ状況なら、ふたたび自制心を取り戻すことができるかもしれぬ。

「今夜はもうやすみます。あなたもいらっしゃる?」妻のことばにニコラスは愕然《がくぜん》とし、開いた口がふさがらなかった。彼は呆然《ぼうぜん》として妻のほうを見た。ジリアンは落ちつき払った様子ですぐ横に立ち、挑むようなまなざしを浮かべて目を輝かせている。

たちまちニコラスの体が張りつめた。もはや引き返せない。彼は全身をこわばらせると、椅子をひっくり返しそうな勢いで立ちあがった。「ああ、部屋まで一緒に行こう」彼はぼそっとつぶやくと、妻の手を取って寝室へ続く階段に向かった。

そして、ようやく寝室に着いたとき、ニコラスの息づかいは浅く速くなっていた。ニコラスは扉を閉めるとそこに寄りかかり、自制心を取り戻そうとした。だが、目の前にはジリアンがいる。あまり近くに立っているので、うわずった彼女の吐息が顔に感じられるほどだ。そして、ニコラスがなにをするまもなく、ジリアンは彼の顔を引き寄せると情熱的な口づけをした。彼女は自分のほうから濃厚な口づけをしかけ、体を押しつけてきた。

ニコラスは低い声でうめき、両手でジリアンの腰を包み込むとそのまま抱きあげ、力いっぱい引き寄せた。彼女が欲しくて、もはやなにも考えられなかった。ジリアンも彼の首に両腕を絡ませ、腰に脚を巻きつけ、熱くなった下腹部をすりつけてくる。彼女もすっかりその気なのだ。

それがわかったとたん、ニコラスの全身の血が激しくわきたった。胸のなかでなにかがふくれあがり、はじけ散った。ニコラスは歓喜の雄叫《おたけ》びをあげ、ジリアンを抱いたまま寝台へ行くと、一緒に倒れ込んだ。たちまちふたりとも躍起になってたがいの服を脱がそうとする。

ジリアンを一刻も早く抱きたいニコラスは、もはや復讐も喧嘩《けんか》も、ふたりのあいだで起きたそのほかのことも、すべて忘れていた。ようやく、ふたりとも一糸まとわぬ姿になる。なめらかなジリアンの肌の感触と味わいに、ニコラスは頭がどうかなりそうだった。彼はジリアンを組み敷いた。とたんに彼女が、まるでいやがるようにニコラスを押しやる。一瞬ニコラスはかっとなったが、気がつくとあおむけにされて、ジリアンが上にまたがっていた。

「こんどはわたしが上になる番よ」

「なんだと?」ニコラスがしわがれた声で言う。もはやろくにことばも出てこないありさまで、口を動かせるのは愛撫のときだけだった。頭はすっかり靄《もや》に包まれ、体はジリアンを激しく求めていた。

「けさはあなたがやりたいようにしたでしょう?」

ジリアンがささやく。かすれて刺激的なその声に、ニコラスはすっかり集中力を欠いていた。それでも、欲望の靄をとおして、ひとつだけわかったことがある。ジリアンはあくまでも対等な立場を貫きたいと言っているのだ。

目の前に妻の手で杯が置かれた。ニコラスは驚いて顔をあげた。この数週間、日中は妻に用を言いつけなくなっていたからだ。べつに昼間はそれでもかまわなかった。その分、夜はしっかりと妻の役目を果たしてくれるのだから。とたんに下腹部が熱くなる。ニコラスは目の前の杯に注意を戻した。

「これはなんだ?」

「おなかの薬よ」ジリアンはそうささやくと、夫の肩をやさしく一度揺すってから通り過ぎた。ニコラスは一瞬かっとなりかけたが、彼女が隣の席に着くのを見て、怒りもすぐにおさまった。妻に持病のことを知られても、もはや脅威は感じなかった。

こうして振り返るとじつに不思議なのだが、いろいろなことが少しずつ変化していた。ニコラスももはや、妻の肉体のとりこになるのを恐れてはいない。それどころか、おたがいにとりこになったような気がするのだ。ジリアンのほうも同じような激しさで彼を求めてくるからだ。それにふたりの対等な関係もうまくいっていた。もっとも、そこになにか特別な意味があるとしても、ニコラスはあまり深く考えたくなかった。

「まさか強壮剤ではないだろうな?」彼がからかう。

ジリアンは顔をあげると、いたずらっぽく口もとをほころばせ、ほかの者に聞かれぬよう身を乗り出してきた。「強壮剤など必要ないでしょう? それ以上元気になられたら、わたしのほうが歩けなくなってしまうわ」

かすれた声のささやきに、ニコラスの血がわきあがる。ニコラスは妻の緑の瞳をじっと見つめながら杯を取ると、薬湯をゆっくりと一気に飲み干した。そして、わざと唇をなめる。とたんにジリアンがびくっと震えた。ふたりだけの遊びだ。どちらもこれが大好きだった。「今宵は早寝をするぞ」そう言ってニコラスが席を立つと、ジリアンもうなずきながら黙って立ちあがった。

しかし主寝室に入ると、風呂の用意ができており、ニコラスはそれを見たとたんがっかりした。

「風呂に入れというのか？　この時刻に？」入浴はすでにすんでいる。いまはそれよりも、妻を抱きたくてしかたがなかった。

「きょうはさわりがあるの」ジリアンは小さな声でこたえると、顔をあげてまっすぐに夫の目を見た。

ニコラスは一瞬なんのことだかわからなかった。

「思いどおりのことをしたいなら、浴槽のなかでするほうがいいと思うわ。夜具を汚すといけないから……」

ニコラスは面くらって妻の顔をまじまじと見た。もちろん女に月経というものがあるのは知っている。しかし、それにもかかわらず体をさし出してきた女は、ジリアンがはじめてだった。

「どうする？」緑の目をきらめかせ、ジリアンが挑んでくる。「少々の血が怖い？　あまりひどくはないのよ」

そのことばに、ニコラスは大声で笑い出した。

「血が怖いかだと？　おれはおまえが一生かかっても目にしないほどの血を見てきて、それでも平気だったのだぞ」ニコラスは熱く張りつめ、かつてないほどの激しい欲望を感じた。そして、急に待ちきれなくなり、乱暴に上着を脱ぎ始めた。ジリアンも急いで衣を脱ぎ捨てる。やがて、妻と一緒に浴槽に入ったニコラスは思わず低い声でうなった。

風呂に入るときはいつもひとりだった。それがこうして一緒に入ってみると、浴槽がひどく不思議な官能的な場所に思えてくる。ニコラスはジリアンを膝の上に抱きあげた。濡《ぬ》れた肌が触れ合い、つるつるとすべるその感触がまたなんともいえなかった。ふたりは向き合って座ったままひとつになった。ほんの少し体を動かすだけで、なんともいえぬ快感を感じ、ニコラスは思わずびくりとした。今夜の快感はゆっくりと高まっていった。ふだんならおたがいをむさぼり合うところを、今宵はゆるりと体を動かしているからだ。いつもと違う抱擁に、ニコラスは一瞬うろたえた。

だが、ジリアンの体にはさわりがある。気をつけてやらなければ。ニコラスは頭の片隅でそう思った。それにしても、妙なことになったものだ。これまで女などなんとも思っていなかったおれが、妻を抱くのにここまで気をつかうとは……。そうまでしてニコラスはジリアンを抱かずにはいられなかったのだ。そして、彼女の体を気づかわずにはいられなかった。

ジリアンの濃いまつげが重たげにおりてきて、とろけそうな瞳がだんだん隠れていく。それを見たとたん、ニコラスの胸のなかでなにかがうねった。まるで、長いこと静まり返っていた胸に、ふたたび鼓動が返ってきたようだった。

13

贅沢《ぜいたく》にも大きな寝台の上で、ふかふかの枕《まくら》に頭を預け、柔らかな毛布にすっぽりとくるまっていたジリアンは、みじめな気分でため息をついた。すると着替えの最中だった夫が、銀灰色の目でじろりとこちらを見た。ジリアンはその瞳をまっすぐ見つめ返し、なかばうわのそらで、いまさらのように感心した。なんと端整な顔立ちをしているのだろう。しかし、外見の美しさを目にしても喜びはわいてこなかった。ニコラスは依然として……ニコラスだからだ。

たしかに、もはや夫からさいなまれたり、奴隷として使われることはなくなった。だが、ジリアンにたいする彼の気持ちが変わったわけではないのだ。ニコラスはあいかわらずよそよそしく、心を許そうともしない。唯一の例外は、体を交えるときだけだ。ジリアンは夜になると、夫からもらえるだけのものをもらおうとした。そして昼のあいだは、夜の記憶だけを心の支えにする。あたりが明るくなると、暗《くら》闇《やみ》のなかのニコラスが姿を消してしまうからだ。

ジリアンはごろりとあおむけになって、自分をたしなめた。ニコラスになにかを期待するほうが愚かなのだ。彼はああいう人ではないか。心がかたくなで、復讐《ふくしゅう》にとりつかれていて、ほかのことなど考えられない人。でも、少なくとも快感は味わわせてくれる。それだけでいいじゃないの。それでもやはり、ジリアンは赤ん坊を産みたいという希望を捨てられなかった。

扉を軽く叩《たた》く音がして、ニコラスが応《こた》えると、イーディスが舌打ちしながらせかせかと入ってきた。

「まあ、まあ、まだ起きられないなんて、いったいどうしたんでしょうかね？」イーディスがそう言いながら、ジリアンにあからさまな目配せをする。

いかにも意味ありげなそのことばに、ニコラスはたちまち怒りだし、召使いをにらみつけた。「体にさわりがあるのだ。本人が望むなら、きょうは寝かしておいてやれ」

「まあ……」まるでジリアンの気持ちをそっくり代弁するかのような、イーディスの落胆ぶりだ。そのためジリアンはそちらへ気を取られていて、夫の気づかいが実感できなかった。「でも……あんまりがっかりなすっちゃだめですよ」ジリアンの手をやさしく撫《な》でて、イーディスが慰める。「遅かれ早かれ、ややを授かるんですから」

戸口で立ち止まっていたニコラスが、召使いのことばを聞いて振り向いた。とたんにジリアンは不安になって身構えた。いまでも彼にほんとうの気持ちを知られるのがいやだった。ニコラスがそれを逆手にとって、彼女を傷つけるかもしれないからだ。彼を愛してはいるけれど、信用はできなかった。

ニコラスと目が合った瞬間、ジリアンの恐怖は現実のものとなった。夫の目はぎらぎらと鋭い光をたたえ、その顔はまるで石のように冷たくこわばっている。「ヘクサムの跡取りよ、いくら子どもができようと、その汚れた血をおれが忘れると思うな！　ばかなことを考えていると、おまえも子どももあとで泣くことになるぞ」

ニコラスはきびすを返すと、扉を叩きつけるように閉めて出ていった。ジリアンも心のなかの扉がひとつ、永久に閉まったような気がした。大事にしていた希望はもはや消え失《う》せた。夫の手で打ち砕かれたのだ。彼に憎まれるとわかっている子を、産めるわけがないではないか。ニコラスの復讐心のせいで、罪のない子が苦しむようなことはさせられない。

「さあ、ジリアンさま」イーディスがようやく口を開く。陽気な召使いもさすがに声を震わせていたが、それでもジリアンを慰めるようににっこりと笑った。「そのうちニコラスさまも気が変わりますよ。まあ、見てらっしゃい。でもとりあえずは、寝てる暇なんかありませんよ。村人が病にかかってるんです。ニコラスさまから癒《いや》しの術を禁じられてるのは知ってますけど、助言をいただけないかと思いましてね。薬湯はあたしが作りますから」

そこでジリアンはいつまでも絶望にひたっているのはやめて寝台から起きあがり、苦しんでいる気の毒な者たちのことを考えることにした。彼女はイーディスに手伝わせて服を着ると、村の数家族がかかっている病について詳しい話を聞いた。

ジリアンは熱さましとしてイーディスに大麦の重湯を作らせ、病人の一部が訴えているのどの痛みには黒房すぐりを用意させた。ところが、しばらくするとこんどは下痢が始まり、発疹《はっしん》も出るようになった。ジリアンはなにかよい薬はないかとしきりに知恵を絞ったが、このような病は尼僧院でも地元の村でも見たことがなかった。そして、彼女の努力にもかかわらず、ほどなく死亡の知らせが届くようになった。

それから数週間のうちに、病は城のなかにも入ってきた。村に身内が住んでいる料理人のひとりが倒れたのだ。ジリアンはほったらかしになっている菜園へ行き、なにか新しい薬湯は作れぬものかと歩きまわったが、思いつくようなものはなにもなかった。

そのうちこんどはイーディスが倒れてしまった。もはや薬草使いの役目は、ジリアンが引き受けるよりほかなかった。薬湯を作って必要な者に分け与えるのだ。そして、手があいたときはイーディスの枕もとへ行き、彼女の夫と一緒に看病をした。妻の手をやさしく握って離さない老兵の姿には、思わず涙がこみあげた。なにがあろうと、イーディスは絶対に死なせない。ジリアンは固く心に誓った。

はじめのうちイーディスは熱と悪寒がひどく、もうだめかとジリアンも恐れるほどだったが、一週間もすると容態が落ちついてきた。ところがこんどは発疹が現れ、またしてもジリアンを震えあがらせた。料理人は発疹が出た直後に死んだからだ。ジリアンは毎日、祈るような気持ちでイーディスの床を訪れた。きょうもまだ命を手放していませんように。そして、祈りは毎日聞き届けられた。

ある日の午後、ジリアンはイーディスの顔をのぞき込んでいた。横ではウィリーが妻の白髪をとかしている。発疹の色が薄くなったかしら？　発疹が出るのには波があるようなのだが、どうしても希望的に見てしまうジリアンの目には、きょうは少し色がさめて見えた。

「ウィリー！　あんた、あたしの毛をひっこぬくつもり？」突如イーディスがいらだたしげにかすれた声で叫んだ。ふたりははっとして喜びの表情を浮かべながら、床のむこうとこちらで目を見合わせた。イーディスが意識を取り戻して目を覚ましたのは、数日ぶりのことだ。彼女は目をしばたたきながら、そばにいるのがジリアンだとわかると眉をひそめた。

「ジリアンさま！　こんなところでなにをなすってるんです！」

ジリアンは年配の召使いににっこりとほほえんだ。胸がいっぱいですぐには声が出ない。「おまえの看病をしているのよ」

「ここにいちゃいけません！　ニコラスさまに知れたら、どんなに心配なさることか」

ジリアンは吹き出しそうになるのをこらえた。夫に知れたら、〝心配〟だけですむはずがないのだ。しかし、生死にかかわるこのようなときに、夫の癇《かん》癪《しゃく》など心配してはいられなかった。

「さあ、もう行ってくださいな。あたしのせいでこれ以上夫婦仲が悪くなるなんて、いやですからね」イーディスは促すように、戸口のほうへ首を振った。

「わかったわ」ジリアンは彼女の手をぎゅっと握った。「小言の聞き役は、ウィリーにまかせるわ」

ジリアンはそれだけ言って静かに廊下に出ると、ぐったりと壁に寄りかかった。でも、こうしてはいられない。病人はまだほかにもいるのだ。ベルブライの人々は癒しの手を求めて彼女のところへ来るようになっていた。それをむげに拒むわけにはいかない。そのうち、夫の耳に届くことはわかっているのだが……。

このことが知れたら、さぞ怒ることだろう。

城に戻ってみると大広間はもぬけの殻で、ニコラスはおもしろくなかった。小作人が病で倒れてしまったため、きょうは家臣を数人連れて畑へおもむき、いままで収穫の手伝いをしていたのだ。慣れない畑仕事で汗だくになり疲れはてているニコラスは、すぐに風呂に入って妻にいたわってもらいたかった。もちろん、いたわってもらうのがさきでもかまわない。妻の姿がないとわかると、ますます顔が見たくなる。

「オズボーン！」ニコラスの叫び声が大広間にこだまする。しかし、やってきたのはお気に入りの召使いではなく、年若い少年だった。

「お館《やかた》さま、オズボーンは病で伏せってます」少年が言う。

くそっ！　農奴の命を奪っている病が城のなかにまで入ってきたのを知って、ニコラスはいらだった。領民を守るのは城主の務めだが、見えぬ敵にどうやって立ち向かえばよいのだ？

「でも、ご安心ください。奥方さまがついておられますから」

ニコラスは少年に振り向いた。「なんだと？」

「奥方さまは薬草のことにお詳しいから……」少年が言いながらあとずさる。

ニコラスはあまりの腹だたしさに、しばらく口もきけなかった。「呼び戻せ。寝室へ連れてくるのだ。いますぐだ！」少年が駆けだすと、ニコラスはものすごい勢いで階段を上った。雌狐《めぎつね》め、こんどこそおれの言うことを聞かせてみせる。そのためには、部屋に閉じ込め、寝台に縛りつけもしよう。

寝室に飛び込むと、ニコラスはぐっとこぶしを握り締めた。そうでもしなければ、思いきり壁を叩いてしまいそうだった。こうなるまでに時間がかかったが、ジリアンもいまはこの生活に満足しているものと思っていた。ところが、じつは夫に隠れてこそこそと動きまわっていたのだ。ニコラスははらわたが煮えくり返った。こうもあからさまに裏切られたかと思うと、ますます怒りはふくらんだ。

寝室の扉が開くと、ニコラスはなんとか自分を抑えようとした。ジリアンの表情がひどく落ちつき払っているからだ。

「なにかご用だそうね」少しばかりあてつけがましいその言い方に、ニコラスの怒りは爆発した。

「ああ、用だ。病人についていたそうだな。おれの命令に背くとは、いったいどういうつもりだ！」ニコラスはジリアンのまわりをゆっくりとまわった。「癒しの術をほどこすのは禁じたはずだ。だが、言いつけに背き、オズボーンを看《み》ていたそうではないか！」

ジリアンは後悔やうしろめたさをみじんもうかがわせず、静かに夫の顔を見た。「領民が病にかかって助けを求めに来ているのよ。追い返せるわけがないでしょう？」

「おまえは部屋に閉じ込められたいのか？　だれからも、なにごとからも、引き離されたいか？　そうしなければ、言うことを聞けぬのか？」ニコラスは大声で怒鳴った。

ジリアンは思わず体をこわばらせたものの、無表情な顔を保ったまま一歩も引きさがらなかった。

「あなたの領民なのよ。気にはならないの？」

「気になるさ。おまえがよけいな口出しを慎んでくれたほうが、ずっと連中のためになる」ニコラスは言い放った。とたんにジリアンがびくっとする。ニコラスは彼女が立ち直るまでの一瞬、おのれのことばを悔いて苦々しい思いを味わった。知性的でひややかなジリアンの目がまっすぐにこちらを見る。ニコラスは彼女を揺さぶってやりたい衝動に駆られた。ふぬけたようなその体から、なんでもよいから反応を引き出してみたかった。

元気な妻はどこへ行ってしまったのだ？　いつも内に燃えていたあの炎は、いったいどうなってしまったのだ？　ジリアンの生気が失せたのは、あの月経のときからだった。理由はニコラスにも想像がついていた。だが、ヘクサムの血を引く子どもなど喜んで迎えてやるわけにはいかないのだ！

「この身勝手なろくでなし！」

ニコラスは突然のことばに唖然《あぜん》とし、ジリアンの顔をまじまじと見た。怒ってはいるようだが、そののしりことばにはまるで勢いが感じられない。いまのジリアンは抜け殻も同然だ。ニコラスはそう思ったとたん怒りがすうっと引いて、こんどは急に心配になった。

「病人の世話はいつからやっていたのだ？」うねる感情に、ニコラスは声がうわずった。

「自分で看たのはオズボーンとイーディスだけよ」ジリアンがこわばった口調でこたえる。

「だが、城のなかにも病人はいるのだな？」

「料理人がひとり死んだわ。召使いも何人か床についているし……」

ニコラスは妻に近づいてあごをつかむと、食い入るように顔を見た。とたんにジリアンが夫の手を振りほどこうとする。意地のあるところを見せてもらって、ニコラスは少しほっとした。だが、疲れた顔をして目の下には隈《くま》もある。ニコラスは手をおろした。

「きょうはもう寝室に引き取れ。もし、一度でも言いつけに背いたら、こんどは寝台に縛りつけるぞ」

これだけ言えば、爪を立てて飛びかかってくるものとニコラスは思った。しかし、ジリアンはことばもなく突っ立ったままだ。

「みんながピアズのほうを好きになるのも当然ね」しばらくしてジリアンがつぶやいた。「あなたにはベルブライを治める資格などないわ」

ジリアンに身勝手な城主だと言われてしまった。

ニコラスは城壁の上を歩きながら、じっさいそのおりだと思った。これまで人やものにたいして絆《きずな》を感じたことは一度もなかった。ニコラスにとって母親は遠い記憶のなかの存在にすぎず、父からは明けても暮れても教えを受けただけ。ふたりが遺《のこ》してくれたこの土地は、彼にとってはたんなるねぐらだ。そして、たったひとり残った肉親のエイズリーも、血縁者というていどにしか感じられない。

そして、ダリウスは……近ごろは嫉妬《しっと》が邪魔をしているが、考えてみると、あのシリア人はニコラスにとって生まれてはじめての〝友人らしきもの〟だった。しかしそれでも、彼とのあいだに絆は感じていない。妻にたいして抱いている、この激しくも身勝手な欲望にくらべたら、ダリウスとのあいだにはなにもないも同然だった。

ニコラスは城壁をわたる風に向かって顔をあげた。妻をわがものにしておきたいという欲望は、もはやどくどくと流れる血のように彼の全身を駆けめぐっていた。ジリアンはおれのものだ。たとえダリウスであろうと、イーディスであろうと、彼女をわかち合うなど耐えられない。召使いや領民が病であろうがなかろうが、かまうものか。ジリアンをひとり占めしておきたい。いや、そうしなければ、おれは生きていけないのだ。その思いの激しさに、ニコラスはうろたえた。ジリアンは彼にとって生まれてはじめての、大切な存在だった。だから彼女にいやがられようと、これからも激しく求めてしまいそうだ。

ニコラスはいま歩いてきた城壁の上を戻って、中庭におりた。すでに寝室にいるジリアンのところへ夕食を運ぶように言いつけてある。階下《した》で夕食をとるのも禁じたからだ。夕食の手配をすませると、つぎは領地ではやっている病について家令と相談した。もはや奥方に手当てを頼んではならぬと、ニコラスははっきり告げてある。そこでかわりに、町から医者を呼ぶことにした。

寝室へあがっていくころには、外も暗くなりかけていた。ニコラスは期待に胸を高鳴らせた。白昼の日のもとでどのような大喧嘩《おおげんか》をしようとも、夜になればジリアンと彼は寝台の上で熱く燃えるのだ。

待ちきれぬ思いで寝室の扉をぱっと開けたニコラスは、なかに入るとすぐさま閉めた。はやる気持ちに血がたぎっている。身勝手なのはわかっているが、彼はいままでよりも激しく、そしてだれよりも激しく、妻をわがものにするつもりだった。

ところが、そのジリアンの姿が見あたらず、ニコラスはうろたえた。しかしよく見ると、彼女は蝋燭《ろうそく》の明かりに照らされて、すでに寝台に入っているではないか。ニコラスは満足して顔をほころばせた。藁《わら》布団はだいぶ前に姿を消していた。暗闇のなかでジリアンを抱いて寝るのが好きなのだ。やさしい吐息を肌に感じ、身じろぎする彼女の体を抱いて眠るのが、とても気に入っていたのだ。

ニコラスは寝台の前まで行って彼女を見おろした。とたんに興奮が落胆にかわる。ジリアンは眠っていた。もう？　ふだんは熱い抱擁への期待に胸をふくらませ、いつまでも起きて待っているのだが……。まだ、宵のくちではないか。

起こしてしまおう。しかし、衝動に駆られて身を乗り出したとたん、ふたたび目の下の隈に気がついた。顔色もよくない。ニコラスは胸にぐさりとくるものを感じた。妻が疲れているというのに、おれは自分の欲望しか考えていないのか。ニコラスは手を伸ばすと、額にほつれ落ちた髪をかきあげようとした。だがつぎの瞬間、その手がはっと止まり、全身がこわばった。ジリアンが熱いのだ。触れると、肌がほてっていて、これではまるで熱があるような……まるで病人のような……。

ニコラスはよろよろと立ちあがった。まるで心臓がえぐり取られるような感じだった。異教徒の刃《やいば》よりも恐ろしい死の剣が、いま目の前に振りおろされようとしている。ニコラスはオズボーンかイーディスの名を叫ぼうと口を開いた。だが、ことばが出ない。ふたりともここには来られないのだ。

いままでなにごともひとりでやってきたニコラスが、これほど途方に暮れたのははじめてだった。いままでだれも必要としなかったのが、急に孤独を痛感したのだ。エイズリーは、彼が癇癪を起こして追い返してしまった。ダリウスも嫉妬心から遠ざけてしまった。あとに残ったのは召使いと小作人だけだ。ジリアンの世話などとてもまかせられぬ、他人ばかりだ。

ニコラスは物音にびくっとして、目を覚ました。かすむ目をしばたたき、薄暗い寝室のなかを見まわす。ジリアン！　寝台に身を乗り出し、息を殺してのぞき込むと、妻は苦しそうに胸を上下させていた。まだ息がある。ニコラスはほっとして大きなため息をついた。前よりも発疹が引いただろうか？　それともひどくなっているのか？

「さあ、さあ、ニコラスさま。ここはしばらくあたしがついてますから、食事をなさってきてくださいな」

ニコラスがぼうっとしたまま声のするほうを見ると、イーディスが立っていた。力のない疲れた顔をして、ほんの少しだけ板戸を開けているところだった。部屋のなかがちょうどよい明るさになる。イーディスはいったいいつからここにいるのだ？

それに、いまはいつだ？　ニコラスは両のてのひらで目をこすった。もはや昼なのか夜なのかもわからない。容態が悪化していく妻の枕もとからかたときも離れずに過ごした数時間は、いつのまにか数日となっていた。ひょっとすると、もう数週間になるもまだ、みんなの非難の目が追ってきているような気がする。この苦しみからわれらを救ってくださいと、すがられているような気がしてならないのだ。

食事よりも風呂だ。ニコラスは思った。だが、いつものように寝室で熱い風呂に入れるような気分ではない。ニコラスは着替えを持ってくるよう少年に言いつけると、城壁のすぐ外を流れている小川へ向かった。

川の水は凍るように冷たかった。だが、おかげで無気力感が抜け、全身の血がふたたびめぐりだした。冷気で体がいっそう冷えたが、胃袋とそのもう少し上――胸の奥深くが熱く燃えているので、かえって気持ちがよい。

大広間に戻ると、こんどはみんなの挨拶《あいさつ》に応えられそうな気がした。よく見ると、どの顔にも非難の表情は浮かんでいない。それどころか心配そうな顔ばかりだ。ニコラスはますますたまらないと思った

のかもしれぬ。

「さあ、ニコラスさま。食べなくちゃいけませんよ。階下へおいでなさい。そのあいだにだれかを呼んできて、ここの空気の入れ換えと掃除をしときますからね。奥方さまにはあたしがついてます」イーディスはそう言って、ニコラスの肩にそっと手を置いた。

こうやってだれかにさわられるのははじめてだった。例外は妻だけだ。少し前のニコラスなら、そのような慰めの手など振りほどき、怒りで椅子から飛びあがっていたことだろう。しかし、きょうはイーディスの顔を見つめるばかりで、言われたことを理解するのも苦労した。食事……。胃が焼けるようで食欲などまるでないが、ニコラスは立ちあがった。

しかし、いざ大広間へおりてみると、家臣からも召使いからも思いのたけを込めたまなざしを向けられて、なんともいたたまれなくなった。そこでニコラスは秋の日ざしのなかへ逃げ出した。だがそれで

が、それでも心を決めて見舞いのことばを素直に受け取ることにした。やがてある老婆から奥方さまのお見舞いにと、花をひとつかみ押しつけられた。いつもならうるさがって追い返すところだが、さすがにきょうはちゃんと礼を言うことができた。

扉の開いている寝室の前まで来ると、ニコラスは立ち止まった。イーディスは寝台の横に座り、この数日間彼がしていたように、冷たい水でジリアンの顔をふいている。そばでは柔らかな金髪にひょろりとした体つきの若者が新しい藺草《いぐさ》を敷いていたが、途中で手を止めると壁に寄りかかった。その怠慢な仕事ぶりに、ニコラスはむっとした。ところが若い召使いは仕事を怠けたばかりか、ジリアンをばかにするような目で見るではないか。

「時間のむだだよ、イーディス」若者が肩をすくめて言う。「どんなに手をつくしたって、その人はもう長くないよ。そうすりゃお館さまだって、新しい奥方を迎えることになる。あんたのお待ちかねの赤ん坊だってすぐに生まれるさ。だが、跡取りができなかったのは残念だな。どうせ死ぬんなら、お産のあとで死ねば――」

ニコラスは自分でも気づかぬうちに動いていた。寝室に飛び込むなり、心根の腐った若者の襟首をつかみ、激しくののしりながら召使いの頭を壁に打ちつけていた。

「妻のことを口にするな！」怒りに赤く目がくらみ、息がつまりそうだった。やがて、意外に強いイーディスの手で腕をつかまれ、ニコラスは手を止めた。目の前が明るくなり、彼は大きく息を吐いた。イーディスに止められなければ、震えあがっているこの若者を殺しているところだった。べつにそれでもかまわないのだが……。「名はなんという？」

「ユードっていうんですよ。村に住む自由市民の息子なんですけど、人手がたりないんで来てもらってるんです」イーディスがこたえる。

「このような人手、この城には不要だ」ニコラスは吐き出すように言うと、壁に押しつけたままの若者のほうを見た。「ベルブライから出ていけ！　城にも、おれの土地にも、二度と足を踏み入れるな！」

ニコラスは低いうなり声をあげて、ユードを戸口のほうへ突き飛ばした。若者は藺草の上にしりもちをついたが、よろよろ起きあがるとぶすっとした顔でニコラスをにらみつけてから逃げ出した。

「妻とふたりきりにしてくれ」ニコラスはつぶやいた。

イーディスはなにか言いたそうにためらっていたが、やがて重いため息をつくと静かに扉を閉めて出ていった。

ニコラスはジリアンの顔を見おろした。だが、宿敵の姪《めい》は、彼がいることすら気づいていない。この数日間ジリアンは、見ていて恐ろしくなるような深い眠りにつくか、もうろうとしてうわごとを口走るかのどちらかだった。結婚したときの勇敢な娘から、なんと変わってしまったことか。だが、ニコラスはなんの喜びも感じなかった。

あれほど苦しめるつもりだったくせに、いざジリアンの苦しむ姿を見ると、満足感など一度も味わえなかった。ニコラスのなかで彼女の存在が大きくなっていくにつれ、復讐へのこだわりが小さくなったのだ。

ニコラスはようやく認めた。もはや復讐などしたくない。ジリアンが元気になってくれれば、それでよかった。ジリアンはよく笑い声をあげていた。夫の前では笑わなかったが……。ニコラスは彼女を笑わせたいと思った。ふたたび笑顔を見たかった。喧嘩をし、彼女のなかに溺《おぼ》れたかった。ニコラスはうつ伏せになって眠る妻の枕もとに立ちつくしていた。

胸の奥から、耳慣れぬかすれたような音がこみあげてくる。ジリアンが元気になったら、復讐は忘れよう。ニコラスは無言でそう誓った。

14

おれはいったいなにを期待していたのだ？　ニコラスは自分でもわからなかった。もちろん、天が開けるなどと思ったわけではない。だが、なにかひとつぐらいは……。しかし、ニコラスが誓いをたてたにもかかわらず、状況は変わらなかった。妻はあいかわらず病が重く、夫の重大決意を知ることもなく、熱にうなされながら眠っている。ニコラスは途方もなく傲慢《ごうまん》なおのれを笑った。苦々しくひきつった声をあげて笑った。するとその声に引かれたように、ジリアンがゆっくりと顔をこちらへ向けた。

一瞬ニコラスのなかで希望がふくらんだ。しかし、ジリアンが苦しそうに顔を左右に振りながらうわごとを言い始め、希望はまたたくまにしぼんでしまった。どうやら彼女はうわごとのたびに、だれかに話しかけているらしかった。相手はおそらく、かつて一緒に暮らした尼僧たちだろう。一度など、イーディスの名を呼んだこともある。しかし、ニコラスの名だけは一度も口にしなかった。いままでは……。

「ニコラス」

ニコラスはジリアンの枕《まくら》もとで体をこわばらせた。いまのは空耳だろうか？　彼は片手で目をぬぐい、もう一方でジリアンの手を軽く握った。「おれはここにいるぞ、ジリアン」

ジリアンがなにやらはっきりしないことばをつぶやく。ニコラスは彼女の顔に耳を近づけた。「言ってはだめ……」

「なにを？　だれになにを言ってはだめなのだ？」

意識がないのはわかっているが、それでも訊《き》かずにはいられなかった。聡明《そうめい》で理知的な妻がこのようにわけのわからぬことを口走るのは、見ていて胸が痛くなる。

「ニコラスに言ってはだめ……」ジリアンの様子がだんだん高ぶってくる。

ニコラスは妻のほうへ身を乗り出したまま凍りついた。いったいどういうことだ？　おれはここで、思いもよらぬ裏切りを聞かされるのか？　あのシリアの男とのあいだには、やはりなにかあったのか？

ジリアンは枕の上で激しく頭を振っていた。ニコラスは汗ばんだ巻き毛にそっと手を触れ、彼女をなだめた。突然降ってわいたような疑惑にもかかわらず、苦しんでいる妻を見るのはつらかった。

「憎まれているの」ジリアンがつぶやく。

「だれに？」

「ニコラスに」ジリアンが泣き声になる。ニコラスは思わず巻き毛を握り締めた。

「それは違う、ジリアン。ニコラスは奥方を憎んではいないぞ」

「いつもそう言うのね、イーディス。でも、おまえは憎々しげなあの人の目を見たことがない……」ジリアンは体を震わせた。「あの人には言わないと、約束して！」彼女はやみくもにニコラスの腕をつかみ、かすれた声で激しく迫った。

「ジリアン、おれだ。おまえの夫だ。おれはニコラスだ！」

「約束して！」

憔悴《しょうすい》した顔で激しく約束を求めてくる妻の様子に押され、ニコラスは彼女の手を自分の胸にあてるとつぶやいた。「約束する」

するとジリアンは安心したらしく、むこうを向くと静かに目を閉じた。まるで死を思わせるそのしぐさに、ニコラスは全身で抵抗した。なんでもよい。しゃべらせるのだ。うわごとでもかまわない。ニコラスはジリアンの手をしっかりと握り締めた。

「いったいなにがそんなに秘密なのだ？」

ジリアンは口をつぐんだまま長いことこたえなかった。だがやがて、彼女のか細いささやき声が聞こえてきた。「ニコラスには言わないで」

「なにを言ってはだめなのだ？」

「言わないで……」ジリアンはふたたび上を向いた。まつげがはかなげに瞬《まばた》きし、かつては鮮やかだった緑の瞳の端に涙がたまる。「わたしがあの人を愛していることを……」

ニコラスは愕然《がくぜん》として声も出なかった。ジリアンはふたたび夢のなかへと落ちていったが、こんどはそっとしておくことにした。ニコラスは妻の手を握ったまま、枕もとから動こうとしなかった。突然、その手が涙に濡《ぬ》れた。それは妻の涙ではなかった。

もはや時間の感覚などなくなっていた。一度だけ部屋の外でイーディスの声がしたが、ニコラスは扉を開けようとはしなかった。彼自身、意識がもうろうとしていた。体の内側がまるで燃えているようだ。妻の寝姿を見るたびに胸が張り裂けそうになる。

ジリアンは助かるまい。そろそろ現実に目を向けるときだ。ニコラスははじめてジリアンの存在を知ったときのことを思い返してみた。ヘクサムの姪《めい》と聞いたとたんに、むなしい地獄の苦しみから引き戻されたものだった。そして、ジリアンは元気いっぱいの生命力とかぎりない情熱で、彼を満たしてくれた。

ニコラスはジリアンのいない人生を想像したとたん、素手で城壁を突きくずしたいような衝動に駆られた。とても耐えられなかった。ニコラスは腹の底から怒号をあげ、ジリアンのほうを振り向いた。しかしその目が見ているのは、弱々しく横たわる妻の姿ではなく、その体のうちに宿る奔放な魂だった。

「おれから逃げられると思うな！」ニコラスは怒鳴りつけた。「おまえは死にはせぬ！ほんとうだぞ！わかったか？」彼はこぶしを振りあげた。「おまえはおれのものだ、雌狐《めぎつね》め！絶対に手放したりはせぬぞ。たまにはおれの言うことを聞け、ジリアン・ヘクサム・ド・レーシ！死ぬな！」

ニコラスは激しく怒った。眠りの妨げになろうと、かまうものか。彼はなんとしてもジリアンの目を覚まさせるつもりだった。寝室の扉を叩《たた》く音には耳もかさず、ニコラスは部屋のなかを歩きまわり、まるで狂気にとりつかれたようにわめき続けた。なにがなんでも、命令に従わせてみせる。

生きろ、という命令に……。

おれは夢を見ているのか？しかし、ニコラスが目をしばたたいても、目の前の光景は変わらなかった。緑色の疲れた目が、まっすぐこちらを見つめている。おまけに、か細い声で名前を呼ばれているような気までする。ニコラスはごろりとあおむけになって目をこすった。妻の隣で横になっていたのだ。もっとも服を着たまま、上掛けの上でころがっていただけだが……。ニコラスはしきりに首をかしげながら、ふたたび妻のほうに向いた。そして、発疹《はっしん》の跡が残る憔悴しきった顔を見たとたん、あっと目を見張った。ジリアン！

ニコラスは寝台の上で飛び起きた。「ジリアン！」「ん？」ジリアンがこちらを向き、ニコラスは胸がいっぱいになってはちきれそうだった。疲れた顔だが、意識ははっきりしているようだ。ニコラスは歓喜の雄叫《おたけ》びをあげたい気分だった。ジリアンが目を覚ました！　おれを見てだれだかわかってくれた！

「ジリアン！　ジリアン！」熱いものがこみあげてきて、いまにも声がとぎれそうだった。ニコラスはジリアンの手を取って引き寄せると、自分の頬に押しあてた。彼女の指はひんやりとしてなめらかで、彼には命にもかえがたいものに思えた。「ジリアン……ジリアン……」ニコラスはなんどもつぶやきながら、彼女のてのひらに唇を押しあてた。

「ニコラス？　どうしたの？」青い顔をしたジリアンは、だんだん不安そうな目つきになってささやいた。「あなた……泣いているの？」

「いや」ニコラスは声をつまらせてこたえると、妻の手を静かに上掛けの上に戻してから、手の甲で目をぬぐった。「泣いてはいないぞ。暖炉の煙が目にしみただけだ。きっとまた、生木が混ざっていたのだろう」ぼそぼそと言い訳をする。「気分はどうだ？」

「最悪よ。悪いけど……お水を……」ジリアンが言い終わらぬうちに、ニコラスは寝台からおりて杯に水をついでいた。そして彼女を抱き起こすと、水を飲ませてやった。

ニコラスはかつて感じたこともないような安息感

に包まれた。まるで生まれてはじめて、なにもかもが収まるべくして収まったという感じだ。もはや彼を駆り立てるものはなく、心にぽっかりと空いた穴も苦痛も、どこかへ消えてしまった。じつに申し分ない気分だった。なにしろ妻の病がよくなったのだ。

　水を飲むだけで力を使い果たしたジリアンは、ふたたび横になると目をつぶった。ニコラスは興奮のあまり、不安がる暇もない。「なにか食べたほうがよいな。澄まし汁などどうだ？　待っていろ、イーディスを呼んできてやる」

　ニコラスはほんの二、三歩で戸口へ行くと、召使いの名を呼んだ。ところが、イーディスはすぐにやってこない。ニコラスは待ちきれずに彼女の名を大声で呼びながら階段を一段飛ばしでおりていくと、大広間に入っていった。長いこと寝室に閉じこもっていたので、ニコラスにはなにもかもが目新しく見えた。大広間は前よりも広くきれいで、かつてないほど温かな感じがする。四方の壁際にいる者たちも、ニコラスの顔色をうかがうどころか、彼がおりてきたのでほっとしているようだ。

「イーディス！　奥方のところへ行け！」ニコラスは老いた召使いの姿を見つけるなり命令した。イーディスまでが、不細工な顔をうれしそうにほころばせている。ニコラスも思わずほほえみ返しそうになったが、慌てて無愛想にうなずいてみせると、てのひらで顔をこすった。ひげを剃《そ》って、風呂を使おう。川で気分をすっきりさせてくるのもよいかもしれぬ。

　大広間のなかほどまで来ると、ダリウスがこちらへやってくるのに気がついた。ニコラスも足を速めて近づいた。友と抱擁を交わしたい衝動に駆られたが、それは我慢し、かわりに彼の腕をぎゅっとつかんだ。いままで一度も他人に触れたことのない男からいきなりさわられたのだから、驚いて当然のところだが、ダリウスは顔色ひとつ変えなかった。

「帰っていたのか」ニコラスが言う。

「ああ」ダリウスは口もとに小さな笑いを浮かべてこたえた。「少し歩きながら話をしよう」

外に出ると空は一面の雲で、いまにも雨が降りだしそうだった。しかし、ニコラスの目には、まわりのものすべてがこのうえなく気持ちよく見えた。秋の空気はすがすがしく身が引き締まるようだ。長いこと新鮮な空気に飢えていたニコラスは、大きく息を吸い込んだ。すぐうしろにダリウスがついてくる。見なくてもわかるのだ。これまでに異国の地を、そしてこんどはイングランドの地を、いくたび一緒に歩いたことだろう。だが、このように気心の知れた者どうしの歩調がすんなり合うのを、ニコラスはきようになってはじめて心底ありがたいと感じた。

「なんとも妙な話でな」ダリウスが深刻な様子できりだした。「使者の言ったとおり、尼僧院に若い男が来て奥方のことを訊いていったというのだ」

とたんにニコラスは緊張し、ほかの者にはわからぬシリア人の微妙な表情の変化に目を凝らした。どうやらダリウスは困惑しているらしい。ニコラスはいやな気がした。「続けてくれ」

「男はやせ型の中背で、髪は黒。尼僧院の者たちは全員、はじめて見る顔だと口をそろえていた」

「どのようなことを訊いていったのだ？」

「ジリアンが尼僧院で何年過ごしたか、その前はどこに住んでいたか、そのほか彼女の生い立ち、家族といったようなことだ。こまかいことをしつこく訊くので、院長も心配になったらしい。もしかすると、奥方の昔の知り合いかもしれぬ。そう思って、こんどは奥方の過去を探ることにした。そうすれば、男のことがなにかわかるかもしれぬからな」ダリウスは続けた。「ジリアンが尼僧院へ来るまでどこにいたかは、院長から聞いた」

ニコラスはぱっとダリウスの顔を見た。しかし、異国の男はまったくの無表情を保っている。

「以前はエーベル・フリーマントルという自由市民の家で、召使いをしていたそうだ。説得するのに少々手間がかかったが、フリーマントルからはなんとか話を聞くことができた」

ニコラスは口もとで小さくにやりとした。どのような〝説得〟をしたのか、目に浮かぶようだ。

「やはり黒髪の男が現れて、かつての召使いの話を訊いていったそうだ。やつはそこでも、ジリアンの家族について詳しく知りたがったらしい」

ニコラスの目つきが鋭くなる。わざわざそこまで行くからには、たんなる好奇心で訊きまわっているのではあるまい。背後から忍び寄ってくる目に見えぬ脅威に、ニコラスは不安を覚えた。

「あと、これはしぶしぶ話してくれたことだが、ジリアン・ヘクサムのことではもうひとつおかしな出来事があったそうだ。つい最近だが、召使いをしていたころの彼女の扱いのことで、見るからに金と力のありそうな騎士が怒鳴り込んできたらしい。この騎士がどこのだれかは知らぬそうだが、いつ戻ってくるかわからぬからとひどく怯《おび》えていて、詳しいことは聞き出せなかった」

ニコラスは震えあがっていたフリーマントルの顔を思い出してにやりとした。どうやらフリーマントルは命が惜しいとみえ、約束を守っているらしい。

「それで?」ニコラスはさきを促した。

ダリウスは考え込むような顔で続けた。「男のあとを追って奥方の出生地まで行き、近所で話を聞いた。そこでもやはり、おれの前に黒髪の男が来ていた。村では見かけぬ顔だったそうだ。男の消息の糸はそこでぷっつりと切れてしまった」

ニコラスは足を止め、はるばる領地を見わたした。ベルブライの領民に豊かな実りをもたらす肥沃《ひよく》な土地……その境のむこうに未知の敵がひそんでいる。

「いったいどういうことだと思う?」ニコラスは静かに訊いた。

ダリウスは長いこと黙り込んでいた。「わからぬ。だが、ベルブライのお館《やかた》どのよ、背後の敵にはくれぐれも気をつけることだ」

ニコラスは険しい表情でうなずいた。「それなら得意だ」

ニコラスは妻の頑固な表情を見たとたん、きびすを返して寝室から逃げ出そうとした。このところジリアンは、日ましに扱いにくくなってきた。彼女との口論には疲れはてていた。こっちがうんざりするぐらいだから、病みあがりのジリアンには激しい言い合いがどれほど体力を消耗していることか……。

ニコラスは警戒するように問いただした。「おれに話したいことがあるそうだな」

「話したいんじゃなくて、起きたいの!」寝台に起きあがったジリアンはこの上なく美しかった。乱れた髪が魅惑的にふわりと肩にこぼれ落ち、肌の色つやもすっかりよくなっている。クリームのような肌に薔薇《ばら》色の頬。そして、そばかす……。ニコラスは彼女の美しさに負けまいとして身構えてこたえようとしたが、それよりさきにジリアンが文句を言った。「ニコラス、わたしはもう治ったの! これを見てよ」そう言いながら、片方の腕を出してみせる。「発疹のあとだって、すっかり消えたのよ!」ニコラスは見た。だが彼女が肌着しか着ていないことに気がついて、目をそらした。「わたしを一生ここに閉じ込めておくつもり?」それから急に声を落として険悪な口調で言った。「まさか、これが新しい復《ふく》讐《しゅう》ではないでしょうね」

ニコラスはかっとなってジリアンのほうに振り向いた。どうしてそこへ話が行くのだ? 復讐はもう終わりだ。それが見てわからぬのか? ニコラスはジリアンのことが心配だった。彼が見てやらなければ、いつまでたっても治らないのだから。

ジリアンが助かったのは、おれの意志の力があればこそだ。ニコラスは本気でそう信じていた。自分がいなければ、妻は生きていけないと思っているのだ。ジリアンからかたときも目を離さず、彼女が咳《せき》のひとつもしようものならにらみつけ、目を閉じれば、とたんにうろたえる。妻は床から離れたいと言うが、ニコラスは許さなかった。「焦るな。体に負担をかけるのはよくないのだ」

「ニコラス、もう何週間もたっているのよ！」ジリアンはうんざりして手を振りあげた。「いつまでも寝ていたら、腫《は》れ物ができて足が萎《な》えちゃうわ！」

ニコラスは口もとがゆるみ顔がほころびそうになったが、真顔をくずさなかった。「それなら……妥協しよう」

とたんにジリアンがつんと顔をあげる。「で、あなたの望みは？」

おまえの健康だ。「望みはない」ニコラスは顔色ひとつ変えずにこたえた。「起きるのは許してやろう。ただしこの部屋から一歩も外に出ぬこと」さっそくジリアンが文句を言おうとしたが、ニコラスは片手をあげてさえぎった。「そのまま順調によくなるようなら、それでよし。あとはそれからだ」

ジリアンはまんじりともせず、寝台の幕の縁を飾る金糸の縫い目をじっと数えていた。病もすっかり治り、以前の生活に戻ってはや数週間。だが、見過ごせない例外がひとつあった。

夫と一度も愛し合っていないのだ。

藁《わら》布団で寝ろと言われたわけではない。ニコラスはあいかわらず一緒の寝台で休んでいる。ただ、ジリアンに触れようとしないのだ。もはや情熱的に愛し合うことも、抱き合って余韻にひたることもなくなってしまった。夫はひと晩じゅう、寝台の片側に陣取ったままだ。

はじめはジリアンも疲れていて気にならなかった。ところがだんだん気分もよくなってきて、こちらから手を出したとたんに、夫の肘鉄を食らってしまったのだ。まだむりはするなと、彼は言う。それ以来、ニコラスは寝室に来るのが夜毎に遅くなり、ジリアンも待ちきれずさきに眠るようになってしまった。そして、朝になるとすでに夫の姿はなく、彼が寝ていたところはひんやりと冷たかった。

ジリアンはため息をついた。もはやニコラスに飽きられてしまったのかと思うと、そうではないようで、昼間はべつに避けられている様子もなかった。それどころか、前よりも一緒に過ごすことが多くなった。ついきのうも彼女を鷹《たか》狩りに連れ出し、いかに高尚な遊びであるかを辛抱強く説明してくれた。鷹狩りに興味があるようなことを言ったからだろうか？　あまりの意外な出来事にジリアンは面くらってしまい、説明はほとんど耳に入らなかった。

それに、外出のときだけではない。ジリアンがどこにいようと、ニコラスはちょくちょく顔を出す。まるで、わざわざ様子を見に来るみたいだ。気がつくと、ニコラスに見られていたということも多い。そういうときは彼の熱く激しいまなざしに、ジリアンは体の芯《しん》まで焼けそうな気がした。

あれは憎しみの目つきではなかった。あるいは何度となくかいま見た欲望のまなざしでもない。銀灰色の深みのなかで、もっとべつのなにかが燃えているのだ。ところが、なにか重大な発見ができそう、とジリアンが思ったとたん、炎は跡形もなく消え去り、ニコラスはふたたび無表情に戻ってしまう。彼がいかなる思いを抱いているか、結局はわからずじまいなのだ。

このような新しいニコラスにジリアンは当惑した。

もちろん、いまでも喧嘩《けんか》はする。とくに彼女が薬草使いの務めをするかせぬかについては、激しく言い合った。しかし、ニコラスのなかでなにか変化があったようだ。ジリアンにはわからぬ変化が……。以前の険悪な雰囲気は少し和らいだものの、近ごろのニコラスときたらむら気で、なにかあると怒鳴り散らすかわりに、すぐむっつりと黙り込んでしまうのだ。おまけに夜は愛し合うよりも、ぐうぐう寝るほうがよいらしく……。

あれほど激しかった夫の情熱がなくなってしまい、ジリアンはなすすべもなくひとりでもがいていた。生命に満ちた健康な体は、かつてふたりのあいだにあったものを求めている。ジリアンは夫が欲しかった。絶頂に達した瞬間にだけかいま見ることのできる彼の心を、もう一度この目で見たかった。夫がその手で、唇で、美しい体で与えてくれる激しい快感を味わいたかった。

もう、これ以上待つのはいやだ。そこできょうの午後ジリアンは、夫が遠乗りに出かけたすきに少しばかり昼寝をした。そうすれば、遅くなって彼が寝室に入ってきたとき、目を開けていられる。今夜こそ絶対だわ！　ジリアンの決意は固かった。

やがて扉が小さな音をたててゆっくりと開く。ジリアンは暗闇《くらやみ》のなかで顔をほころばせ、目をつぶった。ニコラスが静かに服を脱ぐ。寝ている妻を起こすまいと気づかっているようだ。ジリアンは胸がきゅっと締めつけられた。ニコラスがわたしに気をつかっている？　きっと夢を見ているのよ！

しかし、ベッドのむこう側が静かに沈んだのは夢ではない。ごそごそと上掛けを引っ張る音がする。ジリアンが寝台の中央で大の字になっているので、ニコラスは寝台の端にしがみついていた。まるで、こちらに近づくものかと我慢しているようだ。もしかすると、わたしを起こすのがいやで遠慮しているのかもしれない。なんとも意外だった。やがてニコラスが動かなくなり、息づかいもゆっくりになってきた。さっそく行動開始だ。

ジリアンはあいかわらず寝ているふりをしながら、寝返りを打って夫のほうへすり寄った。今夜は肌着を着ていないので、夫の体に素肌が触れたとたん、全身がかっと燃えあがった。ああ、この感触！　胸毛におおわれた胸を軽く撫《な》でながら、ジリアンはため息をついた。とたんにニコラスが体をこわばらせたかと思うと、まるで火傷《やけど》でもしたように妻の手から逃れ、寝台からころげ落ちてしまった。

ジリアンは寝台の上で飛び起きると、唖然《あぜん》として夫のほうを見た。ニコラスは床に片膝をついたまま顔を隠している。「ニコラス？」

「ジリアン！　寝ているかと思ったのに」ニコラスはつぶやいたが、妻のほうへ来ようとはしなかった。

「ここへ戻ってきて」ジリアンが欲望にかすれた声でささやく。夜の闇が彼女を大胆にした。ジリアンは夫の首に腕を絡ませると、自分の上に引き寄せた。

口づけは魂まで焼きつくすように熱く、激しく、記憶どおりだった。ニコラスがいきなり舌をさし入れ、貪欲《どんよく》に求めてくる。柔らかな体と硬い体。素肌と素肌がぴったりと触れ合った。

「ニック」ジリアンは吐息をもらしながらささやいた。

ニコラスは唇を離すと、彼女の額に額をのせ、荒い息をくり返していた。触れ合った夫の体がひどく張りつめている。ニコラスはしばらくそのまま動かなかった。ジリアンはなめらかな夫の両脇《わき》を撫であげ、自分のほうへ引き寄せようとした。

「ジリアン！」ニコラスは鋭く叫ぶと、絡みついてくる手をほどいて彼女から離れた。

「いったいどうしたの？」ジリアンが訊く。ニコラスは起きあがって、寝台の端に腰かけた。

「おまえは病みあがりだ」

「もう治ったわ。見せてあげる」

「だめだ！」ニコラスがにべもなく拒絶した。

ジリアンは呆然《ぼうぜん》として枕の上に倒れ込んだ。夫婦仲がどうあれ、これまでふたりのあいだにはいつも情熱があった。それとも、ニコラスは彼女に欲望を教え込むだけ教え込んでおいて、取りあげるつもりだったのだろうか？　これも復讐のうち？

ニコラスは激しく毒づき、寝台から立ちあがった。ごそごそと服を着る音がする。ジリアンはごろりと横になると、頭の上まで上掛けを引っ張った。

こんどはニコラスも扉を叩きつけるようなことはしなかった。それでも、彼が扉を閉めて出ていく音が聞こえ、ジリアンは枕に顔をうずめると泣きだした。

15

中庭を突っ切るニコラスは、驚いて挨拶《あいさつ》をしてくる夜の見張りに返事もせず、ただひたすら歩き続けた。そして、まったく人けのない暗がりへ来たところで、ようやく足を止めた。それから大きく前かがみになって震えるような息を吐き出し、痛いほど張りつめた体を、意志の力でほぐそうとした。

くそっ！　ヘクサムの跡取りを妻に迎えたとき、ニコラスははじめ花嫁に手を触れず自制した。だからこんどもそれができると思ったのだ。ところが自制も二度目となると、少々厄介だった。なにしろニコラスはすでに、ジリアンのなめらかな肌の感触や、魅惑的なそばかすのひとつひとつ、静かにこぼれる吐息から脈のひと打ちにいたるまで、その体のすべてを知りつくしている。その気になれば、どのような快楽を味わえるか一度知ってしまったのだ。それでもいままでは、なんとか誘惑をしのいできた。しかし今夜、ひとつうっかりしていたことに突然気がついた。

ジリアンだ。まさか彼女が誘惑してくるとは思ってもみなかった。だが考えてみれば、いかにも彼女のやりそうなことではないか。内気な尼僧とはほど遠いのだから。ジリアンは大胆で度胸があって、欲しいものはなんとしてでも手に入れようとする。その彼女が、どうやらおれを求めている。べつに驚くことではあるまい。なんといったって、おれを愛しているのだ。おまけにジリアンにとって、夫婦の契りは喜び以外のなにものでもない。

しかし、おれにしてみれば、夫婦の契りは恐怖への誘いだ。

ニコラスは生まれてはじめて怖いと思った。たしかに、ヘクサムに見殺しにされたあとの長い月日、彼は夜も昼も恐怖のなかで過ごしたものだった。だが、あのときは一方で復讐《ふくしゅう》の火にのまれ、たきつけられていた。じっさい、自分が死ぬのは怖いとも思わなかった。

だが、ジリアンに死なれるのは怖い。彼女の枕《まくら》もとで、なすすべも希望もない時間を過ごしたとき、いやというほど思い知らされたのだ。ジリアンがいなくなったら、自分は生きていかれないということを……。だから彼女には、健康で怪我《けが》ひとつせずに一生そばにいてもらおう。妻の献身的な気持ちに包まれるだけで満足しよう。ニコラスはそう決めたのだった。

そのために、すでに城の見張りや領地の見まわりの数も増やしてある。ジリアンのことを訊《き》きまわっている男が、たしかな脅威になったときのためだ。

ジリアンからは、病人の手当てをしないという約束をとりつけた。咳《せき》ひとつした者、いぼひとつある者は奥方に近寄ってはならぬと、城じゅうに命令を下してある。破れば厳罰だ。

ダリウスはそんなニコラスをうさん臭げに眺め、運命を操ることはできぬぞと言った。しかし、ニコラスは耳を貸そうともしない。死神の腕《かいな》からせっかく妻を取り戻したのだ。病気や災いが降りかかるようなことは、もう二度とさせぬつもりだった。だが、女がほかのことでも命の危険にさらされるのを、ニコラスはよく知っていた。彼の母も産褥《さんじょく》の床で命を落としたではないか。このような大きな危険に目をつぶることはできぬ。そこで、ニコラスはなんとしても妻の身を守ることにした。

ジリアンには一生子どもを作らせぬ。

ニコラスがそう心に決めたのは、妻が青い顔でぐったりとしているときだった。そのときは、まったく理にかなっているように思えたのだ。ニコラスも妻の体を抱くことなど頭になく、彼女の魂にふたたび触れられるのをひたすら願っていた。しかし、いまやその妻も床から起きあがり、美しい姿で彼の目の前をちょろちょろするようになった。すがすがしく魅惑的な香りをほんのりとあたりに漂わせ、官能的な低い声でささやきかけてくる。いかなる強壮剤よりも効き目があるというものだ。

ニコラスはもはやはじけそうな気分だった。なにかよい方法がないものか？　ニコラスは城壁に寄りかかり、いらいらと自分の頭で石壁を叩《たた》いた。男のなかには最後の瞬間に体を引いて、外で果てる者がいるそうだが、ほんとうにそれでうまくいくのだろうか？　そもそも激しい抱擁の最中にうまくそのような芸当ができるかどうか、ニコラスにはまるで自信がなかった。東方の国にいたとき、薬草で子どもができなくなるという話を耳にしたが、はたしてほんとうだろうか？

ニコラスはこういうことを知っていそうな女の顔を思い浮かべてみた。まず、イーディス。あれこれ突飛なことをやらかすが、賢いところもある女だ。だが、反対するにきまっている。たとえ方法を知っていたとしても、教えてはくれないだろう。昔は村に薬草使いの老婆がいたが、それももうだいぶ前に死んでしまった。

いまのベルブライで薬草に詳しい女といえば、ジリアンだけだ。まさか彼女に訊くわけにはいくまい。ジリアンは子どもを欲しがっているのだから……。妻の願いを拒まねばならぬのかと思うと、ニコラスは胸が痛んだ。しかし彼女は自分のこととなると、どうも正しい判断が下せないような気がする。病にかかったのがよい証拠だ。となれば、妻の身の安全を守るのは、夫であるおれの務めだ。

ニコラスはぐっと口もとを引き締め、いつまでも悩むのはやめにした。妻を抱いても死なせずにすむ方法を見つけることにしよう。ベルブライでわからぬのなら、どこまでも探しに行くぞ。ダリウスを使いにやるのもよかろう。いっそのこと、ダンマローまで行かせるか。喧嘩《けんか》のあとの急な旅立ち以来、エイズリーから便りはないが、妹は薬草の扱い方に通じているのだ。

ニコラスはぱっと体を起こした。エイズリーなら知っているはずだ。まず、エイズリーに文を出そう。喧嘩のこともあるし、妹に頼みごとをするのは気が進まぬが、なんといっても肉親だ。それに妹がべったりと慕っている、あの態度のでかい亭主の命を、いつだったか助けてやったこともある。あのときの貸しを返してもらうとするか。

ジリアンはようやくうとうとできたと思ったところで、またしても扉の外からイーディスに起こされた。びくっとして飛び起き、しょぼついた目であたりを見まわしたが、部屋はからっぽだ。ゆうべ夫はどこで寝たのだろう？　もしどこかの女の寝床にでももぐり込んでいるなら、ふたりともまとめて殺してやるわ！

「ジリアンさま！」

ジリアンはいらだたしげに返事をすると、のろのろと寝台から起きあがった。怒りと屈辱に寝不足が加わって、とてもイーディスにほほえむ気分ではない。ジリアンはぶすっとして肌着をつかんだ。

「いったい、どうなすったんです？」

「どうしたですって？」ジリアンはつっけんどんにこたえると、縫い目が引きちぎれんばかりの乱暴な手つきで、肌着を頭からかぶった。「ニコラスにきまっているでしょ！」片方の袖《そで》にぐいと手を通し、もう一方も手を通す。「少しは変わったと思ったのに。でも、また以前に逆戻り。わたしをいじめて楽しんでいるんだわ、あの悪魔！」

イーディスは一瞬あんぐりと口を開けてからぱっとつぐむと、眉をひそめてジリアンを見た。「ニコラスさまにあれだけしてもらっていながら、まだそんなことを言ってるんですか？」

「あれだけしてもらったって、なにを？」ジリアンはローブを選びながら、いらいらと訊き返した。

「わたしはあの人に尼僧院から連れ出されて、けなされて、怖い思いをさせられて、奴隷のまねまでさせられたのよ！」だが最悪なのは、あの人を愛するようにしむけられてしまったこと……。

「まさか、忘れたんじゃないでしょうね？」イーディスはもたついているジリアンの手をどけて、さっさとローブを着せていった。「城じゅうが知ってることなんですよ。ジリアンさまが病のあいだ、ニコラスさまは夜も昼も枕もとから離れなかったんですよ。はじめのうちはあたしもまだ床についてましたからね。熱が高いときに冷やしたり、夜具を替えたり、ジリアンさまのお世話はぜんぶニコラスさまがなすったんですよ。あたしが様子を見に来たときには、かわいそうに、もう何週間も寝てないようなお顔だった。ジリアンさまの手を握って、そこに座っていなさいましたよ」イーディスは大きな寝台の横にある腰掛けを指さした。

ジリアンは服を着せてもらいながら考え込んでしまった。病のときのことはぼんやりとした記憶しかない。断片的な光景が頭に残っているが、どれも高熱による幻ぐらいに思っていたのだ。ジリアンはもう一度ゆっくり思い返してみた。耳もとで夫があまり大声で怒鳴るものだから、頭が痛くなったのを覚えている。そのくせ、やさしくささやきながら顔を冷やしてくれたこともある。こうして考えてみると、枕もとにいたのはいつもニコラスだ。やさしくて温かくて、およそいつもの夫らしくなかった。一度など、彼が泣いていると思ったほどだ。どうやら、わたしはほんとうに夢を見ていたらしい。

しかし、すべてを幻想と決めつけるわけにもいかなかった。少なくとも何度かは、ニコラスが看病してくれたに違いない。でも、なぜ？　憎い相手を、どうしてそこまで世話するのだろう？　そういえば、ニコラスは前にも一度慰めてくれたことがある。ジリアンはそのときの理由を思い出して身震いした。

「わたしが死ぬと復讐ができなくなるから、看病してくれたのよ」苦々しく言う。

「そんなんじゃありませんよ」イーディスは肘掛けつきの長椅子にジリアンを座らせると、大きな腰に手をあててその前に立ちはだかった。「いいですか、ほんとうのことを教えてあげますから、よくお聞きなさい。あたしはあんなに苦しむ人間の姿っていうのを、生まれてこのかた見たことがありませんでしたよ。もう二度と見たくありませんね。ジリアンさまが伏せっているあいだ、ニコラスさまはだれがなんと言おうと、食事をしない、眠らない、病床からかたときも離れようとなさらなかった。召使いのひとりが、奥方さまは死ぬんじゃないかと口にしたときなんか、その男をただちにベルブライから追放したほどでしたよ。ニコラスさまはまるでつがいの相手をなくした獣のように叫んでなすった。あれを聞いたのは、あたしだけじゃありませんよ」

ジリアンはイーディスの目を見たらすべてが真実に思えてきそうな気がしたので目をふせた。あまりに意外な話で、とてもいっぺんにはのみ込めそうにない。「でも、なぜ?」ジリアンはささやいた。

「なぜですって?」イーディスが笑いながら言う。「そんなに賢い頭をしてなさるのに、ニコラスさまのこととなるとまるで鈍くなっちまうんですねえ。いいですか、ニコラスさまは人が変わったんです。奥方さまが変えたんですよ。うちのお館《やかた》さまはね、恋してなさるんです」こんどはジリアンがあんぐりと口を開ける番だった。「なにをそんなにびっくりした顔してるんです? ニコラスさまが変わったのは、ジリアンさまだっておわかりのはずですよ!」

イーディスが頑固に言い張る。

ジリアンは呆然《ぼうぜん》としていて返事ができなかった。

「そんなこと、ベルブライの者ならだれだって知ってますよ。じつを言いますとね……」イーディスは前に身を乗り出した。「おかげであたしなんか、がっぽり稼がしてもらいましたよ」

「稼いだ……」ジリアンがぼうっとしてくり返す。

「そうなんですよ。あたしはジリアンさまをひと目見たときから、この方ならお館さまを変えてくださるって、わかってましたからね。自信を持って賭《か》けたんですよ。はじめは、ウィリーとふたりだけの賭だったんですけど、そのうち話が広がっちまってね……。ま、とにかく、ジリアンさまが倒れなすったあとは、みんなもちゃんと払ってくれましたよ。うちのお館さまが奥方さまを愛してるってことは、もはや明々白々でしたからね」

ジリアンは長椅子の背にもたれかかり、見るとはなしにむこうの壁を見つめながら、イーディスのことばを理解しようとした。ニコラスが恋をしている？　このわたしに？　では、ゆうべのことは？

ジリアンは思い出したとたん、ぱっと座りなおして体をこわばらせた。愛しているなら、妻の誘いを拒むわけがないはずだわ。ジリアンはつんと顔をあげた。「ばかばかしい」そう言って立ちあがる。

「でも、ジリアンさま――」

「二度とその話は聞きたくないわ！」ジリアンにしてみれば怒るのも当然で、そのために必要以上にきつい口調になってしまった。

「でも、ジリアンさま――」

ジリアンはイーディスに食ってかかった。「では、わたしに夢中だというそのニコラスは、ゆうべいったいどこでやすんだの？　だれのところで寝たの？　ここにはいなかったのよ。わたしとは……寝ないつもりらしいわ。あの人はわたしを拒んだのよ！」つらくてたまらないのを、召使いに知られるのがいやで、ふと顔をそむける。

しかし、イーディスはちゃんとわかっているらしく、彼女の背中を慰めるようにさすった。「ニコラスさまは本気で心配してましたよ。ジリアンさまの病を治そうと必死だったじゃないですか。少し待っておあげなさい。いまはまだ、ジリアンさまの体がほんとうによくなったかどうか不安なんですよ」

ジリアンの気持ちは揺れていた。イーディスのことばなど聞きたくないのに、心では信じたがっていた。できるものなら、頭から否定したいところだけれど、たしかに、彼女の言うことには真実をついているところもあった。もちろん、ニコラスが本気で愛してくれているとは思わない。でも、ほんの少し人が変わったような気もするのだ。もしかしたら、ニコラスはほんとうに心配して看病してくれたのかもしれない。もっとも、そのことを受け入れられるようになるまで、少々時間がかかりそうだけれど……。

「少し時間をおあげなさい」まるでジリアンの心を読んだように、イーディスが言う。「でも、待つのがいやなら、ニコラスさまをその気にさせる方法を教えてさしあげますよ」召使いはそう言って、くすくす笑った。

ジリアンが別室で女たちと縫い物を始めると、ニコラスはようやく風呂の支度を命じた。妻に隠れてこそこそするなど卑劣な臆病《おくびょう》者のすることだが、入浴しているところに来られたくないのだからしかたあるまい。近ごろは川の水が冷たいので、さすがのニコラスも水浴びはごめんだった。オズボーンなきあと、家令がローランドという召使いを選んで後がまに取り立てたが、こんどの男はやることがのろかった。ニコラスは早くしろと思わず怒鳴りつけた。

彼はローランドが湯を運び終えぬうちから、服を脱いで浴槽の前で待っていた。やがて召使いが部屋を出ていくと、ニコラスは熱い湯につかってほっと息をついた。

ひさしぶりに入った大好きな風呂だ。ニコラスは浴槽の縁に頭をもたせかけて目をつぶった。そのとき、静かに扉の開く音がした。「さがってよい。あとは自分でする」ニコラスはつぶやきながら、オズボーンのありがたさをいまごろになって感じた。そのオズボーンが死んでしまったとは……。

「ほんとうに?」低くかすれたそのささやき声は、男のものではない。ニコラスはぎょっとして勢いよく体を起こした。浴槽の縁から湯があふれ出る。目の前にはジリアンが立っていた。なんとも悲惨なゆうべの一件以来、ニコラスは妻を避けていた。彼女の怒りを忘れようにも忘れられないからだ。おれを溺《おぼ》れさせに来たのか？　ジリアンならそのぐらいやりかねない。しかし、ニコラスはそんな思いを顔に出すようなまねはしなかった。

「おれひとりで大丈夫だ。わかっているだろう？　早く出ていけ！」

「あら、どうして？」ジリアンが近づいてくる。

「わたしはあなたの世話をすると誓ったのよ。務めはちゃんと果たすわ」

「だめだ」ニコラスはうさん臭げに妻を見た。ジリアンは浴槽の横にひざまずいて、両手で石鹸《せっけん》をこすっていた。濃いまつげの陰では、緑色の瞳がなにやら思惑ありげにきらめいている。「どういうことだ？　なにか企《たくら》んでいるのなら、ただではおかないぞ」

「まあ、そうなの？」口では殊勝そうにこたえているが、顔が笑っている。ジリアンは立ちあがるとうしろのほうへ行った。やっと厄介払いができたと、ニコラスが思ったのもつかのま、ジリアンが石鹸をつけた手で彼の肩をもみ始めた。ニコラスは体じゅうの力が抜けてしまい、動くことも、やめろとひとこと命じることもできなかった。ジリアンは彼の首から腕を洗っている。

なにやら肌がちくちくする。ニコラスが振り向くと、ジリアンは髪をおろしていた。くそっ！　わざとおろしたな。おれを苦しめるつもりか？　ジリアンの肩にこぼれ落ちる赤い髪は、まるで炎のようだ。ニコラスはその髪をつかんで引き寄せたかった。服もろともジリアンを膝の上へ引っ張りおろしたかった。体が痛いほど張りつめていく。

ニコラスはジリアンの手を振りほどいた。「ひとりで洗える。かまうな！」しわがれた声で命令する。

「それよりエールを持ってきてくれ」

用を言いつければ素直にしたがうと思ったのだ。ところが、ジリアンは顔色ひとつ変えずに逆らった。

「あとでね」低い声で返事をする。それからふたたび両手に石鹸をつけると、ニコラスの胸をこすり始めた。てのひらで胸を撫《な》でられて、彼女の親指があたり乳首が硬くなる。おまけに、張りつめているのはそこだけではなかった。

ニコラスは荒い息をしながら、ジリアンの手首を乱暴につかんだ。「どういうつもりか知らぬが、いますぐにやめろ！」かすれた声で鋭く言い放つ。もはや自制心は吹き飛びそうだった。

ジリアンはやけにきらめく目をしてあとずさった。

「どういうつもりって、そもそもあなたが教えてくれたことじゃないの」あざけるようにやり返す。ジリアンは広がった髪を振りあげて背中にやると、つんと顔をあげた。怒った顔。反抗的になっている顔。

ニコラスにはたまらなかった。下腹部が痛いほど張りつめてくる。「でも、いやならけっこう。ほかの相手を捜すわ」

「ジリアン！」ニコラスはそこらじゅうに湯をはね散らかして立ちあがった。両のこぶしを握り、大の男も追い払うようなものすごい形相だ。

しかし、ジリアンは瞬《まばた》きひとつしなかった。彼女は挑みかかるように柳眉《りゅうび》を逆立てた。「もうわたしなど欲しくないのなら……」

「欲しくないだと？」欲望の証《あかし》もあらわに、浴槽から出たとたん、怒りの波が引いた。「見てのとおりだ。おれはおまえが欲しい。できるものなら、たったいまここでおまえを抱いているところだ。良心に誓ってもいい」

ジリアンは瞬きした。息づかいがどんどん速くなっていく。ニコラスはふたりのあいだで燃えあがる炎にあらがった。ジリアンのエメラルド色の瞳が欲望にとろけていく。ニコラスは危うく彼女に手を伸ばすところだった。彼は歯を食いしばって自分を抑えると、麻布をつかみ取って腰に巻いた。

とたんにジリアンが体をこわばらせた。もの欲しそうな目つきが一瞬にしてかき消える。「良心などないくせに」

ニコラスはなにも言い返せなかった。抱きたいのに抱けぬ女を目の前に、激しい欲求不満の塊のような体で立っているのが精いっぱいだった。

「この臆病者！」ジリアンは声を震わせてののしった。

ふたりはいつものごとく意志と意志を闘わせながら、長いことにらみ合っていた。やがてニコラスが辛らつに笑った。「たしかに、おれは臆病者だ。おまえのせいでこうなったのだ」

こんどはジリアンが寝室から逃げ出す番だった。

彼女は扉を叩きつけて飛び出していった。そして、広い寝室にひとり取り残されたニコラスは、失ったものの大きさをしみじみと実感した。

ジリアンはなかなか寝つけなかった。今夜は藁《わら》布団を引っ張り出してきて、ふたたび寝台の足もとでやすんでいた。もはやニコラスとは床をともにしないつもりだった。彼への愛を断ち切るのはむりかもしれないが、だからといってなにも一緒の床でつらい思いをすることはない。傷ついた自尊心のためにも、痛む心のためにも、夫からは離れていたほうがいいのだ。

しかし、かつては寝心地のよかった藁布団も、今夜は冷たくて固くて寂しかった。ニコラスと一緒にやすむ感触を知ったいまとなっては、もはやどこに寝てももの足りなく感じることだろう。懐かしいのはなにも情熱だけではない。ジリアンは力強い腕に守られて眠るあの感触や、暗闇《くらやみ》のなかで感じる夫のぬくもりが恋しくてたまらなかった。

ジリアンは涙が出そうになるのをこらえた。きょうは何度泣きそうになったことだろう。でも、泣くのはいや。涙と苦悩を見せれば、ニコラスが喜ぶだけだ。それが復讐なのだから。絶対、泣き顔は見せるものですか。たしかにニコラスの勝ちかもしれないけれど、勝ったことを知らせるつもりはない。

そのとき寝室の扉が開いて夫が現れた。まるでジリアンの反抗を知った悪魔が、罰を下しに来たかのようだ。その悪魔が部屋のなかへ入ってくる。ジリアンは息を殺して眠ったふりをした。ほどなく服を脱ぐ音がして、ジリアンはほっとした。

ところがつぎの瞬間、押し殺したようなののしり声がひとしきり続いた。どうやら寝台にジリアンがいないと気づいたらしい。暖炉の火があるので藁布団が見えぬはずはないのだが、ニコラスの目には入らなかったようだ。足音が近づいてきて、藁布団のすぐ前で止まる。

「ジリアン！」寝ているのを起こすような大声だ。

ジリアンは寝返りを打つと、ひややかにニコラスの顔を見あげた。しかし、暖炉の炎に照らされて黄金色になった夫の裸体を見たとたん、思わずのどをごくりとさせてしまった。「なによ」

「寝台に戻れ！」

「どうして？」

「おれがそうしろと言ったら、そうするのだ！」

「いやよ」

「なんだと！」

「あなたとは寝たくないの。あっちへ行って！　もう、ほっといてよ」ジリアンは反対側に向こうとしたが、気がつくと床から抱きあげられていた。軽々と運ばれて、寝台の上にどすんとほうり出される。

ジリアンは怒号をあげて、逃げ出そうとした。

「動くな！」ニコラスが命令する。そして、ジリアンに考えるすきも与えず飛びかかる。とはいえ、彼女を押しつぶすまいと横に避けて飛び込み、片腕と片脚で押さえつけただけだった。

もはやジリアンは逃げられなかった。ニコラスが体の上にのしかかってきて、彼女を逃がすまいと全身で押さえつけるのだから。ジリアンははっと息を吸い込んだ。肌着を着てはいるが、布地は薄っぺらだ。ぴったりと触れ合った夫の体を、意識しないわけにはいかなかった。

突然の激しい欲望に襲われて、もはやほかのことが考えられなかった。上体を起こしてじっとこちらを見ている夫の顔を、ジリアンはぼうっと見つめるばかりだ。やがてニコラスの顔から険しさが引き、瞳のなかから怒りの炎が消えていく。彼はなにか言いたげに口を開いたものの、結局はなにも言わず、ジリアンの唇に荒々しくおおいかぶさってきた。

ニコラスは彼女の手首を押さえつけて、舌をさし入れてきた。とたんにジリアンは舞いあがった。激しく攻めたててくるその口づけに、病が治って以来はじめて、全身に力がみなぎるのを感じた。ジリアンはニコラスの体に腕を巻きつけ、足を絡ませたかった。しかしニコラスは彼女を押さえつけたまま、いっそう激しく官能的な口づけをした。

もどかしくなってジリアンが腰を浮かすと、彼も張りつめた下腹部を押しつけてくる。ジリアンは熱い期待にあえぎながらもぞもぞと動いて、なんとか夫を迎え入れようとした。ところがつぎの瞬間、ニコラスは彼女の手を放してごろりところがると寝台から飛び起きてしまった。

なんてひどい人！　彼女の体は夫を求めて熱く燃えている。ジリアンはのどをごくりとさせ、なんとか情熱の枷《かせ》を振り払って、冷静に頭を働かせようとした。もたもたしながらやっとのことで肌着の裾《すそ》を引っ張りおろしてから、夫のほうを見る。ニコラスはこちらに背中を向けて立っているが、きっと体はいまも張りつめたままなのだろう。少なくとも欲望は感じているらしい。ジリアンはほんの少しだけ満足した。

「復讐の味も、甘いとはかぎらないようね」ジリアンは苦々しくささやいた。

「なんだと?」ニコラスがぱっと振り向いた。なめらかな筋肉、黒い髪、そして猛々《たけだけ》しい欲望の証――彼の体は男らしい力強さと気品にあふれていた。

「あなたはわたしに復讐することで、自分まで罰しているのよ」ジリアンは起きあがると寝台の端ににじり寄った。どれほど怒鳴られようと、もう二度とニコラスと一緒に寝る気はなかった。

「おれがおまえに復讐している……そう思っているのか?」ニコラスの声には、憤慨しているような響きがかすかにあった。

「だって、そうでしょう?」

「それは違う! もう復讐はやめた」ニコラスはいらだたしげにため息をついた。「ただ、子どもができるかもしれぬと思うと、どうしても二の足を踏んでしまうのだ」

ジリアンはまるでニコラスに殴られたような気がした。顔から血の気の引くのが、自分でもわかった。心に抱いていた希望もすべて消えていった。おまえの子どもは欲しくないと、一度はっきり言われたにもかかわらず、ジリアンは夢にしがみついていたのだ。ああ、なんと愚かだったのだろう!

ジリアンはゆっくり立ちあがった。体がからっぽで力が入らない。床の藺草《いぐさ》が足の裏に冷たくて、体の芯《しん》まで凍りそうだ。家を失ってひとりで怯《おび》えていたときですら、これほど寒く感じたことはなかった。

どうにか暖炉の前まで行くと、手を火にかざした。手も、体も、麻痺《まひ》していてなにも感じない。「なるほど、わたしの汚れた血を引く子どもは欲しくないというわけね」いくら火にあたっても体が暖まらぬとわかると、ジリアンは肩をいからせて夫のほうを向いた。「そのほうがよいのかもしれないわ。ヘクサムの血を引くというだけの理由で、罪のない子どもが苦しむのはいやですもの」

「おれが赤ん坊を責めさいなむと、本気で思っているのか？」ニコラスはあきれた口調で言ったが、ジリアンのひややかな視線を見たとたん顔をこわばらせた。「誤解だ。おれは赤ん坊を傷つけたりはせぬ。それに復讐はもうやめた。おしまいだ」きっぱりと言いきるその言い方に、ジリアンははっとさせられた。だが、ニコラスは企みごとにたけている。とても信用はできなかった。

「なぜやめたの？」

ニコラスは長いこと妻の顔を見つめていた。銀灰色の瞳を曇らせ、口もとがこわばっていく。まるで彼のほうが苦悩しているみたいではないか。「飽きたからだよ！」彼はつっけんどんにこたえた。

そして驚いたことに、どすんと寝台に腰をおろすと両手に顔をうずめ、腹の底からうめき声をあげたのだった。ジリアンは唖然《あぜん》として見守った。

ニコラスが無防備に肩を落とすなんて……。

もしかしたら、彼もふつうの人間なのかもしれない。ジリアンは夫の姿に胸が張り裂けそうになり、思わず目をつぶった。何度も何度も虐げられたのはわたしじゃないの。感情などないと思っていた夫が苦しんでいるからといって、どうして心配しなければいけないの？　なぜ、わたしが慰めに行かなくてはいけないの？

なぜなら、いろいろあったにもかかわらず、夫を愛しているからだ。その愛ゆえに、ジリアンは彼のすぐそばまで行った。「ニコラス……」

ニコラスがゆっくりと顔をあげた。その瞳には激しい決意がみなぎっている。「おまえはおれのものだ。絶対に手放さないぞ。死んでも放すものか！　おまえが逝《い》ってしまいそうになるのを、おれは連れ戻したのだ」まるでその手でジリアンの命をつかむかのように、ぎゅっとこぶしを握ってみせる。「もう二度とあのようなことは起こさせぬ。あらゆる害から、おまえを守るぞ。子どもも作らせるものか」

夫の思わぬことばに、ジリアンはたじろいだ。ニコラスはわたしの命を心配しているの？　ほっとするあまり、震えるようなため息が出た。信じてもいいのかしら？　ジリアンはその場でひざまずくと、夫の顔を見あげた。「つまりあなたは、わたしの健康を心配していたの？」

「おまえはおれのものだ。二度と危険にさらすものか」

「でも、わからないわ」ジリアンは手を伸ばしてニコラスに触れた。「復讐は終わりなのでしょう？　わたしをなんとしても生かしておくのは、復讐のためだったのではないの？」

ジリアンは夫の目を見つめた。かつては鋭く冷たい刃《やいば》のようだった銀灰色の瞳が、いまは温かくこちらを包み込む煙のように見える。「おまえはおれの妻だ。立派な理由ではないか」ニコラスはそれだけ言うと、横を向いてしまった。

イーディスの話とは少々違うが、復讐のことばでないことはたしかだ。そもそもニコラスに愛情を期待するなんて、愚かなことなのだ。ジリアンは夫の膝に手を置いた。彼の飾らぬ告白に、胸がぎゅっと締めつけられるようだった。わたしはこの人の妻。敵よりもずっといいわ。ジリアンは大きく息を吸うと、ふたたび夫の顔を見た。

「あなたの気持ち、とてもうれしいわ。でも、ニコラス、生死は神様がお決めになるものよ。不本意でしょうけれど、あなたはしょせん人間なの。わたしの病が治ったのは、たしかにあなたの意志の力のおかげかもしれない。でも、子どもを授かるかどうかを決めるのは、神様よ。ああ、ニコラス、わたしはほんとうに子どもが欲しいの。美しい黒髪と銀色の目をした、父親似の赤ちゃんが……」

魂の底から絞り出されたジリアンのことばに、ニコラスは思わずうめき声をあげた。ジリアンは急に自分たちの格好に気がついた。夫は裸のままで脚を広げ、ジリアンはその前にひざまずき、彼の膝に手をのせている。目の前には彼女の欲望を満たしてくれる約束のものが見えた。

ジリアンはニコラスの弱々しい抵抗など聞き流した。そして、夫の太股《ふともも》の内側をゆっくり撫であげながら、身を乗り出していって、毛深い肌にそっと唇をつけた。

16

ジリアンはある種の使命感に燃えていた。先日は一応、思いを遂げることができたものの、ニコラスはいまだに、家族を作ることにたいして不安を抱いている。ジリアンはその不安を取り除くつもりだった。それも、子供を作ることにただ賛成させるだけではだめだ。もちろんわたしのように、子どもが欲しくて欲しくてたまらないとまでは思わないだろう。ジリアンにもそれはわかっていた。でも、せめて夫には、子どもが必要だということをわからせてあげたかった。

ニコラスのほうも、妻の策略には気づいていた。以前の彼なら、ここまでやいのやいの言われたら、おそらく怒り狂っていたことだろう。しかしいまは、夫に負けず劣らずの執拗《しつよう》なねばり強さに感心するばかりだ。おまけに寝台のなかで積極的に迫られて、ニコラスは激しく燃えあがるばかりだった。しかし、何倍にもふくれあがった彼の情熱には、あいかわらず冒すことのできぬ危険がつきまとっていた。

「おれの母親はお産で命を落としたのだ」激しい行為のあとのほろ苦い余韻にひたりながら、ニコラスはジリアンを抱き寄せてささやいた。かつての輝きを取り戻した赤い髪が、暖炉の炎に照らされてちらちらと燃えている。ジリアンはいまこうして元気だが、あしたはどうだ？　いまから九カ月後は？　ニコラスは妻を抱く手に力を込めた。

「でも、うちの母は大丈夫だったわ」ジリアンが言い返す。「毎日どこかで、女はお産をしているのよ。その多くが無事に切り抜けているわ。世の中にはほかにもたくさん病があるのよ。わたしだって、ひょっとしたら雷に打たれるかもしれない。それとも、部屋に閉じ込めておく？　ねえ、ニコラス、小さな息子が走りまわっていたら楽しいと思わない？　どこに行くにもあとをついてきたり、あなたにぎゅっと抱きついたり――」

「おれは父に抱き締めてもらったことがなかった」

「まあ、それは残念」ジリアンはそう言うと、まるで子ども時代に味わえなかった抱擁の埋めあわせをするように、腕をまわしてニコラスをぎゅっと抱き締めた。認めるのは悔しいが、こういう抱擁もなかなかよいものだと、ニコラスは思った。「でも、そういう父親にならなければいいのよ。エイズリーやピアズを見てごらんなさいな」

とたんにニコラスは憤慨した。「おれはあのような、感傷的なばかになりさがるつもりはないぞ」

「では、いまのままでいればいいの」ジリアンはささやくと、夫の頬をまるで羽根ではくごとくふわりと撫《な》でた。つぎに、そのあとを唇でなぞっていく。ニコラスはあごの線から唇へと、あくまで軽やかな妻の唇で愛撫《あいぶ》され、体の力が抜けていった。ジリアンは自分を愛してくれている。その彼女のたったひとつの望みがこれだ。ニコラスは妻の願いをかなえてやりたかった。全身の血もそうしたくて猛《たけ》り狂っている。しかし、ごろりと横になって妻を組み敷き、その脚を押し広げた瞬間も、ニコラスは苦々しい疑念を振りきることができなかった。

子種を与えたことでジリアンの身に死がおよばぬと、確信さえ持てればよいのだが……。

少し考える時間が必要だった。

ニコラスは大広間を突っ切って、大きな扉から中庭へ出た。空は曇り、いまにも雨か雪が降ってきそうな気配だが、外の空気はじつに気持ちがよい。東方の国から戻ったときは、イングランドの気候に慣れるまで少し時間がかかったものだ。しかし、いまでは焚《た》き火の煙がたなびく冷たい秋の空気にあたっても、もはや外套《がいとう》が欲しいとは思わなくなっていた。

ほんの二、三歩歩いたところで、ニコラスは呼び止められてしまった。中庭に立ち並ぶ小屋のひとつの前で、やせた年配の男が壁に寄りかかって待っていた。見たことのある顔だ。たしか、名はウィリー。イーディスの亭主だ。ニコラスはなにやらうさんくさいものを感じた。イーディスとは一応、仲直りをしたようなことになってはいるが、またしてもよけいな口出しをしたら、ただではおかぬつもりだった。

「お館《やかた》さま！　こっち、こっち！」白髪まじりのウィリーがぐいとあごをしゃくってニコラスを呼ぶ。

「なんの用だ？」ニコラスは無愛想に応じた。

「いや、ちょっと噂《うわさ》を耳にしましてね」ウィリーは内緒話でもするように、あたりをはばかって声をひそめた。「嘘《うそ》だったらいいんだが、噂がほんとうなら、お館さまに教えておこうかと思ったんですよ」

「おまえはイーディスの亭主のウィリーだな?」ニコラスが訊《き》くと、男はうなずいた。「なぜおれに助言をする?」

ウィリーはくっくっと笑った。「疑いたくなるのも当然ですよ。思ったとおり、切れるお方だ。そうでなきゃ、東の国からなんて帰ってこられませんからね」ウィリーはことばを切ると、しばらく鋭い目でニコラスを見定めていたが、やがて納得したようだった。「とにかく、男は男どうしってやつですよ」ずけずけと言うウィリーを、ニコラスはおもしろいと思った。「言ってみろ。おれになにを教えるというのだ?」

とたんにウィリーが首を引っ込めて、言いにくそうな顔になる。「つまり……その……ですね……あそこを酢で洗えばいいんですよ」

ニコラスは年配の男をじろりとにらみつけた。「なんだと?」

「子種を殺したいんでしょう?」ひとたび口に出すと、ウィリーは勢いよくまくしたてた。「それでなきゃ、小袋をかぶせるんです。そうすりゃ熱が冷めて、子種の勢いが弱くなりますからね」

「なんだと!」

「いきそうになったら、外に出すって手もありますよ」しかしそう言いながら、半信半疑の表情で白髪まじりの頭をかいている。「これがいちばんふつうの方法なんですがね、そんな芸当ができるやつは尊敬しますよ。おれなんかとても、とても……」ウィリーはあきらめた顔で首を振った。

唖然《あぜん》として見ているニコラスの前で、彼はさらに続けた。

「あとは、じっさいにやるときだ」ざらりとひげの生えた顔をこすりながら、考え込むような表情になる。「じつは、ふたつの説がありましてね。抱くときに、男があんまり熱くならなきゃ、子どもはできないっていうんですよ。だが、それじゃ矛盾しませんかね。だって、そうでしょう？　男を熱くしないような女なんか、はなっから抱かなきゃいいんだから」

ニコラスはあきれ返って声も出なかった。たしかにこういうことを知りたいとは思ったが、まさか中庭でイーディスの亭主がとうとうとまくしたてるのを聞いて学ぶことになろうとは……。

「もうひとつの説ってのはその反対でしてね。激しけりゃ激しいほど、子どもができないっていうんですよ。ほんとうかもしれんが——」ウィリーは肩をすくめてにやっと笑った。「この年じゃ、自分で試してみるってわけにもいかなくて……」

ニコラスはウィリーを黙らせようと口を開きかけたが、最後のところではっとした。そういえば、ジリアンとの抱擁はいつも激しかった。もしかすると、そのせいでいまだに子どもができないのかもしれぬ。

ジリアンが病に倒れるまで、どれくらい頻繁に抱擁をくり返したか、ニコラスははっきりと覚えている。それでも、いまのところ子どもはできていないではないか。ニコラスのなかでふくれあがった希望が確信へと変わっていった。このまま激しい抱擁をくり返していれば、ジリアンは安全かもしれぬ！

ニコラスはわくわくするような胸の内とは裏腹に、ひややかな無表情をとりつくろった。「いまの話、考えてみよう」そっけなく言ってきびすを返した。

「恐れ入ります」ウィリーはこたえた。じつはこのとき、ニコラスはすぐにきびすを返したので気づかなかったが、ウィリーの顔には満面の笑みが浮かんでいた。〝助言〟はすべて、イーディスが企《たくら》んだことだったのだ。

「ダリウス、あなたの意見を聞きたいわ。ニコラスにも子どもが必要だと思わない？　老後の慰めのために」

ニコラスはむせて、エールを夕食の上に吹き出しそうになった。そして、妻をにらみつける。ジリアンはどこまでもすました顔だ。もっとも目をきらきらさせているところを見ると、わざと言ったに違いない。まるで、鶏の群れにもぐり込んだ狐《きつね》のようなとぼけぶりだ。

「この雌狐め、おれはまだもうろくする年にはほど遠いぞ」ニコラスはぶつぶつと文句を言った。かくのごとき夫婦の問題にダリウスを、それも夕食の席で引きずり込むなど言語道断だ。

「でも、家族って楽しいわ。そうでしょう？」

「尼僧院で暮らしていたくせに、家族のなにがわかるのだ？」ニコラスはひややかな目でジリアンを見た。いいかげん調子に乗りすぎだ。そろそろやめさせたほうがよいかもしれぬ。

しかし、ジリアンは挑発に乗るどころかにこにこしている。「わたしがまだ小さいときは、うちじゅう仲よく楽しく暮らしていたわ。お金がなくなって、父がお酒を飲みだす前よ。そのあとはみんな死んでしまったけれど……」

ジリアンがそう言ってあまりにもの欲しそうな顔をするので、ニコラスは胸が痛くなった。その間あのヘクサムは贅沢《ぜいたく》な城に住んで宝石や戦の装備に金をつぎ込み、領地の拡大に明け暮れていた。あいつは弟になど目もくれなかったのだ。

ニコラスは杯をぎゅっと握り締めた。だが、そう言うおまえはどうだ？　家族のことを少しでも考えたことがあるか？　たとえば母のことは？　ニコラスは母親をあまりよく覚えていなかった。記憶にあるのは、冷たい感じの美人で、ほのかなよい香りを漂わせていたことぐらいだろうか。父は厳しく、よそよそしかった。兄たちはよい遊び相手だったが……結局、みんな死んでしまった。ニコラスはしきたりどおりよその領主のところへ里子に出されたが、里親は冷酷な男で、できるだけ近づかぬようにしながら過ごしたものだった。そこではほかにも預かっている子どもがいたが、子どもはみな張り合い、いがみ合ってばかりいた。

ニコラスはふと眉をひそめた。エイズリーは子どもを里子に出さず、手もとで育てるつもりだと言っていたが、一理あるかもしれぬ。妹のことを考えたとたん、ニコラスは複雑な気持ちになった。父亡きあと、ひとりでベルブライの城を守り、会ったこともない男のところへ嫁ぐはめになったとき、いったいどのような気持ちがしただろう？　ニコラスは生まれてはじめて、妹の心に思いをはせた。もっと早く帰ってくればよかったのかもしれぬ。東方の国でいつまでもすねておらず、跡取りとして父のそばにいるべきだったのだ。ようやくそこへ思いいたったニコラスは、口のなかにひどく苦々しいものを覚えた。

「たしかに、まだ年寄りではないわね」ジリアンがからかうように言った。「でも、いつの日か若い剣術使いがそばに必要になるわ」

ニコラスは顔をあげ、思いつめた目で妻を見すえた。「おれの息子が将来そばにいてくれると、どうしておまえにわかる？」

夫に鋭く問い返され、ジリアンは思わずひるんだ。すると、横からダリウスが口をはさんできた。ニコラスは彼がいるのをすっかり忘れていた。「ド・レーシの奥方の子どもがそう薄情とは思えぬが」

「〝血は水よりも濃し〟というわ」ジリアンが静かに言う。「ピアズとのあいだになにがあったにせよ、あなたが困れば、あの人は絶対に来てくれる。それが家族よ」

〝赤い騎士〟の名が出たとたん、ニコラスのもの思いに沈んだ気分は吹き飛んだ。「あのような鼻持ちならぬやつなど、だれが必要とするものか！」

「あの人は来てくれる！　わたしにはわかるの！」ジリアンはむきになってくり返した。

「もうよい！」ニコラスは怒鳴った。「家族や子どものことをこれ以上ひとことでも口にしたら、おまえなど地下牢《ろう》に閉じ込めてやる！　ひとりでいれば、一生子どもができることもあるまい！」

ジリアンははっと息をのみ、激しい怒りに目をつりあげた。なにか投げつけてやりたいと思っているような顔だ。しかし彼女は椅子から立ちあがると、肩をいからせてつんと顔をあげた。

「だったら、ニコラス・ド・レーシ、今夜は厩《うまや》で獣とともに寝るがいいわ！　そうすれば、夫の務めを迫られることもないというものよ！」ジリアンはそれだけ言い捨てると去っていった。とたんにダリウスが大声で笑いだす。ニコラスもこのときばかりは一緒になって笑った。それからやおら皿をどけて立ちあがり、悠然と妻のあとを追った。決着は寝台の上でつけるつもりだった。

いまにも吹き出しそうになって口もとがぴくぴくしたが、ジリアンはいかめしい顔をとりつくろうとイーディスをたしなめた。「いくらなんでも、ウィリーはやりすぎだわ」

「でも、嘘じゃないんですからね」イーディスが言う。「うちの亭主はなにも、でっちあげを言ったわけじゃないんですよ。ニコラスさまに言ったことはぜんぶ、みんながじっさいにやってる方法なんですから」

ジリアンは笑いをかみ殺して、思わず首を振った。しかし、こういう横からの口出しはいかがなものかと内心では思っていた。じつを言うと、いまは彼女の企みがうまくいっているだけに、よけいな邪魔はされたくなかった。よかれと思う気持ちはわかるのだが……。

急に静かになったので、ジリアンが顔をあげると、いつのまにかイーディスは窓辺に張りついていた。

「だれか来ますよ！」召使いは興奮した様子でジリアンににっと笑った。

「ほんとう？」ジリアンも彼女の横に駆け寄った。

ベルブライはさきごろ、ひと騒動あってニコラスが領主の座についたばかりなので、客の来訪はめずらしかった。とくに秋も深くなると、旅に出る者はめっきりと減る。ジリアンは近づく一行に目を凝らしたが、国王の使者のしるしは見あたらなかった。人数が少ないので、残念ながらエイズリーとピアズが戻ってきたのではないらしい。

「巡礼者でしょうかね」イーディスが言う。

「だれにせよ、新しい話が聞けるわ！」ジリアンはこたえた。ふたりは急いで縫い物を片づけると、旅の一行を迎えるべく階段を駆けおりた。大広間では家臣や召使いたちがわくわくした様子で待っていた。がらんとしていた大広間がまたたくまに人でいっぱいになる。ジリアンは思わずにやりとしそうになるのをかみ殺した。

台所へ行ってパンとエールの支度を言いつけたジリアンは、外から戻ってきた夫にぶつかりそうになった。いつものごとく、見るからにりりしい。冷たい風に当たって、頬が赤くなっている。ニコラスはブーツの土を払いながら、控えていた少年に外套をほうり投げた。

「だれが来たの？」ジリアンが訊く。

「わからぬ。きょうの寒さは、旅をするにはこたえるな」ニコラスは両手をこすっていたが、やがてそれをジリアンの頬にぴったりとあてた。

「きゃっ！」いきなり冷たい指でさわられ、ジリアンは小さな声をあげた。しかし、人のいやがることをしてにやにやしている夫に、彼女は驚いた。ニコラスはほんとうに人が変わった。よいほうへ変わったわ。このように人をからかうようになったのですもの。ジリアンはうれしそうにしまりのない笑みを浮かべながら、夫のあとについて大広間へ向かった。

ほどなくひとりの男が案内されて入ってきた。旅の一行の頭らしい。ニコラスが近づくように言うと、男は愛想のよい笑みを浮かべて外套を脱いだ。どちらかというとやせぎみの中背の男で、髪は黒く瞳は黒褐色。なぜか人柄の見えてこない目だと、ジリアンは思った。

「ごきげんよう、お館さま」男は小さくお辞儀をした。「そして、奥方さま」ジリアンには白い歯を見せてにっこりと笑う。彼女はニコラスが嫉妬《しっと》するのではないかと心配になり、あやふやな笑顔を返した。

「何者だ？　ここへなんの用で来た？」ニコラスが尋ねる。

しかし男は返事をせず、ジリアンのほうを見た。

「ジリアン、ぼくを覚えていないかい？」

ジリアンは驚いて、ちらりと夫の顔色をうかがった。「いいえ、あなたのことなど知りません」

「それはがっかりだ」男は大袈裟《おおげさ》に胸に手をあててみせた。「たしかに長いこと会っていなかったが、それでも覚えていてくれるかと……」

「おまえはだれだ？」大広間にニコラスの怒りの声が響きわたり、家臣や召使いたちはおののいた。しかし、旅人はまるで平気な顔だ。それどころかニコラスを挑発するように、ふたたびジリアンのほうを向いた。

「ジリアン、この顔を見ればわかるだろう？」男は芝居がかったしぐさで両手を広げ、すがるように訴えた。「ホーイスだよ。おまえの兄貴だよ」

一瞬あたりが静まり返った。それからいっせいにひそひそ話が始まる。奥方さまの兄上といえば、隣の領地の跡取りだ。ヘクサムの跡取りではないか！　飛び交う憶測をよそに、ジリアンの不安はつのっていった。

　彼女は恐怖に目をひきつらせて夫の顔を見た。一見ニコラスは無表情を保っているが、その目は怒りでぎらぎら光っている。目の前にいる男を殺したいほどなのだ。ことばで言われずとも、ジリアンにはちゃんとわかっていた。

　そのニコラスが苦労のすえに自分を抑えて、彼女のほうを向いた。ジリアンはなにも言われぬうちから、首を横に振っていた。「いいえ、嘘よ。わたしには兄なんていないわ！」

「ジリアン」黒髪の男が静かに声をかけてくる。

「ほんとうに忘れちゃったのかい？」彼はしょんぼりとした。「ああ、ジリー」

　そのひとことに、ジリアンはめまいのようなものを覚えた。突然ある記憶がよみがえってきた。草と馬のにおいがする黒い巻き毛に、ぴったりと頬を押しつけて……。〝ああ、ジリー〟子どもの高い声がささやく。〝もう、ついてくるなよ。ほら、母さまのところに行けったら〟

　ジリアンはふらふらと椅子に腰をおろした。よみがえった記憶の重さに押しつぶされそうだ。「ホーイス」彼女はつぶやいた。

　ふたたびあたりが静まり返り、やがて夫の怒号がその静寂を引き裂いた。「この男を知っているのか？　ほんとうにおまえの兄なのか？」

　ジリアンはなおも混乱する頭で考えようとした。こめかみに指を押しあて、記憶の奥にうずもれてしまった昔の光景を、必死で思い出そうとする。

「お館さま、ぼくは――」男が言いかけると、ニコラスがさえぎった。

「黙っていろ！　妻の口から直接聞きたい」

ずきずきする頭をあげて前を向くと、男の穏やかな目が懇願するように見ている。ジリアンはそれから夫のほうを見た。兄と名乗る男とは正反対に、すさまじい形相だ。

「どうなのだ？」ニコラスが返事をせかした。

ジリアンはのどをごくりとさせた。「たしかに兄がひとりいたけれど、ずっと前に死んでしまったわ」彼女は目の前の男をすまなそうに見た。

「それは違う。父上に遠くへやられていただけだよ」男が言い返す。ジリアンはそれ以上言わせまいとして男に目配せした。そんなことを言っては危険だということが、わからないのだろうか？　肉親であろうとなかろうと、ニコラスに殺される前にここから出ていくほうがいいのだ。

そのようなジリアンの心を読んだのか、ニコラスがひややかな目でじろりとにらみつけてくる。ジリアンは胸が締めつけられるような気がした。「兄が死んだのはいつだ？」

「覚えていないわ」ジリアンは途方に暮れて返事をした。「わたしがまだ小さいときですもの！」

「ジリー――」

「どうして死んだ？　その目で亡骸《なきがら》は見たのか？」

ジリアンは両手で耳をふさいだ。「やめて！　思い出せないの！　わかっているのは、兄が死んで、妹が死んで、父さまが死んで、母さまが死んだことだけよ」ジリアンは深い悲しみと怒りにがたがたと体を震わせた。こんなに愛しているのに、どうしてすぐわたしに矛先を向けてくるの？

「ジリー！」男はニコラスの険悪な顔つきなど無視して椅子の横にひざまずくと、ジリアンの手を握った。「ジリー。おまえを困らせるつもりなどなかった。ほんとうだよ。ぼくは小さいときに里子に出されたきりだから、里親のお館さまが敵の手にかかって死んだあとは、ほんとうの家族とのつながりがなくなってしまったんだ。思い出すのに、何年もかかったよ。でもこうして、やっとおまえを捜し出せた」

またしてもあたりがしんと静まり返る。こんどはニコラスも口をつぐんだままで、不自然な静寂が続いていた。ジリアンはみんなの視線をひしひしと感じた。彼女がなんと返事をするのか、まわりじゅうが固唾《かたず》をのんで見守っている。なにも言うべきでないということは、ジリアンにもわかっていた。顔色ひとつ変えても、なにかひとつ感じてもいけないのだ。しかし、こらえていたにもかかわらず涙がひと筋こぼれ落ちた。

ジリアンはずっと昔に死んだと思っていた兄の顔を見た。何年も前に失ったと思っていた肉親が、ここにひとり残っていたのだ。ジリアンは両手を広げて彼に抱きついた。

17

ニコラスは部屋のなかを行ったり来たりしていた。縦横に歩きまわりながら、混沌とした頭を整理したかったのだ。なにかの板挟みになるというのは、生まれてはじめてだった。ジリアンに会うまでは彼の強みだった自制心と瞬間的な決断力も、もはや過去のものだ。だが、ここまで悩むことになろうとは！それも、たったひとりの男が現れたくらいで。

ジリアンの兄……。ニコラスはつのるいらだちを押し殺すように目を細め、ぐっとこぶしを握った。はじめは、あの男を殺してやろうと、飛び出しそうになったくらいだ。一刀のもとに切り殺すも、縛り首にするも、思いのままだ。だれにも止めることはできないのだ。

ただひとり、妻をのぞいては……。

ニコラスはぼそぼそと毒づきながらきびすを返し、ふたたび部屋のむこうまで歩きだした。しかし急に声をかけられて、はっと足を止めた。そして顔をあげてニコラスは驚いた。もの思いにふけるあまり、ダリウスがいるのをすっかり忘れていたのだ。

「それにしても、妙だとは思わぬか？」ダリウスが訊《き》く。「兄のほうをさきに見つけていれば、まずそいつを殺してから、その妹を戦利品として奪うこともできたわけだ。だが、現実は……」ダリウスは悩むような顔をして肩をすくめたが、そのくせ声がおもしろがっている。

ニコラスは顔をしかめた。「役にたつ助言ができぬなら、あっちへ行っていろ」

ダリウスはつっけんどんなことばを聞き流した。

「殺すのか？」

「いや！」ニコラスがぶっきらぼうにこたえる。兄との再会で流したジリアンのうれし涙を思うと、殺せるわけがなかった。

「では、このまま好きにさせるのか？」まるでニコラスの思いを察したように、ダリウスが尋ねる。「国王に泣きついて、相続権を主張したりしたらどうするのだ？」

「領地についてはすでに決定が下っている！」ニコラスは吐き出すように言った。

「たしかに。だが、思い出してみろ。おまえも死から復活して、父親のあとを継いだではないか」

「それとこれとでは話が違う！」

「そうだろうか？」ダリウスは考え込むような口調で言った。「だが、たとえホーイスが領地を継ぐことになろうと、おまえにはたいした損失ではあるまい。ベルブライの土地は広大で肥沃《ひよく》だ。むこうの土地は必要あるまい？」

いや、必要だ！　ニコラスはそうこたえたかった。たしかに代々継いできたベルブライは、ド・レーシ家の富と力の源だった。しかし、財政上の必要がなくとも、ニコラスはヘクサムの土地を手放したくなかった。

ダリウスは彼の葛藤《かっとう》など知らぬげにさきを続けた。

「なにも、宿敵の甥《おい》と手を組めと言っているのではない。なんならベルブライへの立ち入りを禁止すればよいではないか。おまえの奥方に近づけず、あとで戦でもしかけて……」

ニコラスはぱっとダリウスのほうを振り向いた。もはや胃痛は治っていたが、あの男を殺すにせよ面会を禁止するにせよ、ジリアンから兄を取りあげると思っただけで、はらわたがよじれるような気がした。あの雌狐《めぎつね》はくる日もくる日も、家族が欲しいとわめいているではないか。見つかったばかりの兄から引き離すようなことをしたら、たちまちジリアンはへそを曲げるだろう。そうすれば、彼女の愛を失うことにならないか？　ニコラスは毒づくと、きびすを返して歩き始めた。結局、なにもできぬのだ。まずはジリアンの気持ちが大切だった。

そこまできて、ニコラスはふと思いついて訊いた。

「ホーイスはどこで仕えていたのだ？」

「境界地方だ。モリソンという男に仕えていたらしい」

「あのような争乱の地にいたのか？」

「イングランドはウェールズと和平を結んだのではなかったのか？」ダリウスが不思議そうな顔をする。

「だが、ほんの数年前までは戦をやっていた。おかげでどこもかしこも荒廃して、なにも残っていない」

「つまり、なにか？　ホーイスはどさくさにまぎれて不正を働いていると、おまえは疑っているのか？　ヘクサムの家に生まれただけでも不埒《ふらち》だというのに？」

軽口を叩《たた》くダリウスに、ニコラスは顔をしかめた。

「ま、あの男の過去をもう少しよく知りたいというところだ。だが、境界地方でだれかの足跡をたどるのは難しいな」ニコラスはぱっと友の顔を見た。「妹を捜し出すのに、なぜこれほど時間がかかったのだろう？」

ダリウスは肩をすくめた。「ヘクサムの跡取りを名乗る前に、おまえが妹を殺すかどうか、まず様子を見たのではないか？」

思い出したくないことを持ち出され、ニコラスはむっとした。「相手がジリアンの兄だからといって、好意的に考えるな。第一あの男は、妹が路頭に迷っていたときどこにいたのだ？　おのれの妹が召使いとなって、主《あるじ》の嫌がらせを受けていたときは？」

ダリウスは瞬《まばた》きひとつしなかった。その黒い瞳は底知れず不可解だった。「本人は、主について境界地方にいたと言っている。それがほんとうなら、帰ってくるのはむりだっただろう。だが、もっと詳しく知りたいなら、おれが探ってきてやるぞ」

友の申し出にニコラスは胸がいっぱいになり、そんなふうに感情的になっている自分に驚いた。たがいに忠誠を誓い合ったわけではないのに、ダリウスはいつもできるかぎりのことをしてくれる。

「自分で行きたいところだが、おれは妻と城を守らねばならぬのでな」ニコラスはぶっきらぼうに言った。

「おまえはここにいなくてはだめだ。おれが行ってくる。おまえのためだけではないぞ。奥方のためでもある」

ニコラスはうなずいて感謝の気持ちを伝えた。ホーイスの出現がもたらした厄介ごとで、頭のなかがふたたびいっぱいになった。「それにしてもこれほど時がたってから、どうやってジリアンを見つけ出せたのだろう?」彼はぼそりとつぶやいた。

「彼女のことを訊きまわっていた黒髪の男。あれがホーイスではないか? あいつ、最後までおれの追跡をかわしたな」

「きっとそうだろう」ニコラスも同意見だった。

「だが、なぜジリアンのことを訊きまわる? あとをつけられぬよう細工したのは、なぜだ? どうも、あの男には不自然なところが多すぎる。とにかく、おれの気が変わるようなことが起こらぬかぎり、おまえからの知らせを待つとしよう。それまではここに置いて、目を光らせているつもりだ」

ダリウスがちょっと意外そうな顔をする。「ベルブライでもてなすのはどうかと思うぞ。へたに奥方の情がわくと、あとでなにかあったとき、つらい思いをさせることになる」

情がわく……。ニコラスの目つきが鋭くなった。

そのようなことは、考えるのもいやだ。たとえ兄とはいえ、妻がほかの男に抱きつくのを目にしたときから、彼の胸のなかでは嫉妬《しっと》がくすぶっていたが、その炎がいまのひとことで一気に燃えあがった。ニコラスはふたたび行ったり来たりをくり返しながら、あいかわらず少ない解決策に頭を悩ませた。

ホーイスを追い出せば、ジリアンの愛を失うことになるかもしれぬ。かといって、あの男が滞在すれば、妻の愛の半分は兄のほうへ行ってしまい、こっちの分け前が少なくなる。ジリアンには大事な家族ができるのだからよいが、おれはどうなる? そこまで考えて、ふとニコラスの口もとがほころんだ。妻の気持ちを完全に引きとめておく方法を思いついたぞ。彼女の望みをかなえてやればよいのだ。

ジリアンにおれの子を産ませてやろう。

そもそも、彼女がなによりも望んでいることだ。腹のなかに赤ん坊ができれば、兄のことなどそっちのけになるだろう。ニコラスの笑みはだんだん大きくなっていった。跡継ぎを作るというのも、そう悪いことではないかもしれぬ。ジリアンは健康そのものだ。絶対に大丈夫だと何度も聞かされているうちに、ニコラスもいつのまにか心配するのがばからしくなっていた。ホーイスという現実的な目の前の脅威にくらべたら、お産など将来の漠然とした不安にすぎぬではないか。

ニコラスは満面の笑みを浮かべて決意した。

「急ににやついて、いったいどうしたのだ？」ダリウスが訊いた。

「喜んでくれ、ダリウス。おれは妻に跡継ぎを産ませることにしたぞ」

主寝室に入ったニコラスは、なじみのない不安に襲われていた。いつもの晩と同じではないか。自分にはそう言い聞かせるのだが、例の決意が重く心にのしかかっていた。今夜は妻の好きにさせるだけでなく、彼女の望みをなんとしてもかなえてやるつもりだった。そこのところを考えると、さすがにニコラスも口もとがゆるんだ。

しかし、彼はウィリーの助言を思い出した。子供を作るためには、静かにやらなくてはいけないのだ。ゆっくりとやさしく、そして穏やかに……。いつもの抱擁とは正反対だ。ニコラスの笑みがしかめ面に変わる。なんだか、とてつもなく難しく思えてきたぞ。

「ニコラス？」寝台から聞こえてくるジリアンの声に、ニコラスはどきりとした。

「どうした？」

「殺さないでくれて、ありがとう」

今夜のことに気を取られるあまり、ニコラスは一瞬なんの話だかわからなかった。「おまえの兄か」

「ええ」

ニコラスはジリアンの返事を聞きながら、服を脱ぎ始めた。

「長いこと会っていなかった兄の顔を見るなんて、不思議な感じよ。あなたが生きて帰ってきたとき、エイズリーはどんな気持ちだったかしら？」

脱いだ上着を持ったまま、ニコラスははっと手を止めた。死んだと思っていた兄がいきなり目の前に現れて、エイズリーはいったいどう思ったのだろう？　あのときの妹の気持ちなど、これまで考えてみたこともなかった。ニコラスは難しい顔になり、上着を置くとこんどは下着を脱ぎ始めた。

「兄のことはほとんど覚えていないの。顔の感じとか、ちょっとした印象が残っているだけ。もどかしいわ。でも、生きていてくれてよかった。それに……ここへ滞在させてくれて、うれしいわ」

ニコラスは返事のかわりに低くうなると、寝台へあがって妻の横にもぐり込んだ。いまはホーイスのことなど話題にしたくなかった。それどころか、なにも話をしたくない。それよりもいまは妻の脚を押し広げ……。こら、ゆっくりとだぞ。ニコラスはもどかしさにののしりたくなるのをこらえて、自分に言い聞かせた。

ほっそりとした女体にそろりと手を伸ばし、手探りで静かに愛撫《あいぶ》していく。ジリアンの肌はなめらかで、しっとりとしていた。その肌が暖炉の炎に照らされるのを見たくて、ニコラスは上掛けをはいだ。しかし、妻の体を見たとたんに体が熱くなり、ニコラスははやる気持ちをなんとか抑えようとした。目をつぶってもたいした違いはなかった。どちらにしても彼女の香りに鼻をくすぐられ、耳鳴りがせんばかりに全身の血がわきたってくるからだ。ニコラスはジリアンの髪に顔をうずめ、いまにも暴れ出しそうな情欲の炎をなだめようとした。焦るな、焦るな。彼は頭のなかでくり返した。しかし、ジリアンがそうさせてくれない。

「ニック」待ちきれぬ思いと喜びに満ちた声で名をささやかれ、ニコラスは燃えあがった。ジリアンの指が肌の上をすべって、彼の乳首をとらえる。ニコラスが顔をあげて口づけすると、ジリアンも舌を絡ませて貪欲《どんよく》に応《こた》えてきた。たちまち彼の息があがる。もはやなにも考えずに彼女を組み敷き、激しく抱きたかった。

ニコラスは唇を離すと肩で大きく息をした。ひと休みして、頭を冷やさなくてはだめだ。しかし、ジリアンは夫の苦労などまるで知らない。彼女はニコラスのあごからのど、それから胸へと唇で愛撫を続けながら、その一方で背中を撫《な》でおろしていってぎゅっと腰をつかんだ。

くそっ！　ニコラスは荒く息を吐いた。ジリアンにかかると、たちまち理性が吹き飛び、あともさきもなくなってしまう。熱くなりすぎぬうちに、さっさとすませてしまったほうがよさそうだ。ニコラスはできるだけそっとジリアンを引き寄せると、片脚を引き寄せて自分の腰の上にのせ、彼女のぬくもりのなかにゆっくりと体を沈めた。

天にも昇る心地だった。ニコラスは唇をかみ、そのままひと息つこうとした。ところが妻のほうがじっとしていない。腰を動かし、情欲のままに彼を引き寄せようとする。このときばかりはニコラスには、妻の奔放な性格がありがた迷惑だった。

「ジリアン」ニコラスはしゃがれた声で呼んだ。

「ん？」

「ジリアン！」

「なに？」

「落ちつけ」

「えっ？　なんなの？　どこか痛いの？」ジリアンは両手で夫の顔をはさむと、まっすぐ自分のほうを向かせた。彼女の緑の瞳は欲望に黒くくすんでいた。

「どうしたの？」

ニコラスはジリアンの体に締めつけられ、返事をしようにも声が出なかった。「ジリアン！」

「なによ！」

ニコラスは体を震わせて大きく息を吐いた。「ゆっくりやらないと、子どもができぬのだ」

もちろん、妻のことだ。あら、そうなのと、すんなり納得するわけがないのはわかっていた。だが、あまりげらげら笑うので、するりと体が離れてしまいそうになった。その笑い声がこれほど耳に心地よくなければ、ニコラスもすっかり気を悪くしていたところだ。その笑い顔のなんと美しいことか！　ニコラスは妻への思いで、胸がいっぱいになった。

「ああ、ニコラス」ジリアンが笑いにむせ返った。「そんな老婆の迷信、本気で信じているの？」

「老婆の迷信ではないぞ。これはウィリーから聞いた——」

それを聞いて、ジリアンがふたたび笑いころげる。夫の肩に顔をうずめ、彼女はいつまでも笑いやまなかった。このようなジリアンを見るのは、はじめてだった。兄の来訪で、神経が高ぶっているのだろうか？

「ジリアン？」

「ああ、ニコラス、ウィリーの言ったことを本気にしているの？」

ニコラスは眉をひそめた。たしかにそう言われてみると、ウィリーがこのようなことに精通しているというのも少々疑わしい。もっともそれにしては、よく知っているような口ぶりだったが……。「では、違うのか？」ニコラスがぶっきらぼうに訊く。

さすがのジリアンも真顔に戻ると、穏やかな口調でこたえた。「ええ」

ニコラスは東方の国で見た、男に犯された女たちのことを思い出した。暴力的な交わりからも子どもは生まれていたではないか。どうやら、ジリアンの言うとおりらしい。ニコラスは自分でも意外なことに、少しがっかりした。「では、どうすれば子どもができるのだ?」

ジリアンの顔にゆっくりと魅惑的な笑みが広がる。とたんにニコラスは自分たちの体がまだ結ばれているのを思い出した。「いままでよりも、いっそうの努力をするしかないと思うわ」ジリアンがささやく。

ニコラスは全身の血がわきたち、熱く燃えあがった。彼はジリアンの腰をつかむとぐいと引き寄せた。「では、ゆっくりしなくともよいのだな?」

「ええ」ジリアンは喜びに息も絶えだえだ。

「助かった!」ニコラスはごろりところがって妻を組み敷くと、激しく体を動かした。ジリアンは腰を浮かせ、夫の腰に両脚を巻きつけ、ぬくもりのなかに彼を包み込んだ。永遠にこのままでいたい。ニコラスはそう思った。

「愛しているわ」ジリアンがささやいた。

ニコラスは思わず凍りついた。妻の静かな愛の告白は、もう二度と耳にできぬものとあきらめていたからだ。目をきらきらさせて上気した妻の顔を、ニコラスは食い入るように見つめた。いまのことばを聞けてどれほどうれしいか、ジリアンに伝えたかった。おれもおまえが大事だと、言いたくてたまらなかった。しかし、思うようにことばが出てこない。

「ああ」ニコラスはなすすべもなく妻の顔を見つめながらつぶやいた。やがてふたりのあいだが白熱し、もはやこれ以上待てなくなった。ニコラスはジリアンに魂を満たされながら、彼女の体を満たしていった。

夫はだいぶ前から寝息をたてているが、ジリアンはいまだに寝つけなかった。いったいわたしはどうしてしまったの? ニコラスには絶対にこの愛を知られたくなかったのに、自分から告白してしまうなんて。でも、後悔はなかった。

自分から身の破滅を招くようなことをして……。頭のなかでは分別の声がそうたしなめている。しかし、ようやく正しいことができて、心のなかは上機嫌。もともとニコラスのこととなると、彼女の心は分別を失うのだ。

ニコラスはジリアンを責めもしなければ、あざけりもしなかった。彼女の顔をただひたすらじっと見つめていた。その熱いまなざしに、ジリアンは息もできないほどだった。そして、夫の静かな返事を聞いたとき、彼女は胸がいっぱいになった。〝ああ〟と、ひとこと……。

もうニコラスを信用しても大丈夫かしら？

それはだめ……。しかし、抵抗の声にはいつもの力強さがなかった。妻に迎えたばかりのわたしを容赦なく虐げていた、はじめのころの冷酷な男にくらべたら、いまのニコラスはまるで人が変わったようだ。病のときには看病し、なんとも見当違いの理由から過保護になっては、子どもを作らせまいとする。そのくせ、こんどは自分のほうから折れてくれた。おまけにわたしの願いをかなえるために、ウィリーのばかげた説を実行しようとするなんて……。ジリアンは思わず顔をほころばせた。

そして、ため息をついた。わたしはほんとうにどうしようもないほど、この人を愛している。もはや疑う余地はなかった。しかし、そのために判断が狂うかもしれない。ジリアンはニコラスを信じたかった。しかし、こんどは自分のことだけでなく、いつできるかもしれぬややと、兄のことを考えなくてはならないのだ。

兄と思ったとたん、長いこと忘れていた兄の顔が目の前に浮かんだ。そして、すぐ横で寝ている男の顔も一緒に浮かんでくる。ジリアンはなにやら胸騒ぎがした。ニコラスはヘクサムの血を引く者を心底憎んでいる。それにひきかえ、夫婦の絆《きずな》はまだ新しい細い糸にすぎない。この絆だけで流血を止めることができるのだろうか？　ジリアンは身震いした。ふたりのどちらかを選ばねばならぬようなことが起きなければよいが……。

エイズリーが甘い眠りに落ちかけていたとき、だれかが主寝室の扉を叩いた。横でピアズが起きあがり、セシルに入ってこいと怒鳴った。エイズリーは慌てて上掛けを引っ張った。体裁などまるでかまわない夫と違って、彼女はいまでも、真っ昼間から寝台にいるところを召使いに見られるのは恥ずかしかった。

「お館《やかた》さま、ベルブライより書状がまいりました」

いつものごとく落ちつき払ったセシルが言った。

エイズリーは驚いて顔をあげた。ニコラスはベルブライの領主になって以来、一度も文をよこしたことがない。兄はもともと、ことばでなにかを伝えるのが苦手なたちだ。おまけにあのような喧嘩《けんか》別れをしたあとだけに、兄がなにか言ってくるとは思ってもみなかった。よほどのことがあったに違いない。

エイズリーはひどくうろたえた。

「ピアズ」エイズリーはつぶやいた。心が自然に夫の支えを求めている。目をあげると、すでにセシルの姿はなく、ピアズが書状をさし出してきた。エイズリーは封を破ると、文面に目を走らせた。不安は的中した。

「ベルブライで病がはやったんだわ！」すがりつくように夫の顔を見る。ピアズは寝台に腰をおろすと、無言で妻を力づけた。エイズリーは気持ちを強く持って、さきを読んだ。「オズボーンが死んだなんて！　よい召使いだったのに。村人も何人か死んだそうよ。イーディスとジリアンもかかったけれど、ふたりは治ったわ」

悪い知らせはもうこのくらいだろうと、エイズリーはほっとした。しかし、続く兄のことばに愕然《がくぜん》とした。

「ああ、ピアズ、ジリアンは体が弱いから子どもを産めないだろうって、兄が心配しているわ。だから、子どもができなくなるような薬湯の作り方を教えてくれですって！」エイズリーはすっかり動転して夫のほうを見た。

「よほど悪い病がはやったのだな。あれほど丈夫で元気なジリアンが、そのようになるとは……」

「すぐ行きましょう。ジリアンがまだ起きられないようだったらたいへんだわ。わたしならなんとかできるかもしれない」

ピアズの青い瞳が色濃く陰った。「だが、旅をするにはもはや季節はずれだ。このように天候が変わりやすいときに、シビルは連れていけない」

エイズリーは心を決めかね、下唇をかんだ。たしかにピアズの言うとおりだ。東からの風に乗っていつ雪が舞うともしれぬ冬空のもとに、赤ん坊を連れ出すわけにはいかぬ。だからといって、赤ん坊を置いていくのもいやだ。エイズリーはふたたび顔をあげた。「あなた、行ってくださる？」

ピアズは小声で毒づいた。「おまえの兄は好かぬのだがな」

「わかっているわ」

ピアズは立ちあがった。とたんに愛犬のカスターとポルクスが足にまといついてくる。「それにしても、ニコラスの妻が寝たきりとは、どうしても信じられん！　おまえたち、ド・レーシの家の者は、どうも薬草に頼りすぎるぞ」

エイズリーは夫の目をまっすぐに見つめ返した。なんの話か、よくわかっている。エイズリーが村の薬草使いのところへ行ったときのことを言っているのだ。あのとき彼女は、ピアズに愛の魔法をかけられたと思い込み、その魔法を解くべく、薬草使いから薬をもらってきた。あとになって、やはり飲まないことにしたのだが、結局、口に入ってしまい、ひどく腹をこわしたというわけだ。

「ピアズ、あの兄がわたしに頼んでくるからには、よほど深刻な事態なのよ」

妻のことばに、ピアズは難しい顔をして考え込んだ。「だがこの前話したとき、おまえの兄は、ヘクサムの血を引く跡取りなど絶対に作らぬといきまいていたぞ」ピアズはじゃれついてくる犬には目もくれず、険しい表情になった。「跡取りはいらぬが、妻は抱きたい。そんなところではないか？」

エイズリーは思わず唇をかんだ。兄との喧嘩の原因がなんであったのか、ピアズはついに話してくれなかったが、そのようなことではないかと想像はついていた。男気のある夫のことだ。おそらくジリアンの名誉を守ろうとしたのだろう。一方のニコラスは他人の口出しが我慢ならない。それも、復讐《ふくしゅう》のことと なるとなおさらだ。

「兄はわたしに文をくれたのよ」エイズリーは静かに言った。「それを頭から無視することはできないわ」理由はなんであれ、あのニコラスが喧嘩をしているにもかかわらず助けを求めてきたのは、なにかよほどのことがあったのだろう。

ピアズは苦虫をかみつぶしたような顔だ。「あの男が知りたがっているのは、神の教えに背くようなことなのだぞ。おまえ、ほんとうにそのような薬を知っているのか？」

エイズリーは夫の非難がましい視線にもひるまなかった。この世に子どもが欲しくない人間などいるわけがないと、ピアズは思っているのだ。しかし、女はじっさいにお産で命を落とすことがある。「古い言い伝えだけれど、男が子どもを作れなくなるという薬草があるわ。でも、作り方を教えるのは、この目でジリアンの様子を見てからよ」

ピアズはじつに不機嫌な顔になった。「おれの目で見てからだろう?」

18

ホーイスの滞在が決まると、ニコラスは一応矛をおさめたものの、ジリアンは気が休まらなかった。家族は欲しくて欲しくてたまらないが、ときどき、いっそこのまま兄が去っていってくれないかと思ってしまう。そうすれば以前の、あるていどは平和な日常を取り戻せるかもしれない。しかし、それはわがままだと感じることもある。そのようなときは自分のことばかりでなく、ホーイスの身の安全を考えることにした。夫の怒りが爆発する前に、ベルブライから出ていってくれと、彼女はなんど兄に頼みそうになったことだろう。

ニコラスが兄の滞在をいやがっているからだ。表面は無愛想なものの、夫も礼儀だけは守っていた。しかし、ほんとうははらわたが煮えくり返っているのだ。ジリアンにはそれがよくわかった。ニコラスは城のなかでホーイスに出くわすたびに、冷たい怒りに目をつりあげていた。そして、こわばったその体に激しい感情がみなぎるのを、ジリアンはひしひしと感じた。ホーイスが現れたために、宿敵の血縁にたいするニコラスの憎悪がよみがえってしまったのだ。ジリアンはその憎しみを直接向けられているわけではないが、それでも心が痛んだ。たしかにいまはまだ、夫もホーイスに指一本触れていない。しかし、彼女は不安で落ちつかなかった。

心ならずもジリアンは、夫と兄のあいだで板挟みになっていた。ニコラスは妻が兄とふたりきりで会うのを禁じはしなかったが、兄妹が一緒のときは、いつも黒い影のようにつきまとった。

ジリアンはため息を押し殺した。彼女とニコラスはただでさえ、まだ完全に信じ合っているわけではなく、気持ちが対立するのもしょっちゅうだ。それでも、たがいにずいぶん慣れてきた。そこへ兄の出現で夫婦仲が逆戻りしてしまい、いらだたしいことこのうえなかった。それでも夜は、ふたりとも気持ちを抑えることなく存分に愛し合えるからいい。しかし昼間は、あたりの空気が張りつめる。とくにきょうのように、天候が荒れて外に出られず、三人で家族室に閉じこもっているような場合はなおさらだ。

ジリアンはこのような張りつめた静寂にだんだんたえられなくなってきた。ホーイスはやさしく寡黙だった。モリソン男爵のもとで騎士として仕えていたときのことはとつとつと話してくれるのだが、それ以前のことになるとほとんど口を開かない。ジリアンが両親のことを持ち出したときなど、暗い顔でむっつりと黙り込んでしまう。話すのがよほどつらいのだ。ジリアンはそう解釈した。

ニコラスはいくら水を向けてもめったに会話に加わってこないので、静まり返った場をとりつくろうのはいつもジリアンだった。そのたびに夫にひどくにらまれたが、彼女はベルブライのことをしゃべり続けた。ときには尼僧院での暮らしにも触れた。しかし一週間もすると、話すことがつきてしまった。

そのようなわけでいま聞こえているのは、暖炉の薪《まき》がはぜる音と降りしきる雨の音だけだった。そのとき突然、ホーイスが口を開いた。驚いたジリアンは針で指を刺してしまい、思わずニコラスの口癖ののしりことばが出そうになる。ジリアンは血の出た指を口へ持っていくと、兄のことばに耳を傾けた。

「雨がやんだようだ」ホーイスが言う。天候は数少ない無難な話題のひとつだ。

「あら、そう？」またしても始まった空模様の話題に、ジリアンは精いっぱいの興味を示した。

窓辺に座っていたホーイスが急に振り向いて言った。「ジリアン、馬に乗らないか？　地面もまだあまりぬかるんでいないはずだから」

息のつまりそうな城から抜け出せると思うと、ジリアンの胸は躍った。しかし彼女がこたえるよりさきに、横からニコラスが口を出した。

「外は寒くてじめじめしているから、ジリアンは出ぬほうがよい」ニコラスは暖炉の火の前で肘掛けつきの長椅子に座っていたが、ひどく険悪な顔つきで、ジリアンのように落ちつきなくいらいらしている。彼はホーイスをにらみつけた。まるで、妻を殺す気かと言いたげな目だ。

しかし、ホーイスはぞっとするような目でにらまれようと、つっけんどんな返事をもらおうと、落ちついたものだった。いつもそうなのだ。どうして平気な顔をしていられるのだろう？　ジリアンには不思議だった。兄は父親と同じ黒髪だから、赤毛だった母の激しい気性は受け継がなかったのかもしれない。ホーイスはニコラスの嫌みにもまるで動じず、挑発されてもけっして口ごたえはしなかった。ジリアンは穏やかならざる自分の感情を必死で抑えようとする一方、平然としている兄に感心した。

「では、ニコラス、あなたは？　一緒に行きませんか？」ホーイスはあくまでも礼儀正しい。

「ベルブライの領地はもう充分に見ただろう？」ニコラスはぶつぶつ言った。

「では、もっとさきへ行きましょうよ」ホーイスはふたたび窓のほうに向くと、うしろで手を組んで外を眺めた。「一度、伯父の領地も見てみたいし」

兄が夫の宿敵のことを持ち出したので、ジリアンは思わず縫い物を膝の上に落としてしまった。不安になって横を見ると、夫は急に活気が戻ったようだった。

「どうしてだ？」ニコラスが問いただす。

「見たっていいじゃないですか」ホーイスはさらりとかわした。「本来、ぼくのものになるべき土地ですからね」

「いや」ニコラスが低くうなるように言う。「あそこはおれのものだ」

しかし、所有欲むき出しの激しいその口調も、ホーイスには通じないようだ。「婚姻によって、あそこがジリアンからあなたの手にわたったというのはわかります。そのときは男子の相続人がいなかったのですからね。だが、こうしてぼくが戻ってきたからには……。あなただって、そうやってベルブライを相続したのでしょう？」

「それとこれとでは事情が違うわ」夫が怒りだす前に、ジリアンは慌てて口をはさんだ。「ピアズはベルブライを正式に自分のものにはしないで、ニコラスが戻ったときにド・レーシ家に返したの。それにひきかえヘクサムの土地のほうは、伯父さまがベルブライに戦をしかけて敗れたために、生前からすでに処分が問題になっていたのよ」

あの土地に執着するのは愚かなうえに危険なことだ。ジリアンはそのことをなんとか兄にわからせようとしたが、ホーイスはあいかわらず平然としている。「ぼくには関係のないことに思えるがね」

ジリアンは兄は頭が鈍いのではないかと思った。それとも、ニコラスの哀れみを期待しているのかしら？　それはするだけむだなのに。ジリアンは夫の顔をちらりと見て思った。じっさいニコラスは、いまここでホーイスを打ち倒したくてうずうずしているといった様子だ。彼は恐怖に目を見開いているジリアンの前で、椅子から飛びあがった。

「ヘクサムの甥《おい》よ、ここへ来たのはそれが目的だな？　ほんとうはジリアンに会いたかったのではなく、伯父の領地をかぎまわりに来たのだろう？　ヘクサムのところにいた雑種の猟犬と同じではないか。長年妹をほうっておきながら、遺産のことを耳にしたとたん、舞い戻ってくるのだからな」

「ニコラス――」ジリアンは口をはさもうとしたが、ぞっとするような怒りのまなざしでさえぎられてしまった。

「妹がおれのような男に嫁いでも、平気な顔をして見ていられるのだから、そうとうの冷血漢だな！」

「ほう」ホーイスは組んでいた手をおろすとニコラスのほうを向いたが、相手の視線にひるみもしなかった。「人のことを言えるんですか？　わたしには帰ってこられない事情があった。だが、あなたはどうです？　自分の妹が〝赤い騎士〟のところへ嫁ぐはめになったとき、なぜベルブライに帰ってこなかったのですか？　相手はだれよりも悪評高い男ですよ」

ジリアンはあっと息をのみ、兄を黙らせようと椅子から立ちかけた。しかし、もう遅すぎた。ニコラスはまるで芯《しん》まで揺さぶられた樫《かし》の木のごとくぐらりと揺らぐと、顔面が蒼白になった。一瞬、寝室のなかだけで見せる地の顔がのぞいた。無防備で人間らしいときの顔……。だが、ニコラスはすぐにわれを取り戻し、たちまち冷たく険しい顔になった。彼は腰の短剣に手をかけ、ホーイスを脅すように前へ踏み出した。

「もう、よい！　おまえに残された遺産はおれの復《ふく》讐《しゅう》だけだ。本来なら伯父の罪でおまえを殺すところを、妻のために生かしておいてやったのだ。おれの忍耐を試すようなことはするな。あの土地は国王から与えられたものだ。もはや手放さぬぞ。それでも相続を主張するなら、おまえを敵とみなす！」ニコラスはさらににじり寄った。黙り込んだホーイスを殺しかねない様子だ。「さあ、どうする？」

ジリアンはホーイスがこたえる前に、ふたりのあいだに割って入ろうとした。ところが急に息ができなくなり、ふらふらと倒れそうになってしまった。

ニコラスは苦しそうにあえぐ声を聞いてさっと妻のほうを見た。とたんに彼の険しい顔から怒りが引いていく。ニコラスはジリアンのそばへ駆け寄った。

「息をしろ、ジリアン！」彼は叫ぶと、がっしりした腕で妻を支え、ふたたび椅子に座らせた。猛《たけ》々《だけ》しい夫が、心配のあまり顔をひきつらせている。そう思うと、ジリアンは胸が締めつけられたが、夫のざらりとした手で撫《な》でてもらっているうちに、しだいに緊張がほぐれていった。ニコラスは妻の頬に触れ、腕を撫でおろし、最後に手を握った。「さあ、もうなんでもないぞ。心配するな」もちろん、なんでもないわけはない。しかし、夫のやさしい声になだめられて、ジリアンはふつうに息ができるようになった。これができるのはニコラスだけだ。

「どうした？　発作か？」ホーイスが訊《き》いた。

ジリアンは目をぱちくりさせた。兄がいるのをすっかり忘れていた。横でニコラスの目つきが鋭くなる。彼は妻の手を握って椅子の前にひざまずいたままホーイスのほうを見た。

「妹の持病を知らぬとは、おかしいではないか？」うわべは穏やかな口調だ。

ホーイスはあいかわらず腹をたてもしない。「大きくなってからの持病ではないかな。どうだ、ジリアン？」

ジリアンは覚えていなかった。ホーイスが里子に出されたとき、ジリアンはまだ小さく、彼自身もまだ子どもだったのだ。「きっと、そうね」せっかく和らいだ家族室の雰囲気を壊したくなくて、ジリアンはそうこたえた。このときばかりは、彼女も自分の持病に感謝した。なにしろ、息苦しくなったおかげで、兄の命が助かったのかもしれないのだ。

しかし、ホーイスは妹を案じていて、ほっとした顔はしていない。自分の身の危険はまるで感じていないらしい。どうして落ちついていられるのだろう？　ニコラスが危険だというのがわからないの？

「もう大丈夫かい？」ホーイスが心配そうに訊いてくる。「イーディスを呼んでこよう。あの女ならどうすればよいかわかるだろう」

ほんとうに治せるのは夫だけなのだが、ジリアンは黙って兄を行かせた。夫と兄が一緒の部屋にいるかぎり、ほっとできないからだ。やがてイーディスが慌ただしく入ってきて、ニコラスは立ちあがった。

「兄にまだなにか言うつもり？」ジリアンはふたたび不安になった。

ニコラスはため息をついた。「いや。だが、どちらにするか、近いうちにはっきりさせてもらう」

ジリアンはうなずいた。きょうこのようなことがあったのだから、ホーイスだって、伯父の領地に執着するのは危険だとわかったはずだ。ふたりきりで話す機会があれば、あきらめるようにうまく説得できるかもしれない。でも、いつ、どうやって？　ジリアンは急に、どうしてよいかわからなくなり、激しい疲労感を覚えた。もはやニコラスが出ていくのを引きとめる元気もなく、彼女はイーディスにされるがままにおとなしく台の上に足をあげた。

そして、ほんの少しだけ目をつぶったつもりだったが、目を開けると、すでに午後の日が傾いていた。窓から斜めにさし込む日の光が、櫃《ひつ》の上にかけた厚みのある美しいつづれ織りを照らしている。ジリアンはぼうっとした頭を振って、目をしばたたきながらイーディスを見た。老いた召使いは肘つきの長椅子に座り、なんと満面に笑みを浮かべているではないか。

「おめでとうございます、ジリアンさま」イーディスの突飛な言動にはもはや慣れていたつもりだったが、ジリアンはなんのことだかまったくわからなかった。

「なにが?」

イーディスはうれしくてたまらないといった様子で、両手を振りあげた。「お昼寝なすったじゃないですか!」

ジリアンはうろたえて、ゆっくりうなずいた。たしかにふだん彼女は昼寝などしなかった。しかし、それがどうしてめでたいのだろう? このようなイーディスの様子もまったく不可解だ。

イーディスはしまりなくにやにやしながら、こたえを期待するように身を乗り出した。しかし、ジリアンが黙り込んでいるので、こんどはけらけらと笑いだした。「それに月のものもなかったでしょう?」

あからさまに言われて、ジリアンは赤くなった。それにしても、月経が遅れていることをどうして知っているのだろう?「この前いつあったか、わざわざ覚えていてくれたの?」ジリアンはうさんくさそうに召使いの顔を見た。

イーディスは返事をとりつくろうともしない。

か？」

「もちろん！　ジリアンさまは覚えてないんですか？」

「だって、わたしは――」ジリアンは言いかけて口をつぐんだ。子どもが欲しいなら、そういうことに気をつかうべきなのはよくわかっている。しかし、日数を数えることまでは思いつかなかった。兄の出現にすっかり気を取られていたのだ。ジリアンはゆっくりと顔をあげた。イーディスの言わんとしていることを、信じてもよいのだろうか？「ほんとにそうだと思う？」

イーディスは興奮ぎみにうなずいた。「ええ、思いますとも」

ジリアンは不思議な気持ちで自分のおなかを見おろした。このなかにニコラスの跡継ぎがいるの？

ジリアンは自分の子がもたらすものの大きさを思って、笑みを浮かべながらも目をうるませた。

ド・レーシとヘクサムの血を引くこの小さな命が、両家の宿怨《しゆくえん》に終止符を打ってくれますように……。

ジリアンは心のなかで熱く願った。

ニコラスは荒い息をしている馬を馬丁にわたすと、大股《おおまた》で大広間へ向かった。ついいましがたホーイスのあとをつけてかつてのヘクサムの領地との境まで行き、そこから大急ぎで戻ってきたのだ。そこで引き返さなかったら、あの男ののどを切り裂きかねなかったからだ。

背信。策略。どれもヘクサム家の気質だ。それがホーイスにもしっかりと受け継がれているはずだ。あの男はベルブライに滞在しているのをよいことに、おれから領地を横取りしようと企《たくら》んでいるのだ。心の腐ったよこしまなやつめ！　ニコラスはいらだたしげに大広間を突っ切ると、階段をのぼって家族室へ向かった。決心したと、ジリアンに告げるつもりだった。

ホーイスはベルブライから立ち去らせる。毒蛇をいつまでもわが家に置いておくつもりはなかった。ホーイスが伯父の領地から戻りしだい、荷物をまとめて出ていかせよう。命があるだけありがたいと思うことだ。そして、今後ベルブライに一歩でも足を踏み入れたら、そのときは容赦せぬ。ニコラスは怒りにこぶしを固く握り締めて、家族室に踏み込んだ。そして、椅子から立ちあがった妻を見たとたん、はっと足を止めた。

「ニコラス」ジリアンがささやいた。さきほどとはどこか違っていた。張りつめていたものが和らいで、穏やかな感じがする。口もとにはやさしい笑みが漂い、その瞳にはあこがれが満ちて、新しい光が宿っている。

　ニコラスはなかに入ると扉を閉めた。この妻の変わりよう……留守中なにがあったのだろう？　さっきまで苦しそうにあえいでいたのが、いまはまばゆいばかりに輝いている。こんどはニコラスのほうが息が止まりそうだった。「どうした？　なにがあったのだ？」

　ジリアンはこれまで見せたことのないしぐさで腹の前をさわりながら、しずしずと前に出てきた。

「イーディスが言うには……たぶん……まだ、たしかではないのだけれど、ひょっとしたら……」

　口ごもるジリアンの様子に、ニコラスははっとした。もう赤ん坊ができたのか？　ニコラスは愕然《がくぜん》とした。子どもができたということは、もはやおれの手ではどうにもならぬということだ。

「家族ができるのよ、ニコラス」ジリアンが静かに言い、ニコラスはふたたび彼女の顔を見た。夫にどう思われるか不安なのだろう。心配そうにこちらの顔色をうかがっている。そんな妻の表情を見た瞬間、ニコラスはおのれの不安など忘れることにした。これまで穏やかな感情に無縁だったニコラスは、しあわせというものにはまるで関心がなかった。しかしいま、妻の目にはしあわせがあふれており、それがニコラスの心の奥に触れた。まるで、ジリアンがしあわせを吹き込んできているかのようだった。

べつに不思議なことではあるまい。ジリアンはからっぽだったニコラスの心を満たしてくれたのだ。生気と、ぬくもりと、そのほか夢にも思わなかったような、とらえどころのない感情で彼を満たしてくれたのだ。家族を夢見るのも、それほど愚かなことではないのかもしれぬ。妻の体に害がおよばぬかぎり、せいぜい望みをかなえてやるとしよう。「体は大丈夫か?」ニコラスはぶっきらぼうに訊いた。

ジリアンは笑っている。低くかすれたその声は、夜の寝室で聞く声にそっくりだった。ニコラスは窮屈そうに身じろぎした。「わたしは大丈夫。もう怖がらないで。それよりお祝いしたい気分よ!」

そう言うと、ジリアンは夫が止める間もなく、両手を広げてくるくると回り始めた。まるで世界を抱き締めているみたいだ。すっかり舞いあがった妻の様子に、ニコラスは眉をひそめ、やめさせようとした。しかし、ジリアンは夫の手をするりとかわす。その拍子に、まるまるとしたクッションがいくつか床の敷物の上に落ちた。

「危ない!」ニコラスが声をあげたが、夫の注意を聞くような妻ではない。ジリアンは分厚い敷物の上にどさっと腰をおろすと、食い入るような目で敷物を見つめた。

「これほどきれいな敷物は、いままで見たことがないわ」ジリアンはつぶやきながら、ふかふかとけばだった表面をそっと撫でた。とたんにニコラスはまたしても夜の寝室を思い浮かべた。

「東方へ行けば、どこにでも敷いてある」

「ああ、東方ね」ジリアンはささやいた。そして、思わず体が熱くなるようななまめかしい流し目を送りながら、落ちたクッションの上に寝そべった。

「東方で覚えてきた愛の技を、わたしに教えて」

愛の技？　ニコラスは笑った。そのようなものを知るわけがなかった。男女の睦《むつ》みごとは、これまでのニコラスにとってはたんなる情欲のはけ口だった。女を喜ばせるための工夫などしたことがない。ジリアンと会うまでは……。「そのようなことは、世界じゅうどこでも同じだと思うがな」

とたんにジリアンががっかりした顔になる。「なにかないの？……異国ふうで……わたしたちにもできるような、なにか……」彼女は吐息がこぼれるような声でささやき、その目には見まがいようのない光がたたえられていた。尼僧の衣をつけていたときには想像もつかない表情だ。

ニコラスはすっかり愉快になってにやりとした。しかし、ジリアンはにこりともしない。どうやら本気らしい。だが、ニコラスは昼日中にそのようなことをした経験がなかった。板戸が半開きになった窓からは、午後の光がさし込んでいる。外へ行けば、まだまだやることが残っているのだ。わずらわしいホーイスの問題もある。しかし、魅惑的な姿で寝そべっているジリアンの姿を見たとたん、ほかのことはどうでもよくなってしまった。

ニコラスはいますぐ妻を抱きたかった。妻と子どもをわがものにし、妻のことしか考えられなくなるまで激しい抱擁をくり返したかった。ニコラスはそう考えるだけで熱くなった。いますぐにでも抱けそうだ。彼は一歩前に近づき、ふと立ち止まった。

ジリアンはなにか変わったことをしたがっている。ニコラスは東方で見知った習慣を思い出そうと、欲望でぼうっとしながらも必死で考え、やがてにやりとした。「体の毛をぜんぶ剃《そ》ってみるか？」

「いやよ！」ジリアンのぞっとしたような顔を見て、ニコラスは声をあげて笑った。以前なら考えられぬことだが、近ごろはこうして笑うことが多くなった。まったく、ジリアンにはいらいらさせられ、笑わされ、そしてわくわくさせられてばかりだった。

そのジリアンがいまは期待のまなざしを向けている。これでは、なにか考えなくてはなるまい。愛の冒険といえば、ダリウスだ。あの男は性愛の達人を自称している。そこでニコラスはあのシリア男から聞いた話を思い出そうとした。

「蜂蜜《はちみつ》を」唐突に彼は言った。「おまえの体にたらたらと流して、おれがなめるのだ」

ジリアンが眉をひそめる。「べたべたするわ」

「つぶした果物は?」

「汚くなるからいや」

「葡萄《ぶどう》酒は?」

ジリアンは首を振った。「酒樽《さかだる》のようなにおいになるからいやよ」

ニコラスはにっと笑った。まったく似た者夫婦だな。じつはニコラスもあまり乗り気ではなかったのだ。異国ふうのお楽しみには、あまり興味がなかった。

「まあ、よい。おまえの肌は風味をつけずとも、そのままで充分に美味だからな」

ジリアンは赤くなった。「ほんとうにそう思う?」息をはずませながら訊き返す。「わたしもあなたの舌の感触が好きよ……風味がついていなくてもね」

彼女は自分で言いながら白い肌をますます赤く染めていたが、それでも目をそらそうとはしなかった。

そうだ! ジリアンは自分がなにをせがんでいるか、わかっているのか? いや、おそらくわかってはいまい。だが、ニコラスは妻の唇に愛撫《あいぶ》されたときの、すさまじい快感を思い出していた。ジリアンもあれと同じ快感を味わうことができるはずだ。

ニコラスはなめるような視線で妻の体を眺め、やがて下腹部をじっと見つめた。とたんに息づかいが浅く激しくなる。いままでその愛撫をしたことはなかった。一度もしたいとは思わなかった。だがいまは、熱くほてった妻の秘めやかな場所に口づけすることを考えただけで、なんともそそられてくる。ニコラスはふたたびジリアンの顔を見た。彼女は目を大きく見開いて、身震いした。「なに?」

「これだ」ニコラスはこたえると、妻の前にひざまずいた。そして彼がほっそりとしたくるぶしをつかんだとたん、ジリアンがあっと息をのんだ。ニコラスはそこから長靴下に包まれた脚を撫であげ、むき出しのなめらかな太股《ふともも》に触れた。さらに邪魔なローブと肌着を一緒に腰の上まで押しあげる。すると、赤い巻き毛が目の前に現れた。

いままでに何度もそこを愛撫したことはあるが、こうして白日のもとで見るのははじめてだった。ニコラスは思わず心を惹《ひ》かれ、すっかりとりこになってしまった。彼はジリアンの脚を開くと、白くて柔らかな太股にほおずりをした。

「ニコラス」ジリアンが呼ぶ。ニコラスはふたたび顔をあげた。ジリアンは胸のふくらみを激しく上下させて、荒い息をしていた。唇はうっすらと開き、目はきらめきながらも、少し不安げだ。ジリアンは自信なさそうな顔をしているが、ニコラスのほうはかつてなかったほどの確信を感じていた。突然、どうしてもそこを愛撫せずにはいられなくなった。妻の味を知らずにはいられなくなった。

ニコラスはジリアンの太股をそっと撫でると、大きく脚を開いて、赤い巻き毛に口づけをした。

19

ニコラスはいらいらと妻の名を呼びながら大広間に入っていった。どうしていつも夫の帰りを出迎えないのだ？　きのうは晩秋の嵐《あらし》がこの地方を襲い、木々をなぎ倒して農奴の小屋をひとつ壊していった。ニコラスはいまその被害の状況を見てきたところで、あまり機嫌がよくなかった。とりあえず雨はやんだが、裏の川は水かさが増している。いまも家臣を川沿いにやって、危険がないかどうか調べさせているところだ。

外から戻ってきたニコラスは、寒くて腹が減っていた。おまけに妻の姿が見あたらない。もう一度名を呼ぼうと口を開きかけたとき、向こうからふさいだ顔をしたローランドがやってきた。「あれはどこへ行った？」ニコラスは不機嫌に怒鳴った。

「奥方さまは兄ぎみとともに、馬でお出かけになったようです」召使いがこたえる。

「なんだと？　このような日にか？」ニコラスは腹だたしくこぶしを握った。ふつうの体ではないのだから、乗馬などしてほしくなかった。とくにきょうは嵐が過ぎたあとで、外は危険だ。そもそもあの兄がいけないのだ！　やはりホーイスは、一週間前に追い出すべきだった。伯父の領地が欲しいと言いだした、あのときに……。

しかし、ジリアンになんだかんだとうまくなだめられてしまった。おまけにホーイスはあれきり領地のことを口にしなくなり、ニコラスも妻の懐妊で寛大な気分になっていた。それであの男の滞在を許してしまったのだ。あれ以来、ニコラスは後悔の毎日だった。しかし、いまほど悔やんだことはない。このような寒い日に、ジリアンは外に出るべきではないのだ。そればかりか、きょうはまだ地面がぬかるんでおり、水を含んだ草が凍りついて非常に危険な場所もある。

　ニコラスはきびすを返して、すぐにもふたりのあとを追いかけようとした。しかし、ローランドが咳《せき》払《ばら》いをして引き止めた。「お館《やかた》さま、もうひとつ申しあげたいことが……」

「なんだ？」ニコラスは気短に問いただした。

　主《あるじ》の短気にはもはや慣れているローランドは、ひるみもせずに暖炉のほうを指さした。「お客人です」そのくせ用件を言い終わると、主に断りもなくさっさとその場から逃げ出していった。

　ニコラスがじろりと目をやると、背の高い大男が暖炉の前で火に手をかざしていた。そばには見張りの家臣がひとりも立っていない。くそっ！　身重の妻は凍《い》てついた野原を馬で駆けまわり、城のなかではどこの馬の骨とも知れぬやからが自由に歩きまわっている。このつぎはなんだ？　ニコラスは忍耐の緒がすり切れそうだった。

　低い声で毒づきながら、そちらへ行こうとしたとき、男が振り向いた。体格の立派な、なじみのある顔を見て、ニコラスはぎょっとなった。ピアズ・モンモランシーがなぜいるのだ？

　ニコラスは一瞬、エイズリーと子どものことを考えた。あのふたりはどこだ？　ピアズはなにか悪い知らせを持ってきたのか？「妹は？」ニコラスは鋭い口調で問いただした。

「元気だ」ピアズはその問いに少し驚いたようだった。「きょうはエイズリーの使いで来たのだ」

〝赤い騎士〟の静かなことばのあと、ふたりのあいだに沈黙が広がった。空気が張りつめていくのがニコラスにもよくわかる。先日まさにこの場所で殴り合いをしたあと、喧嘩《けんか》別れしたままになっていたのだ。それなのに、なぜふたたびベルブライへ来たのだろう？

そんなニコラスの心を読んだのか、ピアズはなんでも見すかしそうな澄んだ青い瞳でじっと見て言った。「エイズリーがおまえからの手紙を読んで、ふたりのことを心配している」

ニコラスは自分でも顔の赤くなるのがわかり、思わずピアズから目をそらした。書状を書いたことも、その内容も、いままですっかり忘れていた。「病は去った。万事もとどおりだ」

「それはよかった」ピアズが言う。「で、奥方は？」

「元気だ」ニコラスはぼそっとこたえた。

「そうだろうと思った」ピアズはそう言うとふたたび暖炉のほうを向いて手をこすり合わせた。それを見て、ニコラスははっと気がついた。〝赤い騎士〟はここへ来る途中嵐にあったに違いない。わざとではないとはいえ、自分のせいでピアズに迷惑をかけてしまったのを、ニコラスはちょっぴりすまなく思った。「ジリアンが馬で出かけるのを、中庭で見かけたが、挨拶《あいさつ》はしなかった。まず、おまえに会ってからだと思ったのでな」

ニコラスはうなずいた。この前は喧嘩別れだっただけに、ピアズがそう考えるのもむりはない。だが、ニコラスはもはや殴り合いのことなどほとんど忘れていた。やはり、ここは自分から謝るべきだろう。しかしいまは、ゆっくり謝罪しているような気分ではなかった。

「ジリアンは元気で楽しそうに見えたぞ」さきを促すような口調で、ピアズが言った。彼はまるで隠された真実を求めるかのようにじろじろとニコラスを見つめている。そこでニコラスは打ち明けた。

「じつは子どもができたのだ」

ピアズは一瞬驚いたような顔をしたが、すぐに満面の笑みになった。「それは、おめでとう」

ニコラスは面倒くさそうにうなずいた。「ジリアンがこのまま元気なら、めでたい話なのだが……。無事にすむのを願うばかりだ」

ふたたびピアズが意外そうな顔をする。だが、すぐに笑みを浮かべた。「うまくいく。大丈夫だ。だが、心配なら、城のなかへ連れ戻したほうがよいかもしれぬ。ここへ来る道もぬかるんですべりやすかった。場所によっては水があふれているぞ」

ニコラスは激しく毒づいた。「おれなら乗馬には行かせぬのだが、留守のすきに、あの男が誘い出したのだろう」

「あの男？　ジリアンと一緒にいた男か？」ピアズはふと口をつぐみ、あごを撫《な》でながら考え込んだ。「あの顔、見たことがある。だが、いつどこで見たのかが思い出せぬ」

ニコラスはすでにきびすを返して扉のほうへ向かっていた。しかし、ピアズのことばが耳に入ったとたん、ぱっと立ち止まった。「どういうことだ？」

「思い出したぞ！　境界地方で見たのだ。あの男、ある騎士の従者をしていたのだが、大失態をやらかして追放された。それがなぜここにいるのだ？」

ニコラスは胃が締めつけられるような感じに一瞬吐き気を覚えた。「たしかか？　ここへはべつの者としてやってきているのだぞ」

「そばで見たわけではないが、間違いない」ピアズはゆっくりこたえた。「黒髪に黒い目、中肉中背。たしか、スイザンという名だったと思う。追放のことはよく覚えているぞ。あの男が従者の務めを怠り、鞍帯《くらおび》をしっかり締めておかなかったために、主が戦の途中で落馬して死んだのだ。殺されずに追放だけですむとは、運のよいやつだ。ふつう兵士というのは、そういったことに容赦がないからな」どうやらニコラスの不安が顔に出たらしい。ピアズが前へ出てきて彼の腕をつかんだ。「なんだ？　どうしたのだ？」激しく問いつめる。

ニコラスはすぐにはこたえることができなかった。ホーイスにたいするいくつもの疑惑がそれぞれぴったりとはまって、一枚の絵のように見えてきた。妹のところへ来るのにこれほど時間がかかったのはなぜか？　それは、ほんとうの兄ではないからだ。ジリアンのことをこまかく訊《き》きまわっていた黒髪の男というのは、ホーイスに間違いない。兄になりすますために、できるだけたくさんの情報が必要だったのだ。それでも調べきれなかったことがある。たとえば、ジリアンは緊張すると息ができなくなるという癖のこと。

だが、なぜジリアンの兄になりすましたのだろう？　こたえはじつに簡単で、じつに不快だ。ヘクサムの土地はそれなりに豊かだった。あそこなら主を失った従者のみならず、いかなる騎士でも食指が動こうというものだ。そして、ホーイスがその土地を手に入れるのに邪魔なのがニコラスと……ジリアンだ。

ジリアンは馬を駆ってホーイスのあとを追ったが、高台の斜面を登るのはきつかった。ニコラスが知ったら、さぞいやな顔をすることだろう。ジリアンは少しばかりうしろめたくなった。遠乗りに誘われて出てきたのは、ようやくホーイスとふたりで話ができると思ったからだ。彼女は伯父の領地をあきらめるよう、なんとしても兄を説得したかったのだ。

ところがいまだに、そのようなつらい話題を持ち出すどころか、ろくに話もできないありさまだ。風は冷たく、地面はぬかるんですべりやすいというのに、ホーイスはおしゃべりよりも馬を飛ばしていたいらしい。

ジリアンは顔をあげて前方を見た。丘のてっぺんは小さな谷になっていて、下に川が流れている。どうやらホーイスはそこから、水かさの増した川を一望したいらしい。でも、なぜ自分まで引っ張ってくるのだろう？　さっぱりわからない。

ジリアンは思わず顔を曇らせた。ほんとうにそのとおりなのだ。再会して何週間もたつというのに、ジリアンはいまだに兄のことがよくわからない。どれほど努力してみても、妹としての愛情がわいてこないのだ。

そのうえどうしたことかジリアンは、温かくて親しみやすいホーイスよりも気性の荒い夫とともに過ごすほうが好きだった。ニコラスは気分屋で、威張り散らしてすぐ文句を言うが、一緒にいると絶対に退屈しない。彼とのあいだには、なにかいきいきとしたものが流れているような気がした。ときには怒らせ、ときには興奮させ、そしてときには熱くかき立てられて、ふたりはいつもたがいを刺激し合っているのだ。

ジリアンははっとわれに返ると、ふたたび前方に注意した。がくっと鞍がすべる。落馬してしまうかもしれない！　一瞬、恐怖を覚えたジリアンは、馬の腹を蹴ると最後のところを一気に駆《か》けのぼり、ほっと安堵《あんど》のため息をついた。振り返って、ぬかるんだ斜面を見ると、思わずぞっとなった。落馬などしたら、ただではすまなかっただろう。

ジリアンはあえぐように息を吸い込み、遠乗りの誘いにのった自分の思慮のなさを後悔した。このような高台は、軍馬に乗った男が来る場所だ。乗用馬で駆けあがるようなところではない。もはや自分のことだけでなく、おなかのややの安全も考えなくては。

「ホーイス」ジリアンは息も絶えだえに呼んだ。

「こっちだ！」思ったとおり、ホーイスは谷間をのぞき込んでいる。しかし、ジリアンは崖《がけ》っぷちに近づくつもりはなかった。いつ足もとがくずれて川に落ちるかわかったものではない。

ジリアンはその場でためらった。そのとき、左手の森から、馬に乗った男が飛び出してきた。そのまものすごい速さで斜面を駆けあがってくる。

ニコラスに違いない。ジリアンは気が重くなった。おそらく嫉妬《しっと》に怒り狂っていることだろう。妻がその兄と結託して領地のすべて——あるいは一部を、横取りしようと企《たくら》んでいるとかなんとか思い込んでいるに違いない。ニコラスは斜面を登りきると速度を落とし、ジリアンからさほど離れていないところで馬を止めた。そして落ちつきなく丘の上を見まわしている。なにやら警戒しているような様子だ。

ジリアンは不安になって夫の顔を見たが、怒りに燃えているわけではないらしい。顔面蒼白で、銀灰色の目が黒っぽく見えるほどだ。どこか具合が悪いのだろうか？　それとも、これもまた夫の新しい一面かしら？

「ジリアン、こっちへ来るのだ」ニコラスが言った。

いつになく感情的なその声に、ジリアンは驚いた。ホーイスとの遠出には、なにか深い意味でもあったのだろうか？　夫のくだらぬ嫉妬にいいかげんうんざりしていたジリアンは、はじめ無視しようとしたが、こわばった彼の表情を見てためらった。まるで恐怖に駆られたような顔だ。もちろん、そんなわけはない。ニコラスは怖いものなしなのだから。

「ジリアン、こっちだよ！」ホーイスが声をあげた。

「ジリアン、やつに近づくな」ニコラスが言う。

「こっちへ来い。さあ、早く」

ジリアンはうろたえてホーイスを見た。兄のほうが彼女に近い。ホーイスはいつものごとく、侮辱的なことを言うニコラスには目もくれず前へ進み出てきた。ジリアンは親しみやすい兄の顔と、近寄りがたい夫の顔を見くらべるうちに、はっと気がついた。もし、ふたりのうちどちらかを選べと言われたら、きっとニコラスを選ぶに違いない。

自分でも思いがけぬ決断に、ジリアンは目をしばたたいた。前からニコラスを愛してはいたものの、無条件で彼を信頼することはないと思っていたからだ。しかし、自分たち夫婦の絆《きずな》は、怒りよりも、復讐《ふくしゅう》よりも、大きくて力強いものだった。ジリアンは馬をニコラスのほうへ向けた。

そのとき急に音がした。ぎょっとなって顔をあげると、ホーイスがこちらへ突っ込んでくるのが見えた。ジリアンの乗っている小型の乗用馬が怯《おび》えて、横へ横へと踏み出していく。ジリアンはなんとか馬を落ちつかせようとした。だが、そのときふたたび鞍がずれた。あっと声が出る。しかし、危ういところで、ジリアンはいつのまにか横に現れたニコラスの腕に抱きかかえられた。

夫の膝に抱かれて、ジリアンは恐怖に目を見張った。ホーイスの大型馬が彼女の乗用馬を突き飛ばさんばかりの勢いで突っ込んできた瞬間、ニコラスの軍馬がさっとむこうへ飛び抜ける。ジリアンの馬はすべりやすい地面の上で踏ん張り、ようやく体勢を立てなおすことができた。ジリアンは思わず大きなため息をついた。あのまま乗っていたら、どうなっていただろう？　彼女の鞍はいまやがっくりと横にかしいで、ぶらさがっていた。

気がつくと、ニコラスは全身をこわばらせ、緊張の極に達していた。ジリアンは夫の片腕でぎゅっと抱きすくめられ、身動きすることもできなかった。ぴったりと触れ合った彼の胸から、激しい鼓動が伝わってくる。しかし、ニコラスはむっつりと黙り込んだまま、ホーイスから目を離さず、遠くまで馬をさがらせた。そしてようやく口を開いたとき、ジリアンは夫の口調に背筋が凍りついた。

「ジリアンと腹の赤ん坊を殺してしまえば、ヘクサムの土地が手に入りやすくなると思ったな？」

ジリアンは夫のことばに愕然《がくぜん》とし、あっと息をのんだが、ホーイスはにこりとしただけだった。

「あなたが来たせいで、ぼくの馬が怯えたんですよ。そんな大きな軍馬で突進してこられたら、どんな馬だってびっくりするでしょう？」

ジリアンは背筋が凍った。冷たい風のせいではない。どうして、ホーイスは謝ろうとしないの？　どうして、まずわたしのことを心配してくれないの？

「だが、それでは鞍の説明がつかぬ。そうではないか？」ニコラスが問い返す。夫は石のように固くこわばったまま、追及の手をゆるめようとはしなかった。「鞍帯に切り目を入れたのか？　それともゆるめたのか？　おまえは、ジリアンが自分から谷底へ落ちるように仕組んでいたのか？　それともおのれの手で突き落とすつもりだったのか？」

ジリアンは急に息苦しくなるのを感じたが、すぐそこまで迫っている恐怖に、なんとしても負けまいとした。ゆっくりと息を吐いて、息を吸う。自分のために、そして、ややのために。やがて平静を取り戻すと、彼女はようやく兄の顔を見ることができた。ホーイスはあいかわらずのんびりとした様子だ。なにも感じないのだろうか？　どうして違うと叫ばないの？

「いったいなんのことです？」ホーイスは口もとに薄ら笑いを浮かべてこたえた。冗談だとでも思っているのだろうか？

「おれが妻を殺されて復讐せぬと、本気で思っているのか？」

「そんなのは妄想ですよ」ホーイスが言う。

「いや、妄想を抱いているのはおまえのほうだ。おれの妻と子を殺して、領地を手に入れられると思っているのならな。芝居は終わりだ、スイザン。もう正体はばれたぞ」

このときはじめて、ホーイスの黒い瞳に一瞬なにかが浮かんだが、彼は平然として続けた。「証拠はないでしょう？」

「おまえがジリアンの兄でないことを証言できる男が、いまベルブライに来ている。おまえは意気地のない従者だったというではないか。おのれの怠慢で追放されたそうだな。それとも、いまジリアンにしたような方法で主を殺したのか？」

ホーイスは唇をなめたが、引きさがろうとはしなかった。「きっと人違いですよ」にやついた笑いを口もとに浮かべて言う。それからホーイスははめていた長手袋をひとつ取ると、ニコラスの軍馬の足もとにぽんと投げてよこした。ジリアンは唖然《あぜん》とした。

「ニコラス、あなたはぼくを侮辱した。すべて事実無根だ。だから、本来ぼくのものであるヘクサム家の土地を賭《か》けて、あなたに決闘を申し込む」

ジリアンは地面に落ちた手袋をじっと見つめ、恐怖に息をのんだ。いくら世間知らずでも、このような挑戦がなにを意味するかはわかっていた。決闘裁判。どちらか一方が死ぬまで続く決闘だ。

決闘などもってのほかだと、ジリアンは思った。そして、城じゅうに響きわたるような声をあげて夫婦喧嘩をした。ニコラスはホーイスが偽者だという証拠をいくつも並べたてた。兄と名乗るあの男は、ほんとうの兄ではなかった。さすがのジリアンも、いまはひそかに抱いていた疑惑を受け入れざるをえなかった。あれが兄でないとわかって、彼女は傷ついた。自分がだまされていたことを聞かされるのはもっとつらかった。しかしだからといって、彼を打ち倒すなどとんでもない。

ニコラスが怪我《けが》をするのも我慢できない。

それを聞いたとたん、夫はしばし口をつぐんだが、気を変えるまでにはいたらなかった。名誉のためには、どうしても予定どおり決闘せねばならぬというのだ。そのような騎士道のしきたりなどどうでもいいではないかと、ジリアンは思ったが……。じっさい、このような野蛮な喧嘩が法律で認められているなんて信じられなかった。もし、ホーイスがほんとうにかたりなら、彼にはこのうえなく有利ではないか。領主を倒しさえすれば、広大な領地が手に入るのだから……。

ジリアンが苦悩しているのはまさにそこのところだった。負けるかもしれないとほんの少しほのめかしただけで、ニコラスからは一笑に付されたが、ジリアンは心配せずにいられなかった。無敵だと信じている夫が、無敵ではなかったら？　ニコラスが強くて古つわもので敏捷《びんしょう》な戦の達人だということはわかっているが、なにか予定外のことが起きたりしたら、どうするの？　ニコラスの身になにかあったら……。考えただけで、ジリアンは胸が苦しくなった。いつのまにか愛するようになってしまった、とげとげしいあの人のいない人生なんて想像もつかない。それに、もしそのようなことになったら、おなかのややはどうなるの？　この子ははたして、父親の顔を見ることができるのかしら？

この誇り高い自尊心がなければ、決闘はやめてくれと、ニコラスにすがりついていたところだ。しかし、どれほど力をつくしても、夫を説得することはできなかった。ニコラスは怒って寝室を出ていってしまい、ジリアンはこのところしつこく襲ってくる眠気に負けてさきに寝てしまった。そしてけさ起きたときには、すでに夫の姿はなかった。結局ジリアンは最後の説得すらさせてもらえなかった。そればかりか、送り出す挨拶さえもできなかったのだ。

ジリアンは苦い思いにため息をつくと、毛皮で裏打ちした外套《がいとう》の前をかき合わせながら、大広間から外に出た。イーディスは断固として反対したが、夫が兄の名を名乗る男と死を賭《と》して決闘するあいだ、部屋に閉じこもっているつもりはなかった。ジリアンは老いた召使いについてくるよう合図をすると、中庭へ向かった。

もはや雨は降っていないが、空はどんよりと曇って風は冷たく、あとで大雨か雪になりそうな雲行きだ。しかし、そのような寒空にもかかわらず、決闘が行われる原っぱに近づくにつれ、見物人の群れはふくれあがる一方だった。ジリアンはこのような悪趣味なものを見に来る者たちを叱《しか》りつけたい気分だったが、よく見るとそのほとんどが深刻な表情を浮かべていた。ニコラスをお館さまと仰ぐ領民たちだ。彼を領主として受け入れるまでに時間はかかったが、みんな熱い忠誠心の持ち主だった。

ジリアンはつんと顔をあげて胸を張ると、自分のためにしつらえられた席をめざしていった。決闘場のすぐ横に並べてある長椅子のひとつだ。きょうはベルブライの領主の奥方らしく振舞わなくてはいけない。涙を流して泣きわめき、恐怖に胸を押さえたかったが、そのようなことは言っていられない。

ピアズが裁き人の位置につくと、あたりがしんと静まり返った。もっとも、審判役は名目上にすぎない。ほんとうに裁きをつけるのは決闘そのもので、死が裁きだ。ピアズがふたりから手袋を預かった。それからニコラスが北の位置につき、ホーイスが南の位置について、たがいに向かい合う。ふたりとも小柄ではないが、軍馬にまたがってもおらず鎧《よろい》もつけていないので、とても小さく無防備に見えた。これは一騎打ちの試合などではなく、決闘だ。許された武器はただひとつ。棍棒《こんぼう》だけだった。

ピアズの合図で決闘は始まった。ニコラスが突っ込み、ホーイスがかわす。ジリアンは恐怖のあまり息ができずのどが苦しくなった。そこで急いで目をつぶり、息を吸うことだけに集中する。しかし、彼女の息づかいは速すぎ、浅すぎた。ああ、どうしよう！　恐怖心に負けてはだめよ！　いまはだめ！　ニコラスに危険が迫っているいまは……。

ジリアンはそのことだけを心に念じながら、自分でも驚くほどの力を発揮し、大きく息を吐くと目を開けた。息をするのよ。自分のためだけでなく、やのために。そして、ニコラスのために。

そのニコラスが重い一撃を受けてよろめいた。ジリアンは思わずひるんだが、声をあげて息をのむようなことはしなかった。だれかが彼女の手を握り締める。驚いて目をやると、イーディスだった。老いた召使いも心配なのだ。ジリアンは励ますようにぎゅっと握り返した。そして、息をした。ゆっくりと、ゆっくりと……。すると不思議なことに、ひと息ごとに新しい力がわいてくるような気がした。やがてジリアンは瞬《まばた》きひとつせず、恐ろしい決闘をじっと見守ることができた。

戦いは風変わりな動きをするホーイスのほうが少しばかり圧倒していたが、体格や腕力はニコラスのほうが上だった。戦い慣れた騎士だけが持つ忍耐力も、ホーイスには備わっていない。おまけにニコラスは家臣を相手に、長時間の訓練でも平気にこなすことができる。ベルブライへ来てからほとんどの時間をのんべんだらりと過ごしていたホーイスには、それだけの持久力などなさそうだった。

ほどなく、ホーイスの疲労が目に見えてひどくなった。だが、いつものごとく、まるで平気な顔だ。ニコラスの打撃をまともに受けて、棍棒のさきがふたつに割れてしまっているが、それでも戦っている。

ニコラスがふたたび打ち込んだ。しかし、ホーイスは疲れているにもかかわらず、ひょいとかわしてすばやく横に回り込んだ。そして、ニコラスの頭をめがけて一気に棍棒を振りおろす。ニコラスはよろめき、地面にひざをついてしまった。まわりからいっせいにどよめきが起こる。

ホーイスはにやりと笑いながら、最後のとどめを刺そうと前へまわった。そして、割れた棍棒を振りあげると、ニコラスの顔をめがけてぎざぎざの先端を大きく打ちおろした。ジリアンは思わずイーディスの手をぎゅっと握った。そのあまりの痛さに、イーディスが声をあげる。その瞬間、時間が止まった。だれもが決闘のなりゆきを見守って、身を乗り出していた。

突如ニコラスが棍棒を振りあげ、ホーイスの打撃を受け止めた。とたんに持っていた棍棒がまっぷたつに折れる。ニコラスはぱっと立ちあがるとホーイスに飛びかかった。その拍子に、こんどはホーイスの手から棍棒が落ちる。ふたりは取っ組み合って地面をころがった。頭の傷口から血が流れているにもかかわらず、ここでもまたニコラスのほうが上手だった。

それでもなお、ホーイスは恐怖を感じていないらしい。地面に打ち倒され、ニコラスに首根っこを押さえ込まれてもまだ平然としている。ジリアンは不思議に思った。ホーイスは頭がおかしいのだろうか？　それとも並はずれて度胸があるのだろうか？　ホーイスが自信たっぷりな理由は、まもなくわかった。彼がそろそろとブーツのなかに手を伸ばしたと思うと、なにか銀色に光るものを取り出した。ホーイスは禁じられた武器を手にしたとたん、まるであらたな力を得たようにニコラスを振り落とすと、こんどは自分が上になって飛びかかった。ニコラスはあおむけになり、のどもとに短剣を突きつけてくるホーイスの手をつかまえた。

まわりの群衆がいっせいにあっと声をあげる。決まりを破ったホーイスにたいする戦慄《せんりつ》の声なのか、ニコラスの身を案じる恐怖の声なのか、それはジリアンにはわからない。そのとき、べつのところでふたたび銀色のものが光った。ピアズの手から飛び出した短剣は、ホーイスの背中のまんなかにみごとに突き刺さった。彼はニコラスから手を離すとがっくりとくずれ落ちた。その瞬間、まわりからとどろくような歓声があがった。

ジリアンは体に力が入らず、席から立つこともできなかった。ピアズは前へ出るとホーイスの死を確認し、ニコラスの勝利を宣言した。とたんにジリアンの目がうるむ。イーディスに支えられてよろよろと立ちあがると、ジリアンは急に生き返ったような気がした。そして、気がつくといつのまにか、凍てついた草を踏みしめて、夫のもとへと駆け寄っていた。

20

ニコラスはまぶたにたれた汗をぬぐうと、目の前にさし出された大きな手をまじまじと見た。よけいなことを！　彼はピアズの手など払いのけ、威厳を保ってひとりで立ちあがりたかった。しかし、立てそうにない。これよりひどい格闘のあとですら、ひとりでその場を立ち去ることができたというのに、きょうはあまりに激しく動揺したので、足に力が入るかどうか自信がなかった。死にそうになったのは、なにもこれがはじめてでもないのに。

しかし、怖いと思ったのは、生まれてはじめてだった。

妻を迎えてからは、わが人生もまんざらではないなと思うようになったのだが、だからといって命が惜しかったわけではない。大切な命ではあるが、名誉のためならいつでも捨てることができる。ただジリアンと子どものことを考えると、それができなかった。ふたりの将来が不安だったのだ。もし決闘に負けたら、あとに残った妻子はどうなる？

決闘を受けたときから、そのことが頭にこびりついて離れなかった。ジリアンがいつも家族、家族とわめいているが、もしかしたら家族というものにはなにか不思議な力があるのかもしれぬ。万が一のときには、まだ生まれぬ子と妻のことを託せるような、頼りになる親類でもいてくれたらと思う。そうすれば、あのような恐怖に押し包まれて、決闘に負けそうになることもなかっただろう。

目の前にさし出された手は、なおもじっと待っていた。ニコラスが意地を張って拒んでいるにもかかわらず、その手は頼もしく微動だにしない。まるで、ピアズの人柄そのものだ。ニコラスは不本意ながらも感心し、自分の命を救ってくれた男の顔を見た。

そういえば、ニコラスもピアズを救ったことがある。ピアズが苦境に立たされているところへ、ニコラスがじつにおりよく帰郷して、形勢が逆転したのだ。

「これで貸し借りなしだ」

〝赤い騎士〟は首を振った。「おれたちは家族ではないか」

ニコラスははっとした。なぜいままで気づかなかったのだろう？　おれはひとりではなかったのだ。必要とあらば頼っていける家族が、こうして目の前にいるではないか。こちらから手を伸ばすだけでよいのだ。ニコラスがさし出された手を握ると、ピアズの頑丈な腕に引っ張られて立ちあがった。

そして、ふたりの視線が合った。ピアズの目には深い理解のまなざしが浮かんでいる。しかし、これどばかりはニコラスもひるまなかった。それを見て、ピアズも満足げにうなずいた。そのとき、外套《がいとう》をなびかせながら、ジリアンが駆けてくるのが見えた。ニコラスが両手を大きく広げると、彼女は勢いよく飛び込んできた。彼は妻を固く抱き締め、赤い髪に顔をうずめた。

体を震わせながら、このうえなく大事なものを愛《め》でるような気持ちで妻の香りを吸い込むと、思わず胸がいっぱいになった。まわりに群衆がいなければ、その美しい髪に顔をうずめたまま涙を流し、たわいのないことばを口走っていたかもしれぬ。たとえば、彼女がどれほど大切か、ということなどを……。

「ニコラス！」ほっとするような穏やかな声で、ジリアンがささやいた。「よかった！」

「ニコラスさま！」イーディスの声が無粋にもせっかくの感動的な抱擁を邪魔する。ニコラスはいらだたしげなうなり声をあげた。「その悪党の召使いどもが逃げ出しましたよ」イーディスは死んだ男のほうへあごをしゃくってみせた。「そのなかにだれがいたと思います？　ユードです。ニコラスさまが追い出しなすった、あの召使いですよ！　きっと、顔を見られないように隠れてたんですね」

ニコラスは片手で妻を抱き締めたまま、ぱっと顔をあげた。「それでこの男はおれのことをよく知っていたのか」一同の目がいっせいに、殺された男のほうを向く。しかし、ニコラスは死んだ敵を見てもいっこうに楽しくなかった。自分が助かったのがうれしいだけだ。長年、復讐《ふくしゅう》を求めてきても、しょせんはこのようなものなのだろうか？

「これでもう、わかんなくなっちゃいましたね。この男はほんとうにジリアンさまのお身内だったんですかねえ？」イーディスがそう言ったとたん、ジリアンがニコラスの胸に顔をうずめて声を押し殺した。口の軽い召使いに、ニコラスは毒づいた。

「わかったよ」彼は妻の背中をそっと撫《な》でた。「ちやんとした埋葬をするから、案ずるな」ジリアンのために、形だけでもそうしてやるつもりだった。しかし、これが偽者なのはわかっていた。なかにはピアズの記憶を疑う者もいるかもしれぬが、ニコラスは彼を信じていた。ピアズのような男が間違えたりするわけがない。だが、ジリアンがまだ信じられぬようなら、あとでもっと証拠を見せてやることができるだろう。「ダリウスが戻れば、わかるはずだ」ニコラスは険しい声で言った。

ジリアンはため息をついた。「また家族がひとりもいなくなってしまったわ」彼女は涙声でぽつりとつぶやいた。

「それは違うぞ」ニコラスは妻のあごをすくいあげてこちらを向かせた。エメラルド色の瞳に涙があふれている。「家族ならここにいるではないか」そう言って、〝赤い騎士〟に向かってあごをしゃくってみせた。「ピアズに、エイズリーに、その娘。そして、おれたちの赤ん坊」ジリアンは目をしばたたいた。「子どもはひとりといわず、もっとたくさん作ることにしよう。よいか、ジリアン、それがおまえの家族なのだ」ニコラスは静かにささやいた。

そして、誓いの接吻《せっぷん》をしたとたん、喜んだ領民たちのあいだから歓声がわきあがり、お館《やかた》さまと奥方さまの名を口々に唱える声が大空にこだました。


ニコラスは家族室に入ろうとしたとたん、戸口で立ち止まった。妻が縫い物の途中でうたた寝をしているのだ。まるくふくらんだおなかの上に、やりかけの縫い物がだらりとかかっている。なんとも静かで平和なその光景に、ニコラスは思わず息をのんだ。この数カ月間、彼はかつて経験したこともないような平安を味わっていた。

ニコラスとジリアンは打ちとけて過ごすことが多くなり、前ほど喧嘩《けんか》もしなくなった。もちろん、いまでも言い合いはするが、どうせすぐに寝室で仲直りをするのだ。そのことはふたりとも心得ていた。ふたりが怒鳴り合いを始めても、もはや召使いたちも逃げ出さなくなった。満足感にひたっている城主と奥方に影響されたのか、ベルブライの城の者たちはクリスマスが近づくにつれ、いつになく浮かれているようだった。

ニコラスが妻の寝顔を眺めていると、彼女が瞬《まばた》きしながら目を覚まし、眠そうな顔でこちらを見た。「ニコラス……」ジリアンの口からため息のように夫の名がこぼれる。ニコラスは部屋のなかへ入った。

「ダリウスが戻った」彼が告げると、ジリアンは大きく目を開き、床に落ちそうになっていた縫い物を手に取ってしゃんと座りなおした。「まだ直接話をしたわけではない。戻ってくるのが見えたから、到着ししだいここへよこすよう、ローランドに言いつけておいた」

ジリアンは美しい口をきゅっと結んでうなずいた。悪い知らせにも取り乱すまいという心構えをしているのだ。ニコラスはダリウスの報告の内容が想像つくだけに、慰めることもできなかった。いまできることといえば、せめて彼女の横に腰をおろして一緒に待つことぐらいだ。ほどなく、ダリウスが姿を現した。

到着してまっすぐここへあがってきたらしい。雪道で濡《ぬ》れた衣服をそのまままとっている。ダリウスは戸口で立ち止まると、ジリアンのまるいおなかをしげしげと眺めて、にっこりと笑った。「これは、これは!」彼が入ってくると、立って迎えようとするジリアンをニコラスはそっと押しとどめた。

「座っていろ」彼は妻に言うと、胸のなかで自分に言い訳した。おれは身重の体を気づかってやっているのだ。かつての嫉妬《しっと》がよみがえったからではないぞ。

「ダリウス」ジリアンは座ったまま声をかけた。「お帰りなさい。降誕祭の前に帰ってこられてよかったわ」

ダリウスは深くお辞儀をした。しなやかな体がいぜんにもまして優雅に見える。「奥方もお元気そうでなによりだ。それに、おめでたのようで……。心からお祝い申しあげる。そして、もちろん、お館どのにも」そうつけ加えて、ニコラスに小さな会釈をする。

ニコラスはうなずいて応《こた》えた。だが、妻を見るダリウスの目つきがまったくもって気に食わない。ジリアンが身ごもったのをいかにも喜んでいるようなあの目つき。おまけにいつもは無表情なその顔に、もっと深くて強い思いがにじんでいる。ニコラスは目をいからせ、前に身を乗り出した。「で、なにかわかったのか?」

その横柄なもの言いに、ダリウスは一瞬意外そうな顔をしたが、黙って暖炉の前へ行くと敷物の上に腰をおろした。そして、こちらを向いたときには、ふたたび無表情に戻っていた。

「おれはまず境界地方へ行って、あなたの兄について訊《き》きまわってきた」ダリウスはジリアンの顔を見て言った。「モリソンという男爵に仕えたという話だったが、むこうには現在も過去にも、そのような名の男爵はいなかった。かなり広く訊きまわったが、だれも知らないのだ。ヘクサムのことを知る者も見つからなかった」

ニコラスはうなずいた。「〝赤い騎士〟がここへ来て、偶然やつの正体を見破ってくれた。ウェールズの戦のとき、国王の軍で戦っていた下級騎士に、従者として仕えていたのだ」

ダリウスは顔を曇らせた。「それは気の毒だったな、奥方どの」

ジリアンはうつむいてしまった。

「それからこんどは、あなたの生地へ行ってみた。はじめは収穫がなかったのだが、あなたの兄を覚えているという老婆に会うことができた。いや、覚えているどころか、死を看取《みと》ったそうだ。あなたの兄は、まだ子どものときに死んだのだ」

ジリアンがのどをごくりとさせた。それほど息苦しそうではないが、ニコラスは心配顔で見守った。

「調べてきてくれてありがとう、ダリウス。この寒さでは、さぞたいへんだったでしょう?」ジリアンは言った。「春にでも、兄のお墓を訪ねてみるわ。もはや、安らかな眠りについているとわかったのだから……」

「ありがとう、ダリウス」ニコラスが横からつっけんどんに口を出した。「長旅で疲れたろう。もう休んでくれ」

やぶから棒にさがれと言われて、ダリウスはふたたび意外そうな顔をしたが、なにも言い返そうとはしなかった。彼はすっと立ちあがるとジリアンにお辞儀をし、扉を閉めて出ていった。

ニコラスは妻とふたりきりになると、自分がとんでもなく無力に思えた。

ジリアンはさっきからうつむいたまま、膝にのせた手をじっと見つめている。「心のなかでは最初からわかっていたような気がするの。あれはホーイスではないって」

「ああ」相槌《あいづち》を打ったほうがよさそうだと思い、ニコラスはぽつりと言った。

「ニコラス、人の心というのは不思議よ」

「ああ」

「頭のなかでは見えない真実も、心では見えるの」

「ああ」

「ニコラス、わたしの心はとても大きいわ」

「ああ」話があまりよくわからないが、ニコラスは相槌をくり返した。

「心のなかのいちばん大切なところには、いつもあなたがいるわ。でも、ほかの人が入ってこられる場所もあるのよ」

ジリアンの言っていることがよくわからず、ニコラスもこんどは黙っていた。

「わたしの心はイーディスやウィリー、エイズリーやピアズに小さなシビル、そして、ダリウスでさえ入ってこられるくらい広いの」

ニコラスがぱっと妻の顔を見ると、彼女もゆっくりとこちらを向いた。緑色の瞳は静かに落ちついて澄みきっている。「そして、わたしたちの赤ちゃんのための場所もあるわ。ねえ、ニコラス、わたしがみんなを好きになったからといって、あなたへの愛が減るわけではないわ」

はっきりと言いきる妻のことばに、ニコラスは呆《ぼう》然《ぜん》として声も出なかった。やがて自分を取り戻すと、いまのことばを激しく否定したい衝動に駆られたが、それもできなかった。言い返したいと思っていたことばが、のどの奥に引っかかったまま出てこない。まったく、賢い妻の言うとおりだったからだ。

身勝手なろくでなし。ニコラスは一度、ジリアンにそう呼ばれたことがあった。たしかにそのとおりだった。ジリアンの愛情をひとり占めにして、彼女がほかの者に愛情を向けたとたん、激しく嫉妬していたのだから。この赤ん坊だって、ジリアンをもっとしっかりとこちらに縛りつけておこうと怒りまじりに作った子だった。おまけに、おれは完全に自分の都合で彼女を守ろうとした。ジリアンのためではなく、おのれの心の平静のために……。

「愛は与えること。わかち合うことよ、ニコラス」

ジリアンが静かに言った。

ニコラスは妻の顔を見ることができなかった。すると、彼女がニコラスの手を取って、ふくらんだおなかの上にあてた。

「わかる？　わたしたちの息子よ」急に涙声になる。「教えて。あなたの心も、この子が入れるくらい広いかしら？」

てのひらの下でなにかが動いた。ジリアンのおなかがゆらゆらしている。ニコラスは胸が震え、思わず息をのんだ。まだ生まれぬ赤ん坊がこのようにはっきりとおれの気を引いている。「まさか、このようなことが……」

「ね？　あなたにこんにちはを言っているのよ」

ニコラスはジリアンの前にひざまずき、おなかにそっと頬をあてた。まるで、穏やかな波がやさしくうねっているようだった。ニコラスは突然、妻のなかに新しい命が宿っているのを実感した。彼の人生に、彼の心のなかに、新しい命がひとつ生まれたのだ。そして、ニコラスはさらに確信した。おれはこの子を愛せる。ジリアンを愛しているように、愛せるぞ！

ニコラスがふたたび顔をあげると、ジリアンはまつげを濡らし、いまにも震えだしそうな笑みを浮かべていた。なんだかずっと前から、彼女を愛していたような気がした。

「おれはこの子を愛するぞ、ジリアン」急にニコラスの声がしゃがれる。「おまえを愛しているのと同じように、愛するぞ」

「よかった」ジリアンはしきりに目をしばたたき、大きな笑みを浮かべた。それから声をあげて笑いだした。ニコラスの心を揺さぶる、いつものかすれたあの声だ。「あなたがそんなふうににっこりするの、はじめて見たわ」ジリアンはふと夫の顔を見つめると、急にうれしそうな声をあげた。「まあ、あなたって、笑うとえくぼがひとつできるのね」

ニコラスは廊下を行ったり来たりしていた。大広間へおりていけば、城の者たちからじろじろ見られるにきまっている。それはごめんだ。しかし、妻が産褥《さんじょく》についている主寝室からは、このとおり締め出しをくってしまった。ニコラスはなかに残りたかったのだが、しなびた胸の前で腕組みをした産婆が、どうしてもいさせてくれなかった。女がお産しているところに、男がいるものではないというのだ。

しかし、ニコラスはジリアンが病に倒れたときのことが、またしても頭について離れなかった。ぐったりと生気をなくして寝台に横たわっていた妻の姿が、脳裏に浮かんでくる。とうの昔に治った胃袋が激しくよじれ、胸は恐怖に締めつけられた。いつになったら、なかへ入れてくれるのだ？

ジリアンの最初の悲鳴に、ニコラスは心が張り裂けるかと思った。石壁はひんやりとしているのに、どっと汗が噴き出してくる。二回目の悲鳴が聞こえたとき、ニコラスは寝室の扉に向かって飛び出しかけた。だが自分を抑えると、ふたたび廊下を行ったり来たりした。落ちつくのだ。落ちつけ。一度、ウィリーが階段の上に顔を出したが、ニコラスがじろりとにらみつけたとたん、ころがるように駆けおりていった。いまはだれの慰めも欲しくない。われを失いかけているこのような姿など、だれにも見られたくなかった。

ニコラスはこれまで、それ相当の不幸を見てきた。それが男であれ、女であれ、人の死がいかに突然やってくるかを知っていた。ニコラスはそう考えたとたんはっとして立ち止まった。ジリアンが逝《い》きかけたあの暗黒の時を、まざまざと思い出したのだ。ニコラスは唯一、意志の力で彼女を引きとめた。死ぬなと大声でわめき散らし、死の淵《ふち》から彼女を引き戻したのだ。あれ以来ニコラスは用心して、妻からいつも目を離さなかった。

ついさっきまでは……。ジリアンはおれの手が届かぬあの部屋のなかで、死にかけているかもしれぬ。

そう思ったとたん、ニコラスはもはやじっとしていられなかった。ただちに戸口に向かうと、扉を力いっぱい突き飛ばすように押し開ける。勢いあまった扉は壁にあたって、ものすごい音をたてた。ニコラスは戸口に立ちはだかり、なかの様子を見わたした。

ジリアンは寝台の上で仰向けになっていた。膝を立て、腰から下には布がかけてある。その横にはイーディスがつき添い、足もとには産婆が立っていた。分娩《ぶんべん》椅子は横に置かれたまま、使われる気配がない。産婆がしわくちゃな顔を振り向けた。ニコラスがこの世に生を受けたときも取りあげてくれた産婆だ。

「お館さま！　さっさと出てってください！」老婆が怒鳴った。この城でニコラスに平然とたてついてきたのは、ジリアンをのぞけば、この産婆がはじめてだ。

「なぜ分娩椅子に座らせない？」彼は怒鳴った。

「まあ、まあ、ニコラスさま」イーディスが小走りに出てくると、ニコラスと産婆のあいだに割って入った。「まだ、時間じゃないんです。辛抱してくださいな」召使いは舌打ちしながら追い立てようとしたが、彼は一歩も動かなかった。

「辛抱しろだと？　もう一時間も前から、妻の悲鳴を聞かされているのだぞ！」

イーディスは憤慨したニコラスの非難にうなずくどころか、くっくっと笑いだした。「もっと長くなるかもしれませんよ。さあ、外で待っててくださいな。ややが生まれたら、すぐお知らせしますから」

「そこにいさせて！」驚くほどしっかりしたジリアンの声が聞こえた。「いいえ、それよりこっちへ来させて。わたしがいまどんな気分だか、教えてあげるわ！」

「ジリアン？」ニコラスはイーディスの横をすり抜けて、妻のもとへ駆け寄った。

寝台の上であおむけになっているジリアンは、まっ赤な顔をして、はあはあと荒い息をくり返していた。病のときのような、蒼白な顔ではないが、ひどくつらそうだ。いまも苦しそうに顔をゆがめている。

「気分はどうだ？」彼は訊いた。

「もっとそばへ寄りなさいよ。あなたのあそこをねじりあげてやる。そうすれば、わたしのいまの気分がわかるわ！」ジリアンがあえぎながら言い返す。

一瞬ニコラスは唖然《あぜん》としたが、やがて体を起こすと妻をにらみつけた。「子どもが欲しいと言ったのは、おまえではないか！　不快感をおれのせいにするな」

「不快感？」ジリアンが声を張りあげる。「不快感ですって？　この悪魔！　あんたにもその不快感を味わわせてやる！　そっちのせいじゃないの！　わたしに手をつけたじゃないの！」

「おまえがおれを誘惑したからだ！」

ニコラスとジリアンは大声でたがいを罵倒《ばとう》し合った。おかげで、分娩椅子を使うか使わぬかと相談しているイーディスたちの声も耳に入らなかった。

「奥方さま、いいですよ。さあ、息んで」産婆が言ったが、ジリアンは夫をののしるのに忙しくて、まるで聞いていない。

「ほら、息んで、ジリアンさま！」イーディスが大きな声で言うと、ようやくジリアンも言われたとおりにした。体を震わせて大きく息を吐く。それからふたたび夫をののしった。

「もう、こんなこと、二度とごめんだわ！」

「よかろう！　やっとおれたちの意見が合ったな！」

ジリアンはふたたび息んだ。顔が驚くほど赤くなり、ニコラスは急に心配になった。しかしそれもつかのま、ふたたび彼女がののしり出す。「もう二度とわたしに触れないで！」

「ではこんりんざい、おれに手を出すな！」ニコラスもやり返す。「そっちがどんな手管を使ってこようと、こんどは絶対に気を変えぬからな！」

「この石頭！」

「なにを、この強情な雌狐《めぎつね》め！」

ニコラスは怒りに燃える緑の瞳をにらみつけた。ところが突然、ジリアンがため息とともにのけぞり夫に手を伸ばしてきた。ニコラスはただちにその手を取るとしっかり握り締める。つぎの瞬間、赤ん坊の泣き声が部屋のなかに響きわたった。

ニコラスが呆然として寝台のすそへ目をやると、産婆が小さな赤ん坊をイーディスの手にわたすところだった。「こんな親を持っちまって、かわいそうにねえ」産婆がぶつぶつ言っている。「まったく、ふた親そろってまともじゃないんだから」

ニコラスはゆっくりと顔をほころばせながら、ふたたび妻のほうを見た。ジリアンは産婆の悪口など耳に入らぬ様子で、目を輝かせながら夫の顔を見あげると静かに言った。「さっきのはぜんぶ嘘《うそ》よ」

「おれもだ」ニコラスはもはや二度と消すことのできぬような大きな笑みを浮かべていた。彼が妻の顔に張りついた髪をかきあげると、ジリアンが口もとをほころばせた。しばしふたつの視線が絡み合う。ふたりのあいだには力強い愛の川が流れていた。やがてニコラスが顔をあげると、イーディスが赤ん坊をさし出してきた。

「男の子ですよ」老いた召使いの頬がうれし泣きの涙で濡れていた。「ド・レーシ家の跡取りですよ」

ニコラスは両手に息子を抱き取ると、喜びで胸がはちきれそうになった。

「まあ、ニコラス」ジリアンがからかった。「あなた、えくぼが出ているわよ」

エピローグ

今回はニコラスも、もはや廊下で待とうとはしなかった。何度経験しても、外で待つのはいやなものだ。それに、老いた産婆の命令に形だけでも従うというのは、ニコラスの性に合わなかった。それにしても、しぶとく生き延びている産婆だ。百歳ぐらいになったのではないか？　おまけに年とともに気が短くなってきた。

産婆のほうも慣れたもので、ニコラスが主寝室に入ってきても、あえて文句を言おうとはしなかった。その代わり、寝台のほうから妻の怒鳴り声が飛んできた。「ニコラス！」

ニコラスはゆっくりと寝台に近づくと、上気したジリアンの頬に口づけをした。「あの産婆、なんだってまだ生きているんだ？　年々、薄気味悪くなっていくではないか」彼は声をひそめてささやいた。

「しいっ！　あの人がいないと、わたしが困るの。いくらあなたが不機嫌だからといって、もめごとはごめんよ！　あなたって、いつも面倒を起こすんですもの。そもそもわたしがこんな目にあっているのも、あなたのせいなのよ」ジリアンはぶつぶつ言った。

「ほう、いやがっているようには見えなかったがね」ニコラスも言い返す。これはもはや、ふたりのあいだの遊びのようなものだった。こうやってふたりで一緒に、いちばんつらい時間を乗りきるのだ。

「もう、絶対にいや！　いったい何度言えばわかってくれるの？」

ニコラスは三人の元気な息子とふたりの愛らしい娘を思い浮かべた。「たしか、これで六度目だ」

「こんどこそ本気よ！」ジリアンが叫びながら手を伸ばしてきた。ニコラスは自分の手をつかませてやった。ときにはものすごい力でつかまれて、傷がつくこともあった。

妻のお産は六度も経験しているが、なにか起こるのではないかという不安はいつもつきまとっていた。

「これきりだ」ニコラスは激しい口調で約束した。「二度とおまえには手を触れぬ」

「どうしちゃったんです？　喧嘩《けんか》しないんですか？」しわくちゃの老婆が寝台のすそであざけった。

しかし、ジリアンがにっこりと笑う。「もう喧嘩をする暇もないわ。お産のたびに――」大きく息を吸い込んで、一気に息む。「時間が短くなるんですもの」

赤ん坊の泣き声が寝室のなかに響きわたる。老いた産婆はベルブライのお館《やかた》さまと奥方さまにはすっかりあきれて首を振っていた。

「女の子ですよ！」イーディスが叫んだ。すると、まるでそれを合図にしたように、五人の子どもたちが新しい妹を見ようとなだれ込んできた。どうやら扉の外で聞き耳をたてていたらしい。子どもたちはうろたえている産婆の横をすり抜けると、くしゃくしゃになった上掛けの上によじのぼり、両親のそばへ行った。

「わたしたち、すばらしい家族ができたわね」ジリアンはささやいた。腕のなかに赤ん坊をわたされたとたん、赤ん坊の兄や姉たちがひと目妹の顔を見ようとのぞき込む。

「ああ」ニコラスがこたえる。大きな寝台の上が子どもたちでいっぱいになったように、彼の心もあふれんばかりに満たされていた。

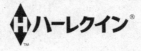

ハーレクイン・ヒストリカル　1998年2月刊（HS-34）

尼僧院から来た花嫁
2025年4月5日発行

著　　者	デボラ・シモンズ
訳　　者	上木さよ子（うえき　さよこ）
発 行 人	鈴木幸辰
発 行 所	株式会社ハーパーコリンズ・ジャパン 東京都千代田区大手町 1-5-1 電話 04-2951-2000（注文） 0570-008091（読者ｻｰﾋﾞｽ係）
印刷・製本	大日本印刷株式会社 東京都新宿区市谷加賀町 1-1-1
装 丁 者	橋本清香［caro design］
表紙写真	© Irina Kharchenko ｜ Dreamstime.com

ISBN978-4-596-72588-2 C0297